냉정한 꽃

A
Cool
Flower

냉정한 꽃

초판 1쇄 찍은 날 | 2018년 3월 26일
초판 1쇄 펴낸 날 | 2018년 3월 31일

지은이 | 문희
펴낸이 | 예경원

편집 | 주승아

펴낸곳 | 예원북스
등록번호 | 제396-2012-000132호
등록일자 | 2012. 7. 25
YRN | 제1-0212호

주소 | 경기도 고양시 일산동구 호수로 646-24 위너스21-Ⅱ 206A호 (우) 10401
전화 | 031-819-9431 팩스 | 031-817-9432
http://cafe.naver.com/yewonromance
E-mail | yewonbooks@naver.com

ⓒ 문희, 2018

ISBN 979-11-6098-894-9 03810

A
Cool
Flower

냉정한 꽃

YEWONBOOKS
ROMANCE STORY

문희 장편 소설

C · O · N · T · E · N · T · S

프롤로그

강하지만 고급스러운 손가락이 부드럽고 긴 하얀 손가락 사이사이에 끼워졌다. 땀으로 범벅이 된 몸도 손가락처럼 꽉 물려 있었다. 침실 안 구석구석을 누비며 서로의 몸을 탐하고 또 탐하는 남녀는 마치 짐승들 같았다. 어두운 침실에 들어서면서부터 얼마의 시간이 흘렀는지 알 수조차 없을 만큼 그들은 서로의 몸에 미쳐 있었다.

"하아 앗, 하."

열에 들뜬 신음만이 침실 안을 가득 채우며, 남자의 거친 손이 혜주의 부드러운 가슴을 거칠게 움켜잡았다. 우악스럽게 잡진 않았지만 그렇다고 부드럽지도 않았다. 남자의 강한 손가락 하나하나가 가슴을 파고들 것 같았다.

가슴 주위로 느껴지는 뜨거운 고통은 혜주를 미치게 만들고 있었다. 처음 하는 섹스는 아니었지만 그렇다고 경험이 많은 것도 아니라서 남자가 하는 모든 움직임이 혜주에겐 처음이나 마찬 가지였다.

섹스란 혜주에게 아물지 않는 상처이자, 고통 속의 기억이자, 소름이 끼치는 것이었지만 지금은 뭔가가 달랐다. 달라도 너무 달라서 당황스럽기까지 했다. 온몸이 마치 열 감기에 걸린 것처럼 뜨거웠고 호흡은 거칠었으며 온몸의 감각세포는 마치 전기에 감전이 된 듯 찌릿했다.

"핫!"

그가 갑자기 손가락 사이에 유두를 끼워 비트는 바람에 혜주의 입에서 짧고 강한 신음이 터져 나왔다. 침실에 들어오기 전까지 혜주는 자신이 이성적인 사람이라고 생각했지만, 그건 자신을 너무나 몰랐던 것이다.

혜주는 자신이 지극히 감성적인 인간이란 걸 처음으로 느끼고 있었다. 그의 손가락이 움직일 때마다 그녀의 모든 오감이 열렸다.

무릎을 꿇고 그녀의 다리 사이에 앉아 있는 남자는, 손과 입을 사용해서 할 수 있는 모든 섹스를 다 하고 있었다. 섹스가 이렇게 응용을 많이 할 수 있는지 혜주는 오늘 처음 알았다.

"생각이 많아."

남자가 거친 숨을 그녀의 귀에 토해 내며 말했다.

"아니요."

"거짓말."

남자가 거친 숨을 몰아쉬며 마치 그녀의 생각을 읽기라도 한 것처럼 말했다. 그의 손이 납작한 배를 타고 미끄러져 그녀의 여성으로 내려오자 혜주는 반사적으로 다리를 오므렸다.

"이러긴 너무 늦지 않았나?"

남자의 말에 혜주는 다리를 쫙 벌려 주었다. 너무 남자에게 휘둘리는 것 같아 순간적으로 반항을 해 보았다. 그렇지만 이왕 이렇게 돼 버린 거, 너무 촌스럽게 굴고 싶지 않았다. 남자가 낮게 웃으며 그의 손을 혜주의 여성 위에 놓았다.

"아주 부드러워. 빨리 먹어 치우고 싶을 만큼."

그가 뜨거운 숨을 토해 내며 그녀의 귓가에 속삭였다. 그의 혀가 그녀의 귓불을 핥았다. 놀라긴 했지만 그녀의 질 안에 들어와 움직이는 그의 손가락에 비하면 아무것도 아니었다.

"아흐."

절로 신음이 터져 나왔다. 질 안에 전기가 통하는 것같이 찌릿한 느낌이 퍼지고 있었다. 이렇게까지 섹스에 빠져들 줄은 몰랐었다. 주도권은 그녀의 것이어야 했다. 하지만 이미 이 뜨거운 몸짓의 중심은 그였다.

항상 먼발치에서 바라보던 남자였다. 가까이 할 수 없는 높은 곳에 사는 사람이었다. 마시는 공기가 달랐고 삶 자체가 그녀와는 질적으로 다른, 그런 남자가 지금 그녀와 한 치의 오차도 없이 붙어 있었다.

거칠게 뛰는 남자의 심장이 그녀의 가슴에 닿아 그대로 느껴졌다. 짐승의 몸짓으로 그녀를 탐하고 있었지만 그는 사람이 맞았다.

"하아, 더 이상은 참기 힘들어."

침실에 들어온 목적을 지금 달성하려 하고 있었다. 이제까지 긴 시간 서로의 몸을 만지고 빤 것은 지금 할 이 행위를 위한 전초전이었다. 하지만 두려웠다. 그의 커다란 페니스가 그녀의 복부를 스칠 때마다 혜주는 두려움을 느꼈다.

그의 페니스가 그녀의 안에 들어온다면 몸이 두 동강이 날 것 같았다. 혜주의 두려움을 알았을까, 남자가 그녀의 입술에 진한 키스를 했다. 하지만 배려는 거기까지였다. 야수의 거친 몸짓은 그 강도를 더해 갔다. 그 아래에서는 자신의 페니스를 그녀의 질 입구에 거칠게 비비고 있었다. 키스가 점차 거칠어졌다.

남자도 더 이상 자신을 컨트롤할 수 있는 상태가 아닌 것 같았다. 몸을 일으킨 남자가 낮은 소리로 욕설을 내뱉더니 그녀의 질에 거대한 페니스를 넣게 시작했다. 잘 들어가지 않는지 그도 이마에 힘줄이 튀어나올 정도의 힘을 주고 있었다.

"아, 으윽, 처음이야?"

마치 처녀의 입구처럼 잘 들어가지지 않는 질을 보며 그가 거칠게 말했다.

"아뇨."

굳이 숨기고 싶진 않았다. 더러운 경험이었지만 분명히 그녀는 다른 남자와 섹스를 했고 오늘이 처음은 아니니까 말이다.

남자와 눈이 마주친 혜주는 멍하게 그의 칠흑같이 짙은 눈동자를 보고 있었다. 그 순간 남자가 굉장히 섹시하다고 느낀 혜주는 자신이 미친 게 아닌가 하는 생각을 잠시 했다.

"벌려."

하지만 그는 혜주에게 생각할 시간을 주지 않았다. 급한 성격인지 말을 하면서도 그의 손이 그녀의 다리를 힘 있게 벌리고 다시 자신의 페니스를 그녀의 질 입구에 가져가 댔다.

조금 전과는 다르게 그는 페니스 끝을 그녀의 질에 대고 살살 문지르기 시작했다. 조금씩 조금씩 그의 페니스가 그녀의 안으로 들어오는 게 느껴졌다. 그가 쾌락의 고통 속으로 그녀를 데리고 들어갔다.

"으으으윽."

"아악!"

정말 몸이 찢어지는 고통을 느끼고 있었다. 아니, 아래에서 불이 나는 것만 같았다. 하지만 그녀의 고통은 아랑곳하지 않고 남자는 거친 숨을 내뱉으며 움직이기 시작했다. 그의 피스톤 운동은 마치 100m 달리기를 하듯이 숨 가쁘게 이어지고 있었다.

그의 들썩이는 가슴 사이로 땀이 흘러내리고 있었다. 한여름이 아닌 크리스마스이브에 그의 가슴을 타고 흘러내리는 땀은 무척이나 섹시하게 느껴졌다. 혜주는 손가락으로 그의 땀을 짚었다. 흐르는 땀마저도 자극적인 위험한 남자였다.

"하앗!"

남자의 입에서 거친 신음이 터져 나왔다. 길고긴 섹스의 끝을 알려 주는 신음이란 걸, 경험은 적었지만 알 수 있었다.

"아흐."

그가 움직일 때마다 혜주의 질이 움찔거리며 그의 페니스를 잡아먹을 듯이 강하게 받아들이고 있었다.

"아, 이렇게 조이다니……."

남자의 입에서 탄성이 흘러나왔지만 혜주는 지금 고통 때문에 아무것도 생각을 할 수가 없었다.

저걱저걱.

애액에 젖은 페니스가 내는 소리가 그녀를 달아오르게 만들고 있었다. 어느 정도의 고통이 사라지자 그녀는 자신도 모르게 그의 움직임에 리듬을 타고 있었다.

"아아아!"

전보다 더 격하게 움직이는 남자였다. 그가 거칠게 부딪쳐 오는 바람에 그녀의 여성은 마치 맞은 것처럼 화끈거리기 시작했다.

"아아아앙."

마주 닿은 비밀스러운 곳에 아픔은 그리 오래가지 않았다. 자꾸 질이 움찔거리며 그의 페니스가 깊이 들어와 주기를 바라고 있는 것 같았다. 혜주는 그의 등에 손톱을 세우며 허리를 들어 더 깊이 그의 페니스를 받아들였다.

생각해서 하는 것이 아니라 본능적으로 그렇게 남자를 원하고 있었다.

퍽퍽퍽!

거친 그의 움직임에 혜주는 입을 다물지 못하고 숨조차 제대로 쉬지 못했다. 극강의 쾌감이 느껴지고, 잠시 후에 그가 혜주의 몸 위로 쓰러졌다. 그의 무게가 기분 좋게 느껴지고 있었다.

거친 숨을 고른 후에 그가 팔을 짚어 몸을 살짝 들더니 그녀를 내려다보았다.

"섹스도 차가울 줄 알았는데. 예상 밖이군."

어두운 방 안이었지만 창밖의 가로등으로 인해 그의 얼굴 표정이 그대로 드러났다. 야수, 그 단어가 섹스하는 내내, 아니 지금이 순간에도 머릿속에 맴돌고 있었다.

"마음에 드셨다니 다행이네요."

"마음에 든다고 하진 않았어."

방금까지 그녀의 위에서 헐떡이던 남자의 답치고는 냉정했다.

"할 수 없죠."

"나를 만족시켜야 하는 것 아닌가?"

역시 쉬운 남자가 아니었다. 한 번 자 주면 끝일 줄 알았는데 오만이었다. 우리나라 최고 기업의 후계자를 너무 가볍게 생각한 혜주였다. 차희준이란 남자는 혜주가 여태 만났던 남자들과는 차원이 다른 남자였다.

여자가 아름다운 육체를 허락했다고 감지덕지할 남자가 아니었던 것이다.

"제가 마음에 들지 않았다면 어쩔 수 없지만 우리들이 했던 섹스에는 충분히 만족하신 것 같은데요."

그녀도 지지 않았다. 침대에서 일어나 아무렇게나 던져진 옷들을 하나씩 주워 들며 말하는 그녀를 남자가 말없이 바라보았다.

"감탄을 자아낼 정도의 아름다운 얼굴과 쓰러트리고 싶은 몸에, 독사의 혀를 가진 여자라……."

"매력적이지 않나요?"

격한 운동을 하고 난 것처럼 온몸에 힘이 빠진 혜주는 옷 입기가 너무 힘들었다.

"내일 다시 와."

"싫습니다."

이렇게 자신을 단숨에 허물어트리는 능력자인 남자가 두려워졌다.

"내가 갖겠다고 말했을 텐데?"

"전 한 번의 관계라고 생각했습니다."

"아니. 난 서혜주를 갖겠다고 말했고, 당신은 오케이를 했어. 구두 계약도 계약이거든."

분명히 혜주는 그의 제안을 받아들였다.

"압니다. 전 한 번의 관계만 원하시는 줄 알았습니다."

"그래서 다음은 싫다? 거부한다면 우인그룹에 막대한 손실이 있을 거야."

우인그룹이 손해를 본다니, 듣던 중 반가운 말이었다. 하지만 혜주의 머릿속에는 더 큰 그림이 있었다. 우인그룹 자체를 없애 버릴 생각이었다. 손해 정도로는 직성이 풀리지 않았다. 우인그룹을 망가트리려면 지금 그녀 앞에 있는 다비드를 손에 넣어야 했다.

"알겠습니다."

한발 뒤로 물러나는 척했다. 지금 혜주에겐 분명한 목표가 있었다. 그 목표를 위해 이 정도의 요구는 받아들일 마음의 준비가 되어 있었다.

"좋아."

침대에 누워 있던 남자가 갑자기 몸을 일으켰다. 구두를 신지 않은 상태에서 그를 보니 정말 크다는 생각이 들었다. 거대한 남자였다. 탄탄한 몸매는 다비드보다는 골리앗에 가까웠다. 그가 성큼성큼 걸어와서 옷을 다 입은 그녀의 허리를 감싸 안고는 자신에게 끌어당겼다.

"우리의 계약에 빠진 게 있지."

"으읍!"

그리고는 갑작스레 그녀의 입술에 입을 맞추었다. 마치 계약서에 도장을 찍듯이 말이다. 이렇게 혜주는 남자의 관심을 끄는 데 성공했다.

재벌 중의 재벌인 서광그룹의 후계자와 잠자리를 하고 나왔다고 하기엔 모든 것이 여느 날과 다를 바가 없었다. 자신의 차에 몸을 실은 혜주는 핸들에 머리를 대고는 한참을 그렇게 있었다.

조금 전까지 격정적인 섹스를 한 건 마치 꿈속의 일인 것만 같았다. 다만 여성이 화끈거리고 그가 강하게 빨아대던 유두가 쓰린

걸 보면 꿈은 아니었다.

이 모든 게 한 달 전에 갑작스럽게 알게 된 진실 때문이었다. 사실이 아니길 바랐지만 결국 사실임이 드러났고, 혜주는 자신의 보스이자 우인그룹 회장인 박상호에게 복수하기로 마음을 먹었다. 쉬운 일은 아니었지만, 결코 포기할 일도 아니었다. 그동안 박 회장과 그의 가족들에게 영혼을 갉아먹힌 일들에 대해서는 반드시 대가를 치르게 할 것이다.

완벽한 바디라인이 정원의 조명에 비쳐 아름다운 음영을 나타내고 있었다. 근육 하나하나가 마치 조각가가 섬세하게 조각해 놓은 듯이 멋지게 만들어져 있었다. 오랜 운동으로 다져진 건강한 근육들은 남자의 멋진 외모를 더욱더 부각해 주고 있었다.

벌컥벌컥!

잔도 없이 와인을 병째 마시던 남자는 창가에 기대서 방금 전까지 뜨겁게 타오르던 침대를 바라보았다. 아직 그의 손끝엔 여인의 감촉이 살아 있었다.

혜주가 떠나고 희준은 와인병을 들고는 창가에 섰다. 술을 즐기진 않았지만, 오늘은 이상하게 술이 당겼다. 평소의 그답지 않은 일을 하고야 말았다. 여자를 자신의 침대에 눕히다니, 참 신기한 일이었다.

모든 게 비즈니스인 그에게 유일하게 편안하게 쉴 수 있는 공간은 그의 집뿐이었다. 집안일을 하는 사람들을 제외하고는 아무도 그의 집을 자유롭게 드나들 수 없었다. 하지만 오늘 무언의 금기사항과도 같았던 자신만의 룰을 스스로 깨 버렸다.

아름다운 여자들은 그의 주변에 항상 있었다. 돈이 여자를 부른다지만 그는 외모까지 준수하다 보니 끊임없이 여자들이 있었다. 날이 갈수록 바쁜 나날이라서 여자와의 만남이 예전에 비해 현저히 줄기는 했지만, 희준이 마음만 먹는다면 지금 당장이라도 여자를 불러들일 수 있었다.

지금은 일이 우선이었다. 오늘 오전까지 그의 생각은 그랬다. 경영권 승계가 얼마 남지 않았고, 그 일로 인해 희준은 요즘 몸이 열 개라도 모자랄 판이었다. 하지만 너무나 도도하게 그를 바라보던 차가운 눈동자를 보는 순간, 희준은 그녀가 갖고 싶었다.

그리고 그 도도함이 그로 인해 무너져 내리는 걸 보고 싶었다. 그래서 그는 생각지도 않았던 일을 충동적으로 저질렀다. 한 번차지하면 두 번 다시 찾지 않을 거라 생각했다. 하지만 그녀가 사라진 밖을 내려다보며 희준은 심한 갈증을 느끼고 있었다.

마치 그녀가 그를 선택한 느낌이 들어 기분이 좋지 않았다. 언제나 갑은 그여야 했다. 을이 되는 건 그에겐 불편한 것이었다.

"뭐든 자연스러운 게 좋아."

말은 이렇게 했지만, 그의 몸은 벌써 혜주를 원하고 있었다.

"미친."

벌컥벌컥.

반갑지 않은 갈증에 그는 다시 와인을 마셨다. 아직도 그의 손 아래서 꿈틀거리던 매혹적인 육체의 느낌이 남아 있었다. 그의 페니스가 통제되지 않고 있었다. 여자에게 이렇게 강렬한 성적 충동을 느낀 적은 없었다.

언제나 한 번의 섹스로 여자들과는 작별을 고했다. 여자들이 갖게 될 환상을 미연에 방지하는 차원의 일이었다. 서광그룹의 며느리는 누가 봐도 탐나는 자리니까 말이다. 희준은 그와 비슷한 환경에서 자란 여자가 좋았다.

재벌은 일반적인 사람들과 다르다고 생각했다. 우월하다는 게 아니라 살아온 환경이 달랐다. 하루 종일 그를 돌봐 주는 사람은 어머니가 아닌 집사나 유모였고, 그의 일상은 모든 게 호화로웠다. 그런 생활에 일반인들이 들어오면 항상 부작용이 따랐다.

그게 싫은 희준이었다. 어머니는 아버지와 같은 재벌가의 딸이었다. 어쩌면 서광그룹이 이렇게 성장할 수 있었던 건 다 외가 덕일 수도 있었다. 하지만 아버진 어머니와 사이가 좋지 않았다. 그건 아버지의 바람기 때문이었다.

그래서 희준은 아버지의 여인들을 통해서 갑자기 삶이 바뀌면 사람들이 어떻게 망가지는지 끊임없이 보았다. 여자들은 한 번만 만나는 게 좋았다. 만남이 길어지면 그 끝은 불행뿐이었다.

희준은 오늘 그의 오랜 신념을 저버린 두 번째 일을 했다. 혜주를 집으로 불러들인 것도 모자라서 그녀와 다음 만남을 기약했다.

"미친놈."

미치지 않고서야 이럴 수는 없었다.

탁!

창문을 열자 차가운 겨울바람이 그의 얼빠진 정신을 바짝 차리게 만들었다. 하지만 완벽하게 차리진 못한 것 같았다. 어느새 내일 혜주를 만날 생각을 하고 있었기 때문이었다.

"내일 만나 보면 분명히 다시 만난 걸 후회하게 될 거야."

와인을 끝까지 마시며 희준이 내린 결론이었다.

"다시 만난 걸 후회하게 되겠지."

다시금 자신에게 최면을 걸며 그는 혜주의 흔적을 지우기 위해 욕실로 향했다. 하지만 그들의 강렬했던 첫 만남의 흔적들은 그렇게 쉽게 사라지지 않았다.

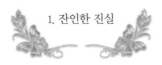

1. 잔인한 진실

새로 뽑은 검은색의 벤츠 리무진 안에 오르자 진한 가죽 냄새가 코끝을 자극했다. 차에 오른 혜주의 인상은 그렇게 좋지만은 않다. 차의 냄새도 냄새지만, 같이 타고 가는 동승인 때문에 더욱더 인상이 써졌다.

넓은 리무진은 사용하는 사람에 따라서 황홀한 공간이 될 수도 있었지만, 혜주에게는 이동할 때마다 지옥을 맛보게 하는 공간이었다.

지금도 혜주는 지옥을 맛보는 중이었다. 오늘따라 차는 왜 이렇게 막히는지 집으로 이동하는 시간이 길어졌다. 겨울인데도 손바닥 아래에서 흐르는 땀 때문에 혜주가 짚은 곳의 시트가 끈적이고 있었다. 뒤로 조금씩 물러났지만 이제 더 이상 갈 곳이 없었다. 끝에 다다른 혜주는 차 문에 막혀 있었다.

매번 피하고 있지만, 박 회장의 치근덕거림이 점점 더 심해지고 있었다. 박 회장의 건조한 손이 혜주의 허벅지를 쓰다듬었다. 그녀의 미끈한 다리를 감싸고 있는 팬티스타킹이, 늙은 고목 같은 거친 손이 움직일 때마다 걸리고 있었다.

박 회장의 더러운 눈은 언제나 혜주를 향해 있었다. 아버지의 친구이자, 그녀가 모시는 회장인 우인그룹의 박 회장은 항상 출퇴근길의 그의 리무진 안에서 그녀의 몸을 만졌다.

생각하고 싶진 않지만, 혜주의 온몸 구석구석 그의 더러운 손이 닿지 않은 곳이 없었다. 박 회장은 그녀의 처녀성도 빼앗았다. 그 뒤로 죽을힘을 다해 피하고 있지만, 언제 또 그런 끔찍한 일이 일어날지 모른다는 생각에 혜주는 늘 불안했다. 다시는 생각하고 싶지 않은 기억이었다.

혜주의 허벅지 위에 있는 박 회장의 손가락에 점점 더 깊은 곳으로 들어오기 시작하자 혜주는 속으로 요즘 유행하는 노래를 부르기 시작했다. 생각이라도 다른 곳에 있어야지, 그렇지 않으면 진짜로 미칠 것만 같았다.

어린 나이부터 그녀는 박 회장의 비밀스런 노리개였다. 부인과 그리고 모두를 속이며 그는 혜주를 괴롭혔다.

"혜주야."

"……."

버터를 바른 것 같은 박 회장의 음성 때문에 저녁에 먹은 음식을 다 토해 낼 것 같았다. 대학에 들어가면서부터 박 회장은 틈만 나면 혜주의 몸을 더듬고 키스를 해 댔다. 어릴 때부터 그에게 금전적인 도움을 받다 보니 혜주는 그를 밀어낼 수조차 없었다.

심지어 그는 혜주와 동갑인 딸도 있었다. 박 회장은 사람이 아니었다. 하지만 날이 갈수록 혜주는 이 모든 상황을 조금씩 포기해 갔다. 그냥 하루하루를 일에 매달려 살고 있었다.

우인그룹 회장실의 비서실장이 서혜주의 직함이었다. 개인적인 일들은 모두 포기하고 일에만 매달렸다. 제대로 된 연애도 해 보질 못했다. 이렇게 틈만 나면 그녀를 노리는 박 회장을 피하는 길은 바쁘게 스케줄을 잡는 것뿐이었다.

그나마 박 회장의 집이자 혜주가 사는 우인건설 본가로 들어오면, 호랑이 같은 박 회장의 부인이 도끼눈을 뜨고 박 회장을 감시했기 때문에 안전할 수 있었다. 그게 조금은 위안이 되었다.

"회장님."

혜주가 본가에 거의 도착했음을 알리자 박 회장의 손이 아쉽다는 듯이 그녀의 허벅지에서 치워졌다.

"요즘 사모님께서 아주 날카로우십니다."

"알아."

일주일 전, 박 회장이 이십 대의 간호사와 바람이 난 걸 김 여사에게 들키는 바람에 그는 요즘은 몸을 사리고 있었다. 작은 키에 통통한 체격인 박 회장에 비해 김 여사는 기골이 장대했다. 남자로 태어났다면 장군감이었다.

말로도 힘으로도 박 회장은 김 여사와 게임이 되지 않았다. 그런데 그런 김 여사도 못 잡는 게 박 회장의 바람기였다. 들키면 항상 김 여사에게 호되게 당하면서도 박 회장은 항상 여자들을 끼고 살았다.

"혜주 네가 이렇게 비싸게 구니까 내가 힘이 들어."

박 회장은 항상 혜주가 만나 주지 않아서 다른 여자들을 만난다고 말했다.

"집 하나 얻어 줄까?"

그게 박 회장의 십팔번이었다.

"아닙니다."

"왜?"

그녀의 대답이 아주 의외란 듯 그가 놀란 얼굴로 물었다. 평소에는 이렇다 저렇다 말을 안 했는데 오늘은 혜주가 싫다는 말을 했기 때문이었다.

"사모님 때문에……."

"하긴."

박 회장은 확실히 김 여사를 두려워하긴 했다. 우인그룹 본가는 성북동에서도 가장 크고 화려한 대저택이었다. 이곳에 이사 온 지는 20년쯤 되었다. 처음부터 뼛속까지 재벌은 아닌 집이었다.

원래 우인그룹의 모기업은 우인상회였다. 혜주의 할아버지가 일으킨 기업이었고, 우인상회는 아버지가 아닌 박 회장이 할아버지로부터 물려받았다. 혜주의 아버지는 약물 중독에 알코올 중독자였다.

할아버지는 그런 아들에게 우인상회를 맡길 수 없었던 것이다. 그래도 재산 한 푼 안 남기고 가신 건 지금도 너무하다는 생각이 드는 혜주였다. 어린 시절부터 그녀는 박 회장의 손에 자랐다.

박 회장이 돌봐준 건 아니고, 학비와 의식주를 해결해 주었다. 그가 할아버지에게 받은 것에 비하면 정말 아무것도 아닌 것이었다. 그녀는 집안일을 하는 사람들과 함께 방을 썼고, 그곳에서 공부를 하며 시간이 나면 집안일을 도왔다.

10살 때부터 지금까지 혜주는 늘 혼자였다.

김 여사가 그녀를 딸같이 아끼며 키워줄 사람이 아니었기 때문이었다. 혜주는 집안일을 하는 사람들과도 친하지 않았다. 혜주를 미워하는 세은의 눈치를 봐야 했기 때문이었다. 그리고 집 안에서 일하는 사람들은 어느 순간부터 그녀의 일거수일투족을 김 여사에게 보고하기 시작했다.

아마도 박 회장이 혜주를 호시탐탐 노리고 있다는 걸 본능적으로 알아차린 모양이었다. 물론 그게 고마운 혜주였지만 말이다. 차에서 내리기 전에 박 회장이 그녀의 가슴을 손으로 쓰윽 만졌다.

모른 척하면서 혜주의 몸을 더듬는 박 회장이 혜주는 소름 끼칠 정도로 싫었다.

"여보, 다녀오셨어요?"

덩치에 맞지 않게 하늘거리는 명품 옷을 좋아하는 김 여사는 추운 겨울인데도 얇은 롱스커트에 긴 카디건 차림이었다. 모르긴 해도 그녀의 월급보다도 비싼 옷을 입었을 것이다. 하지만 비싼 옷을 입은 태는 나지 않았다. 머리는 단발머리를 하고 있어서 언뜻 보면 남자가 여장하고 있는 것처럼 보였다.

"어, 그래."

박 회장은 김 여사가 이렇게 현관에 마중을 나와 있는 걸 굉장히 부담스러워했다.

"아빠."

서른세 살 나이에 아직도 아빠라고 말하는 세은은 박 회장의 팔에 팔짱을 끼었다.

"웬일이야? 이 시간에 우리 공주님의 얼굴을 다 보고."

바람기라고 하면 박 회장에 버금가는 세은이었다. 연말에 파티에 가지 않고 이렇게 집에 있으니 혜주가 보기에도 이상했다.

"왜 그래, 착한 딸한테……."

코맹맹이 소리가 듣기 거북할 정도였다. 뭔가 원하는 게 있지 않고서는 인간이 저런 역겨운 소리를 낼 수는 없었다.

"아니, 예뻐서 그렇지."

박 회장을 닮아서 작고 왜소한 체구의 세은이었다. 하지만 귀엽다거나 예쁘다는 말과는 어울리지 않았다. 귀엽다고 말하기엔 너무 차가운 인상이었고, 예쁘다고 말하기엔 2% 부족했다. 그나마 명품으로 휘감아서 부티가 나긴 했다.

저 정도 돈으로 휘감았는데 부티가 나지 않으면 말이 안 되었다.

"내일 선보는 거 잊지 않았지?"

딸이 못 미더웠는지 박 회장이 물었다.

"안 잊었어. 어떻게 잊어."

"잘해야 해."

박 회장이 신신당부를 했다. 내일 세은의 맞선 상대는 혜주가 듣기에도 아주 놀라운 상대였다. 그리고 다시 한 번 박 회장의 수완에 놀랐었다.

"서혜주!"

김 여사가 그녀를 날카롭게 불렀다. 안 그래도 추운 겨울인데 혜주의 마음을 더 얼리고 있었다. 혜주는 이상하게 김 여사가 부르면 온몸에 소름이 돋았다. 아마도 어릴 때부터 김 여사에게 맞고 자랐기 때문일 수도 있었다. 그녀와 같은 공간에 있으면 혜주의 심장이 미친 듯이 뛰었다.

지금은 성인이 되어 예전처럼 때리진 않았지만 그래도 김 여사가 있으면 몸이 먼저 반응했다.

"네, 사모님."

"잠깐 나 좀 봐."

"네."

김 여사가 그녀를 부른 이유는 불 보듯 뻔했다. 이번에 박 회장이 바람을 피운 간호사 이야기임이 분명했다. 김 여사를 따라간 곳은 박 회장의 서재였다. 남들에게 보이는 걸 좋아하는 박 회장은 서재도 웬만한 교수들의 연구실처럼 꾸며 놓았다.

읽지도 않은 새 책들이 서재에 가득 꽂혀 있었다.

짝!

서재에 들어서자마자 혜주는 영문도 모르고 김 여사에게 뺨을 맞고는 그대로 바닥에 쓰러졌다.

"너 도대체 일을 어떻게 처리한 거야?"

"……."

또 무슨 억지를 부리려고 이러는지 알 수가 없었다.

"그 미친 간호사에게 돈 봉투 전한 거 맞아?"

"네, 소송을 안 하겠다는 사인까지……."

탁탁탁!

알 수 없는 종이를 말아서 혜주의 머리통을 내리치는 김 여사 때문에 혜주의 자존심에 또 한 번 멍이 들었다.

"조혜선이 말고 김민희."

둘 다 박 회장의 주치의가 데리고 있는 간호사들이었다. 이번엔 조 간호사였고, 전엔 김 간호사였다. 그렇다면 김 간호사를 이야기하는 것이었다.

"걔가 애기를 낳겠다고 난리야. 도대체 어떻게 일을 처리한 거야?"

김 간호사는 김 여사에 대해 모르고 있었다. 얼마나 무서운지, 얼마나 잔인한지를 말이다. 거기다가 임신이 사실이라면 김 간호사는 지금 아주 위험했다. 그런데 지금 그런 김 여사를 도리어 협박을 하다니, 혜주라도 말리고 싶은 심정이었다.

"죄송합니다."

그 아이를 낳게 둘 김 여사가 아니었다.

"김 간호사를 찾아가서 다시 한 번……."

"됐어."

세은이 서재로 들어오면서 말을 했다.

"네가 일을 그 모양으로 하니 내가 나서지."

그렇다면 김 간호사와 아기 둘 다 위험에 빠진다는 소리였다. 김 여사보다 세은이 더 잔인했다. 세은은 뭐든지 피를 봐야 끝을 내는 타입이었다. 돈으로 뭐든 할 수 있다고 믿었고, 그 돈으로 사람들을 사서 아주 못된 일을 많이 저질렀다.

"역시 우리 세은이뿐이야."

"엄마, 저 멍청이한테 시키지 말고 나한테 맡기라니까."

"알았어."

여전히 바닥에 앉아 있는 혜주를 남기고는 모녀가 서재를 빠져나갔다. 한두 번 겪는 일이 아니었지만 그래도 당할 때마다 마음을 다쳤다. 다칠 곳이 남아 있다는 게 더 신기했다. 혜주는 자리에서 일어나 작고 초라한 그녀의 방으로 걸음을 옮겼다.

울지 않겠다고 맹세를 한 뒤로 그녀는 아무리 마음을 다쳐도 눈물을 흘리지 않았다. 하지만 오늘 혜주는 샤워기 아래에서 그동안 참았던 눈물을 쏟아 냈다.

이렇게 박 회장의 집에서 산 지 23년이 되었다. 처음엔 매일매일 울기에 바빴다. 김 여사의 뜬금없는 매질과 자존심을 건드리는 세은이의 말. 그리고 박 회장의 성적인 학대에 어린 혜주는 견디기 힘들었다. 하지만 나이가 들수록 혜주는 남들 앞에선 티를 내지 않는 완벽한 포커페이스의 소유자가 되었다.

지금은 혜주 스스로가 자신을 얼음 성에 가두고 차갑게 변해 가고 있었다. 내일은 디데이였다. 세은에게도 그리고 혜주에게도.

서울에서 가장 고급 호텔인 S호텔의 이탈리안 레스토랑은 언제나 사람들로 북적였다. 평일에는 고급 요리를 먹기 위한 손님들로, 주말에는 선을 보기 위한 장소로 이곳은 365일 문전성시를 이루는 곳이었다.

오늘은 12월 24일 크리스마스이브로 대목 중의 대목인 날이었고, 피크타임은 벌써 몇 개월 전부터 예약이 끝이 난 상황이었다. 그런데 지금은 그 바쁘다는 레스토랑이 텅 비어 있었다.

"준비는 다 됐어?"

머리가 회색빛인 지배인이 긴장이 되었는지 입술에 침을 바르며 부지배인에게 물었다.

"준비는 완벽하게 됐지만, 도대체 누가 오는 겁니까?"

국내에서 가장 비싼 레스토랑을 통째로 2시간 동안 빌렸다. 23층에 출입을 완전 통제하고 식전 30분 준비, 식사 1시간, 식후 30분 동안 철저한 보안을 유지하라는 주문이 있었다.

"대통령이라도 오는 겁니까?"

부지배인은 이곳에서 7년을 근무했지만 이런 경우는 처음이었다. 몇 년 전에 사우디 왕세자가 왔을 때가 생각이 났다. 그때도 부자 나라의 돈 많은 왕자가 왔지만, 혼자 사용하기 위해 빌린 것이 아니라 같이 온 일행들 전체가 빌린 것이었다. 하지만 단 두 명을 위한 자리는 처음이었다. 얼마나 부자길래 이곳을 통으로 빌리는지, 놀라운 일이었다.

"차라리 스위트룸을 빌리시는 게 더 저렴할 텐데요. 그렇지 않습니까?"

"자네는 너무 궁금한 게 많은 것 같아."

사실 50대 중반인 지배인에게도 오늘 같은 일은 처음이었다. 일주일 전, 급하게 지시를 받은 일이었다. 예약 고객들의 불편을 최소화하기 위해 브레이크타임을 이용하기는 했지만 그래도 불가피하게 몇몇 손님들의 예약은 뒤로 미뤄야 했다.

하지만 오늘 손님이 누군지 알게 되고 여기서 무슨 일이 벌어질지 안 다음부터는 이 모든 상황이 이해가 되었다.

"저기……."

부지배인이 놀란 얼굴로 엘리베이터에서 내리는 손님을 가리켰다. 지배인은 부지배인의 행동이 마음에 들지 않아 한숨을 쉬고는 출입구 쪽으로 미리 가서 손님 맞을 준비를 했다.

"어서 오십시오."

"……."

지배인은 허리를 살짝 숙여 인사를 하고는 들어서는 남자를 맞이했다. 우리나라 최고 그룹인 서광그룹의 후계자이자, 부회장인 차희준은 TV보다 실물이 더 멋진 남자였다. 우리나라에서 내로라 하는 집안의 자제들은 거의 다 보았지만 차희준처럼 모든 걸 다 갖춘 사람은 지배인도 처음이었다.

거기다 재벌가들이 선을 보기로 유명한 이곳에 희준이 온 건 처음이었다. 이런 사람들이 오면, 다녀갔다고 말하며 광고 효과를 낼 수 있어야 하는데 오늘은 철저하게 비공식적인 선이었다.

준수한 외모뿐 아니라 운동선수같이 건장한 체격에, 카리스마까지 두루 갖춘 희준은 지배인이 보기에도 완벽해 보였다.

"이쪽으로 오십시오."

지배인이 직접 그를 예약석으로 안내했다. 한강이 한눈에 보이는 자리로, 레스토랑에서 가장 전망이 좋은 곳이었다. 곧이어 부지배인이 우인그룹의 박세은 본부장을 자리로 안내했다. 세기의 선이었다.

우리나라 1위 그룹의 후계자가 선을 보고 있었다. 사전에 철저하게 보안을 한 이유는, 소문이 나면 주식 시장에 막대한 영향을 미치기 때문이라는 말을 들었다. 만약에 두 회사의 후계자들의 결혼이 성사된다면 두 회사는 거대한 글로벌 그룹이 되는 것이었다.

"완전 대박 사건이네요."

부지배인이 호들갑이었다.

"입조심하는 게 좋을 거야."

"알겠습니다."

지배인의 한마디에 상황은 종료가 되었다. S호텔의 대주주가 서광그룹이었다. 말하자면 오늘 그들의 오너가 선을 보는 것이었다. 지배인의 신경이 곤두서 있었다.

조용한 분위기가 마음에 들었다. 항상 어딜 가나 북적이는 사람들이 이제는 좀 피곤하게 느껴졌다. 재벌로 산다는 것은 그렇게 만만치 않은 일이었다. 남보다 많이 가지고 태어나서 좋겠다고 생각하는 사람들도 있겠지만, 그는 보통 사람들이 생각하지 못할 만큼의 스트레스를 받고 있었다.

스케줄에 그의 선이 잡혀 있는 걸 보고는 별 기대 없이 나왔다. 어차피 상대는 너무나 잘 아는 사람이고, 아버지께서 이렇게 욕심이 많은 분이었나 생각하니 웃음이 나기도 했다. 돈이 탐이 나서 우인그룹을 택하신 건 아닌 것 같고 그 속이 궁금하기도 해서 오늘 이 자리에 나왔다.

결혼이야 아무하고나 해도 상관이 없었다. 그는 사랑을 할 시간적인 여유가 없었다. 남들처럼 행복한 가정생활은 그에겐 있을 수 없는 일이었다. 그의 24시간은 비서에 의해 결정이 되었다. 그의 움직임은 수백만 명의 서광그룹 식구들의 편안한 삶과도 연관이 되어 있었기 때문에 희준은 언제나 무거운 책임감을 느끼며 살았다.

물론 그렇다고 그가 호락호락하게 남의 말에 좌지우지되는 사람이 아니란 걸 모두가 알고 있었다.

"오랜만이에요. 오빠."

우인그룹의 무남독녀 외동딸인 세은이 그를 보며 수줍음이 가득한 얼굴로 인사를 했다. 사교 모임에 참석을 해도 희준은 다른 사람들과 말을 섞는 법이 없었다. 매번 가볍게 인사만 하고 자리를 떠났기 때문에 재벌가의 자제들에게도 희준은 어려운 사람이었다.

"그래, 오랜만이야. 잘 지냈어?"

무심한 듯 던진 그의 말에 세은의 얼굴이 붉어졌다. 희준이 보기에 세은은 얼굴을 붉힐 정도로 적은 나이가 아니었다.

"저야 항상 그렇죠. 다람쥐 쳇바퀴 돌아가는 삶이죠."

세은은 왜소한 체구의 여자였다. 희준은 자신의 큰 신장 때문인지 170cm 이상의 모델 같은 스타일의 여자가 좋았다. 예쁜 얼굴보다는 스타일이 좋은 사람이 훨씬 눈에 들어왔다. 그렇기 때문에 세은의 외모는 그의 이상형과는 거리가 멀었다. 물론 상관없지만 말이다.

"회장님은 평안하시죠?"

어릴 때부터 스치듯이 보기는 했지만, 그래도 아버지랑 아는 관계라서 그런지 세은은 질문할 게 많은 모양이었다.

"응, 박 회장님도 잘 계시지?"

"네."

지루한 선이었다. 스테이크는 다행히 그의 입맛에 맞았다. 지루한 시간을 보내는데 음식까지 맛이 없다면 그건 정말 최악의 상황이 되겠지만, 지금은 아니었다. 스테이크를 먹는 내내 세은이 질문을 하지 않으면 희준의 시선은 창밖으로 향해 있었다.

서광건설이 S호텔을 지은 지 10년이 넘었다. 생각할수록 이곳은 위치나 시설이 마음에 들었다. 한강에 화려한 조명을 한 유람선이 지나고 있었다. 희준은 유람선을 보며 자신은 한 번도 타 본 적이 없다는 걸 깨달았다.

"오빠 그동안 여자 없어요?"

세은의 말에 그가 시선은 그대로 창밖으로 둔 채 답했다.

"여자가 없는 게 아니라 시간이 없다. 넌 남자 없어?"

오랜만에 어색함을 깬 질문이라서 희준은 궁금하진 않았지만 세은에게 물었다.

"저도 회사 일 때문에 바쁘다 보니 남자 만날 시간이 없었어요."

진실함이라고는 하나도 없는 말이었다. 그도 인터넷을 스캔들로 수놓을 때가 많았지만 세은도 만만치 않았다. 물론 그에 비해 세간의 관심의 대상이 아니어서 그렇지, 여자치곤 스캔들이 많다는 것 정도는 희준도 알았다.

"훗!"

"왜요? 못 믿겠어요?"

그의 반응에 불편함을 드러내며 세은이 물었다.

"우리에게 그런 게 중요한가? 어차피 우리의 결혼은 비즈니스인데 말이야. 서로 망신당하지 않게 행동하면 그뿐이야."

"아니에요. 난 우리가 결혼을 하면 정말 잘할 거예요."

"그건 당연한 거고. 결혼을 하게 되면 최소한 남자 문제는 없어야지."

경고였다. 이 자리에 나오면서 세은에 대해 미리 알아보았다. 비서가 장시간 길고 긴 세은의 스캔들을 읽어 주었다. 비서의 브리핑이 끝이 났을 땐 마치 삼류 소설 한 권을 읽은 느낌이었다.

"그런 걱정은 하지 말아요."

세은의 삶에는 관심이 없었다. 집안 대 집안이 하는 결혼이었다. 그도 우인그룹 정도면 그의 짝으론 손색이 없다는 것 정도는 생각하고 있었다.

그때 갑자기 레스토랑 안이 소란스러워졌다. 한 남자가 레스토랑 안으로 돌진하고 있었고, 그 뒤로 경호원들이 뛰어 들어오고 있었다. 놀란 세은이 희준을 의식하고는 얼른 고개를 돌렸다. 아마 소란을 피우고 있는 남자가 자신의 얼굴을 보지 못하게 하기 위함인 것 같았다.

"박세은!"

남자가 세은의 이름을 부르고 있었다. 그 순간 희준의 얼굴에 차가운 미소가 걸렸다. 아주 어이가 없는 상황이었다.

"모르는 사람이에요."

묻지도 않았는데 세은이 발뺌을 하고 있었다.

"그런가?"

"그래도 상관없지 않아요? 어차피 우리야 서로의 조건만 맞는다면……."

세은이 떨리는 목소리로 말을 했지만 희준의 냉소적인 표정은 바뀌지 않았다.

"난 여자가 있어도 상관없지만, 넌 아니지. 이 결혼은 우리 쪽에선 하든 안 하든 중요하지 않아. 안달이 난 건 내가 아니란 말이야."

"……."

희준의 말에 세은은 입을 꾹 다물었다. 그의 말이 맞았다. 1등은 서광그룹이었고 우인그룹은 서광에 비하면 구멍가게에 불과했다.

"세은이는 내 여자야!"

남자가 소리를 지르자 희준이 남자를 매섭게 쳐다보며 말했다.

"네 여자면 관리 잘해. 난 관심 없으니까."

희준은 거의 독설을 내뱉듯이 툭 하고 뱉어 냈다.

"오빠!"

그의 말에 기분이 상했는지 세은이 그를 불렀다. 하지만 상관없었다. 실수는 세은이 한 것이지 그가 한 게 아니기 때문이었다.

"세은아, 저런 놈이랑 만나지 말고……."

남자가 구차하게 세은에게 매달리는 느낌이었다.

"닥쳐!"

남자의 말에 세은이 소리쳤다. 세은의 입장에서 더 이상 희준의 비위를 건드리는 건 자살 행위나 마찬가지였다.

"잠깐 만난 남자예요. 깊은 관계가 아니라고요."

세은은 변명을 늘어놓았다.

"오늘 네가 실수한 거 가슴을 치며 후회할 일이 있을 거다."

지금 상황이 귀찮게 느껴진 희준은 스테이크를 먹으며 말했다.

"오빠, 미안해요."

이제야 정신이 드는지 세은이 재빠르게 사과했다.

"놔, 이 새끼들아!"

남자가 경호원들에게 붙들려 발버둥을 치고 있었다.

"끌어내지 않고 뭐 해요?"

세은이 경호원들에게 소리쳤다.

"네가 가서 처리해."

"네?"

"오늘 선은 없었던 걸로 하고."

희준은 단칼에 세은의 말을 잘라 버렸다. 세은과 더 이상 한자리에 있고 싶지 않았다.

"오빠, 진심으로 사과할게요."

"가."

"저 남자와 깊은 관계가 아니라고요."

탁!

도저히 참기가 힘이 들어 희준이 테이블을 손바닥으로 쳤다. 그러자 사방이 순식간에 얼어 버렸다.

"듣기 싫으니까 저 남자 데리고 나가!"

"내가 다 처리하고 올게요."

자신이 무슨 말을 하고 있는지 아는지 모르는지 세은은 계속해서 그의 앞에서 머뭇거리며 그를 더욱 열 받게 만들고 있었다. 희준이 매섭게 세은을 쳐다보자 세은이 그에게 사과를 하고는 자리에서 일어나 밖으로 나갔다.

세은이 떠난 자리에 홀로 앉은 희준은 스테이크를 마저 먹고 있었다. 세은에게 실망하기는 했지만 더 이상은 신경 쓰고 싶지 않았다.

다만 세은에게 이 일에 대한 책임은 반드시 물을 것이다. 그를 이렇게 기만하고도 무사할 수는 없었다.

"부회장님."

스테이크를 써는 동안에 갑자기 차분한 여자의 목소리가 들렸다. 레스토랑의 직원이라고 생각한 그는 고개를 들지 않고 계속해서 음식에만 집중했다.

"부회장님."

자꾸 자신을 부르는 쪽으로 희준이 고개를 들자 그의 앞에는 예상 밖의 인물이 서 있었다. 박 회장의 비서인 서혜주였다. 다른 그룹 회장 비서의 이름까지 안다는 건 신기한 일이지만 서혜주의 경우는 달랐다.

너무 눈에 띄는 미모 때문이랄까? 아니면 주위를 얼려 버릴 것 같은 차가움 때문이랄까? 하여튼 모든 경영주들이 서혜주의 존재를 알 정도로 그녀는 뛰어난 미모와 그에 못지않은 실력을 겸비한 사람이었다.

희준도 그녀와 단둘이 이야기를 할 기회는 없었다. 가까이서 보니 혜주의 얼굴은 그야말로 눈이 부실 정도였다. 아름다운 여자들을 많이 보긴 했지만 혜주만큼 눈에 띄지는 않았다. 연예인을 하지 왜 비서를 할까 하는 생각이 들었다.

세은보다 혜주가 희준의 이상형에 더 가까웠다. 그래서일까? 그는 혜주를 무례할 정도로 보았다. 투명하게 빛나는 하얀 피부에 잘 정돈이 된 짙은 눈썹, 원래 그녀의 것인지 아니면 인조 속눈썹을 붙인 건지 알 수 없을 정도로 길고 짙은 속눈썹. 그 안에 반짝이고 있는 커다란 눈동자까지 매혹적인 여자였다.

미모는 인위적으로 만들 수 있겠지만 그 미모를 더욱 빛나게 하는 건 그녀의 당당함이었다. 아마 모델같이 큰 키 때문일지도 몰랐다. 어찌 보면 조금은 무례하다 싶을 정도로 그녀는 희준 앞에서 당당했다. 그런데 묘하게 그런 모습이 참 매력적이란 생각이 들었다.

"부회장님."

그녀가 다시 한 번 그를 불렀다. 마치 그의 시선에 기분이 상한 것 같은 말투였다. 대부분의 여자들은 그가 바라만 봐도 좋아하는데 혜주는 참 특이한 여자였다.

"왜 박 회장님 비서가 날 찾아와서 이러는지 모르겠군."

여전히 스테이크를 먹으며 그가 마음과는 다르게 무심한 듯 말했다.

"오늘 이런 일이 일어날 것을 대비해서 절 보내신 겁니다."

"일어날 줄 알았다?"

"네."

군더더기 없이 간결하게 답했다. 마치 일이 벌어지기니 했지만 네가 이해하라는 것같이 들려 희준은 인상을 썼다.

"회장님께서는 이 결혼에 기대가 크십니다."

"당연하지. 욕심이 넘치시는 분이니까."

박 회장은 수단과 방법을 가리지 않고 경영하기로 유명한 사람이었다. 그 방법이 너무 질적으로 낮아서 희준은 우인그룹의 박 회장을 그리 좋아하지는 않았다.

"오늘 일은 덮어 주셨으면 합니다."

어이가 없었다. 덮으라고? 그것도 박 회장이 직접 말하는 것도 아니고, 꼿꼿이 허리를 세우고 그에게 명령하는 듯한 느낌을 주는 비서에게 시켜서? 희준은 포크를 내려놓고는 혜주를 매섭게 쳐다보았다.

"덮으라고?"

"네, 박 회장님께서 그렇게만 해 주신다면 그에 따른 대가는 반드시 있을 거라고 말씀하셨습니다."

"대가?"

"네."

혜주는 그를 당당하게 바라보고 있었다. 어디서 저런 용기가 나오는지 희준은 궁금했다. 자신의 회장에겐 어떨지 모르지만 다른 곳에선 굳이 자존심을 죽일 필요는 없다고 생각하는 모양이었다. 그런 그녀를 꺾어 버리고 싶은 충동이 일었다.

"그 대가란?"

"원하시는 걸 말씀하시면 될 것 같습니다. 박 본부장님의 행동이 굉장한 무례라는 걸 회장님도 알고 계십니다."

"세은의 행동이 무례하단 걸 안다? 그러면 남자가 있다는 것도 알았다는 뜻인가?"

"박 본부장님의 남성 편력은 이 바닥에선 다 아는 일 아닙니까?"

혜주는 여전히 기가 눌리지 않고 당당하게 말하고 있었다. 하긴, 그녀는 이 일과는 관계가 없으니 어쩌면 당연한 일인지도 몰랐다. 희준의 시선이 또 한 번 혜주에게 향했다. 숨이 막히게 아름다웠지만 또한 미치게 짜증나는 여자였다.

레스토랑에는 혜주와 그 둘뿐이었다. 처음으로 식당에 피아노 선율이 흐르는 걸 들었다. 사랑에 관한 곡인데 정확하게 제목은 기억이 나지 않았다. 지금 분위기와는 조금도 어울리지 않았다. 지금 이곳에 울려 퍼져야 할 곡은 전쟁 전의 일촉즉발의 상황을 담은 곡이 어울릴 것 같았다.

희준의 눈은 혜주의 전신을 훑어 내리고 있었다. 여자로서는 큰 키에 호리호리한 몸매, 아름다운 얼굴. 거기에 군인처럼 각이 잡힌 완벽한 슈트 핏은 그녀가 얼마나 깔끔한 성격인지를 말해 주고 있었다.

바늘 하나 들어갈 것 같지 않은 그녀의 완벽한 모습에 희준은 또다시 흐트려 놓고 싶다는 충동을 느꼈다.

"이번 중동의 발전소 건설에 저희 우인건설은 빠지겠다고 말씀하셨습니다."

서광건설이 심혈을 기울여 추진하고 있는 일이었고, 우인건설도 만만치 않은 로비를 하고 있는 걸로 알고 있는 사업이었다. 다른 분야는 몰라도 우인건설은 건설 쪽에선 서광과 어깨를 나란히하고 있었다. 그런데 우인건설이 그걸 포기한다는 말이었다.

하지만 잘 생각해 보면 조금 손쉬워질 뿐이지 그 사업은 서광건설이 수주를 따낼 확률이 더 높은 사업이었다.

"구미가 별로 당기지 않는군."

그의 말에 처음으로 혜주의 얼굴에 당황한 기색이 스쳤다. 그 정도 제안으로 이번 일을 그냥 넘어갈 거라고 생각했다면 박 회장은 그를 잘못 본 것이다.

"하지만……."

말끝을 흐릴 스타일이 아닌데 혜주의 말문이 막힌 듯했다. 아마도 박 회장의 비장의 카드가 먹히지 않자 당황한 것 같았다. 파르르 떨리는 혜주의 입술이 그의 시선을 사로잡았다. 하지만 그것도 잠시, 혜주는 다시 차가운 얼음 공주가 되어 버렸다.

깨 버리고 싶은 충동이 느껴질 만큼.

"내가 오늘 일을 없었던 걸로 하는 데 두 가지 조건이 있어. 첫 번째는 세은이가 내 눈앞에 두 번 다시 안 보이는 것과 두 번째는 서혜주라는 여자를 갖는 것."

"……."

생각대로 혜주는 선뜻 답하지 못했지만 이상할 정도로 차분했다. 이 정도의 요구라면 굉장히 놀라거나 화를 낼 법한데, 서혜주의 얼굴엔 아무런 변화가 없었다.

"왜 답이 없지? 곤란한가?"

그녀가 당황하는 모습을 보고 싶었다. 파르르 입술을 떨며 그에게 대드는 모습이 보고 싶었다. 사냥감의 마지막 몸부림을 느끼고 싶었다.

"아닙니다."

하지만 그의 기대와는 다르게 혜주는 고개를 빳빳이 들고는 너무 차분하게 답했다.

"그럼 내 말대로 하겠다는 건가?"

이번엔 희준이 제대로 놀랐다. 마치 그가 이런 요구를 할 줄 알고 있었다는 듯, 그녀의 반응이 실로 놀랍기만 했다. 그리고 더불어 오기가 생기기도 했다. 서혜주는 생각보다 남자들과의 잠자리를 쉽게 생각할 수도 있었다.

"그럼, 우리의 이야기를 해 볼까?"

그의 말에도 혜주는 아주 담담한 표정을 짓고 있었다. 아니, 무서울 정도로 차분했다.

"오늘은 크리스마스이브고 난 지금 선을 보다가 아주 황당한 일을 당했지. 이럴 때 서혜주 씨라면 어떻게 하겠나?"

"술을 마시겠죠."

술은 입에도 못 댈 것같이 생긴 여자가 말은 잘하고 있었다.

"술은 잘 마시나?"

"조금 마십니다."

"그렇다면 오늘은 각오하는 게 좋을 거야. 모르는 남자의 품에 안겨야 할 테니까."

그가 자리에서 일어났다. 오후의 일정이 남아 있기 때문이었다. 크리스마스이브에도 그의 일정은 아주 타이트했다.

"8시에 데리러 가지."

"제가 가겠습니다."

"그럼 편할 대로. 주소는……."

"압니다."

기분이 찜찜할 정도로 혜주는 이 모든 상황을 마치 처음부터 알고 있기나 한 것처럼 그의 말에 답하고 있었다.

"좋아."

희준은 혜주를 뒤로하고 레스토랑을 빠져나왔다. 희준은 뒤를 돌아보지 않았다. 왠지 이 상황이 조금은 꿈같다는 생각이 들었기 때문이었다. 희준은 자신이 한 말들을 생각하며 한숨을 쉬었다.

잠깐 정신이 어떻게 되지 않고서는 할 수 없는 말이었다. 그건 그가 재벌이든 아니든 상관없이 처음 대화를 하는 상대에게 큰 실례가 될 수 있었다. 하지만 그는 무슨 생각에선지 평소의 그답지 않은 말을 상대에게 했다.

아마 그녀가 화를 냈다면 어땠을까? 하지만 결론은 같았을 것이다. 그녀는 이상하게 그를 자극하는 무언가가 있었다. 그의 아래서 무너지는 모습이 보고 싶었다. 서혜주가 제 아래서 애원하는 모습을 상상하자 그의 아랫도리가 무거워졌다.

"별일이군."

8시에 그녀는 분명히 그에게 올 것 같았다. 그러면 그때 왜 승낙을 했는지 이유를 물어보면 되는 것이었다. 자신의 벤틀리에 오른 희준은 조금 전 맞선 자리에서 있었던 복잡한 일들을 기억에서 지우며 다음 스케줄에 필요한 서류를 검토하기 시작했다.

호텔을 나서는 혜주의 핸드폰은 문자 폭탄을 맞은 상태가 되어 있었다. 그 짧은 시간 동안 세은이 그녀에게 보낸 문자였다. 다른 내용이 아니라 빨리 전화를 하라는 것이었다. 차희준이 어떤 반응을 보이고 있는지 몹시도 궁금한 모양이었다. 혜주는 한숨을 쉬며 자신의 허리에 손을 올려놓았다.

그러는 와중에도 또 한 통의 문자가 도착했다. 안하무인인 세은도 지금의 상황이 걱정이 되긴 하는 것 같았다. 그만큼 서광그룹과의 선이 우인그룹에는 중요한 사안이었다. 세은 개인에게도 중요한 일이지만 우인그룹에게도 한 단계 앞으로 도약하는 밑거름이 되어 줄 일이었다.

우인이 이런 기회를 잡은 건 서광그룹의 경영권 승계와 맞물려 있었다. 그룹의 후계자가 결혼을 해야 주주들에게 안정된 인상을 준다고 믿는 차 회장 때문이었다. 그 기회를 고향 후배이자 대학 후배이기도 한 우인그룹 박 회장이 잡은 것이었다.

자신의 차에 오른 혜주는 차를 출발시키며 세은에게 전화를 걸었다.

"여보세요?"

[왜 이렇게 전화를 안 받아? 미쳤어?]

열을 받을 대로 받은 모양이었다. 자신이 저지른 행동은 괜찮고, 혜주의 행동은 하나부터 열까지 다 마음에 들지 않는 모양이다.

"무슨 일이십니까?"

[어떻게 됐냐고!]

"화가 많이 나셨습니다."

[당연하지. 병신 같은 이가을이 왔으니까.]

본인이 마음에 들지 않을 거라는 생각은 안 하는 모양이었다.

[다 처리할 거라고 말하지 그랬어.]

"했습니다."

[네가 일을 잘못 처리해서 그래.]

모든 게 남의 탓이었다. 어릴 때부터 항상 그랬다. 동갑인 혜주와 세은은 같은 중, 고등학교를 나왔다. 부딪히기 싫어도 항상 얽혔다. 시녀와 공주님 같은 관계로 말이다. 이게 다 아버지의 요양비와 그녀의 생활비를 우인그룹에서 지원받았기 때문이었다.

혜주는 10살 때부터 우인그룹 본가에서 살았다. 아버지와 박 회장이 친구 사이였기 때문이었다. 한 달 전까지는 그렇게 믿었었다.

그런 혜주의 사정을 너무나도 잘 아는 세은은 어릴 때부터 그녀를 거지라고 놀리며 왕따를 시켰었다. 물론 당하고만 있을 혜주는 아니었지만 말이다.

[당장 다시 돌아가서 빌어. 이가을은 다 처리했으니까 이번 혼사에 대해서는 더 이상 신경 쓰시지 말라고 말이야.]

"말씀드렸습니다."

[너 지금 나 엿 먹이려고 그러는 거지? 미친년아. 네가 그런 남자 못 만나니까 그러는 거 아니야?]

"지금 회사로 들어가는 길입니다."

[그래? 그럼 빨리 들어와!]

전화가 끊겼다. 듣고 싶지 않은 톤의 목소리였다. 한숨을 내쉬며 혜주는 차를 몰았다. 졸부와 재벌의 차이를 세은을 통해서 느끼고 있었다. 어릴 때부터 부자인 부모의 밑에서 자란, 태생부터 재벌인 사람들은 이렇게 거칠지 않았다. 최소한 혜주가 만난 사람들은 그랬다.

하지만 세은은 교양이라고는 눈을 씻고 봐도 없었다. 다만 다른 사람들 앞에선 그런 척하느라 애를 쓰기는 했다. 그래도 혜주 앞에선 본색이 드러나는 세은이었다.

윙~

이번에는 가을이었다. 얼굴도 알지 못하는 남자 배우가 갑자기 한 달 전에 그녀의 삶에 뛰어들어 아주 뒤죽박죽인 삶을 만들어 버렸다.

"여보세요?"

[혜주 씨, 고마워요.]

세은의 상태로 봐서는 고마워할 때는 아닌 것 같은데 좀 이상

51

했다.

"괜찮은 거예요?"

[이따 저녁에 세은이와 다시 만나기로 했어요. 차희준과의 결혼도, 그리고 나도 포기를 안 할 생각인 거 같아요. 세은이는 내가 붙잡을 테니 혜주 씨는 차희준 잡아요. 그래야 우리들의 복수가 더 잔인하고 완벽할 수 있어요.]

"……."

답을 할 수가 없었다. 가을은 가을 나름대로 지금 우인그룹 박 회장에 대해 복수를 준비하고 있었다. 둘이 함께하면 아무래도 더 쉬워지기 때문에 가을은 끊임없이 혜주를 설득했다.

[망설이지 마요. 박 회장이 우리 아버지와 혜주 씨 아버지에게 한 일만 생각해요.]

전화를 끊은 혜주는 생각이 더 복잡해졌다. 박 회장에게 복수를 하지 않겠다는 게 아니라, 이 정도로 잔인하다 할 수 있을까— 라는 생각이 들었기 때문이었다. 아버지를 약물 중독자로 만들고 어머니를 자살에 이르게 한 박 회장에게 하는 복수치고는 너무 약한 게 아닌가라는 생각이 들었다.

운전대를 잡으며 혜주는 이 모든 일의 발단이 된 한 달 전의 일들을 떠올렸다.

그날은 여느 날과는 모든 면에서 확실하게 다른 날이었다. 우인 그룹 회장실에 먹구름이 드리워져 있었다. 먹구름이야 감정 기복이 큰 박 회장에게 자주 있는 일이었지만 그날은 완전히 천둥 번개를 동반한 날이었다. 작은 키에 배가 볼록 나온 박 회장은 최고급 이태리 소파에 몸을 기댄 채 한숨을 푹 쉬고 있었다.

그의 앞에는 하나뿐인 딸인 세은이 앉아 있었고, 그 뒤에는 혜주가 서 있었다. 하나뿐인 딸이라 박 회장이 누구보다도 소중하게 키워서, 서른이 넘은 나이에도 박 회장 앞에서는 철부지인 세은이었다.

"아빠, 진짜 난 결혼 안 해."

혜주가 옆에 있건 없건 세은은 박 회장에게 반말을 했다.

"뭐?"

박 회장은 뒷목을 부여잡으며 소리쳤다.

"그냥 독신으로 산다고!"

서른세 살 먹도록 세은은 결혼엔 아무런 흥미가 없었다. 하지만 서광그룹 아들이라는 말에 잔뜩 기대하는 눈치였는데, 오늘은 또 마음이 바뀐 모양이었다. 나이가 한두 살도 아닌데 왜 저러는지 다른 사람들은 이해하지 못하겠지만 혜주는 그 이유를 알았다.

아버지인 박 회장과 뭔가 딜을 하고 싶은 모양이었다. 가지고 싶은 게 분명히 있었다. 세은은 생각보다 영악했다. 그리고 남자가 없는 것도 아니었다. 지나치게 많은 게 흠이라면 흠이었다. 박 회장의 지시로 혜주가 손을 써서 막은 스캔들이 한두 번이 아니었다. 자유연애주의자인 딸을 둔 덕에 박 회장은 노년에 아주 속을 썩고 있었다.

"도대체 왜 그러는 거야?"

"난 그냥 즐기면서 살고 싶다고. 아빠도 그렇잖아."

"흠!"

박 회장은 딸의 말에 반박을 할 수가 없었다. 그도 소문난 바람둥이였다. 아니 바람둥이라기보다 여자를 좋아했다. 박 회장은 여자 없이는 살 수 없는 것 같았다. 다만 그는 자신의 씨를 아무 곳에나 뿌리고 다니진 않았다. 그게 다 복잡해지는 족보를 막기 위해서였다. 박 회장은 머리가 나쁜 사람이 아니었다.

"이번 선이 얼마나 중요한지 몰라?"

"알아, 하지만 난 아니라고. 서광그룹 아들이 뭐가 아쉬워서 나를 부인으로 맞이하겠어. 나도 뭐가 아쉬워서 우리보다 더 잘사는 집에 시집가서 눈치를 보며 사냐고."

세은의 말이 틀린 건 아니었다. 혜주가 이제껏 들은 말 중에서 가장 현명한 말이었다. 우인그룹보다 못한 집에 시집가서 맘 편하게 살면 되는데 사업이란 게 그런 게 아니었다. 그리고 이번 혼사는 박 회장이 적극적으로 서광그룹 차 회장을 설득해서 만든 자리였다.

자존심을 접어 가면서 말이다. 박 회장은 자신이 눈을 감기 전에 우인그룹이 세계적인 기업으로 성장하는 걸 보는 게 소원이었다. 국내에선 그래도 알아주는 기업이었지만 세계 시장에서 우인그룹은 서광그룹과는 비교도 되지 않은 작은 회사에 불과했기 때문이었다.

세은은 아주 미인은 아니었지만 봐 줄 만은 했다. 공부도 잘했고 어디 가서 우인그룹의 얼굴에 먹칠할 일은 하지 않았다. 하지만 늦게 배운 도둑질이 날 새는 줄 모른다는 말처럼 세은은 서른 넘어서부터 남자 연예인들을 끼고 살았다.

이게 다 박 회장이 세은을 홍보부에 집어넣으면서 시작이 된 일이었다. 우인그룹의 광고를 전담하던 팀이라서 세은은 자연스레 연예인들을 접하게 되었고, 지금의 이 사달이 난 것이었다. 3년 동안 총 10명의 남자와 거의 살림을 차리다시피 한 세은이었다. 박 회장의 입장에서 딸이 이러고 다니는데 말리지 않았을 리가 없었지만, 엄청난 돈을 가진 세은은 남자들의 표적이었다. 작정을 하고 달라붙는 놈들을 제거할 방법은 솔직히 없었다.

"그래도 나가. 어차피 재벌가의 결혼은 비즈니스야."

"아빠!"

"도대체 뭐가 불만이야? 이번에 안 나가면, 진짜 네 얼굴 안 봐."

"아빠, 나 대신에 내보낼 사람 없어? 우리 인기 절정이신 서 실장 내보내는 게 더 나을 것 같은데……."

세은은 어려서부터 혜주를 좋아하지 않았다. 무슨 말만 하면 혜주를 걸고넘어졌다.

"세은아."

철없는 딸자식 때문에 머리가 터질 것 같은 박 회장이었다.

"왜, 아빠는 서 실장 아주 예뻐하잖아. 아니면 첩 후보라도 되는 거야?"

"세은이 너, 말이면 단 줄 알아?"

박 회장은 지금 완전히 뚜껑이 열린 상황이었지만 혜주는 그저 옆에서 자리를 지키며 재미있는 구경을 하고 있었다.

"그러니까 아빠, 난 싫다고."

세은이 박 회장의 팔에 매달리며 사정을 하고 있었다. 하지만 지금 박 회장으로서도 진퇴양난의 기로에 서 있었다. 어떻게 해서든지 이 철없는 딸내미를 설득해야 했다.

"일단은 나가."

"아빠!"

"안 나가면 너에 대한 모든 유산은 사회에 환원해 버릴 테니까."

한번 한다면 하는 박 회장의 스타일을 누구보다 잘 아는 세은은 울어 봐야 소용이 없다는 걸 알았다.

"난 차일 거라고."

"아니야, 차희준도 차 회장의 말이라면 어길 수가 없어. 일단 나가기만 하면 네가 결혼하는 덴 문제가 없어."

"진짜야?"

"그래, 그러니까 말 들어. 그리고 너도 알다시피 차희준은 연예인보다 잘생겼어."

"알아, 그러니까 분명히 날 안 좋아할 거야."

"세은이 네가 어때서 그래."

세은의 표정이 조금은 나아졌다.

"선보기 전까지 피부 숍도 다니고 준비 잘 해서 예쁘게 나가. 아빠 실망시키지 말고."

"알았어. 나갈게. 그런데 아빠. 나 강남에 있는 작은 아파트 주면 안 돼?"

"그건 왜?"

"결혼 전까지 나가서 살고 싶어. 그리고 결혼해도 가끔씩 쓰고 싶거든. 머리가 복잡할 때 쉴 수 있는 곳이 필요해."

"알았어."

"진짜? 사랑해."

세은이 자리에서 일어났다. 속이 터지는지 박 회장은 한숨을 쉬고 있었다. 원하는 게 아파트였던 모양이었다. 마음껏 남자들을 만날 수 있는 그런 장소 말이다.

"혜주야."

박 회장이 혜주를 끈적이는 목소리로 불렀다. 요즘 들어 부쩍 혜주에게 치근대는 박 회장이었다. 예쁘다며 그녀의 손을 만지는 데 소름이 끼쳤다.

"서 실장."

"네."

혜주는 박 회장의 친한 친구의 딸이었다. 박 회장의 유일한 친구이자 세은 못지않게 혜주의 속을 썩이는 사람이 그녀의 아버지였다. 이가 갈릴 만큼 아버지를 증오했지만 요즘 혜주는 아버지가 안쓰러웠다. 이 모든 일의 발단은 박 회장이었기 때문에 혜주는 더더욱 박 회장을 용서할 수가 없었다.

"내가 부탁할 일이 있다."

"네, 말씀하세요."

"네가 차희준을 맡아 줬으면 싶은데……."

그의 말이 무슨 뜻인지 모를 리 없는 혜주였다. 그리고 혜주는 박 회장에게 많은 빚을 지고 있었다. 이런 순간이 오면 쓰려고 어릴 때부터 그에게 은혜를 입고 있다고 주입식 교육을 했다.

"세은이가 어디로 튈지 모르는 아이이기 때문에, 혹시나 세은이가 실수를 하게 된다면 네가 수단과 방법을 가리지 말고 막아야 한다. 우리는 무슨 수를 써서라도 서광과 사돈이 되어야 한다."

"……."

당황이란 단어를 모르는 포커페이스의 혜주였다. 이게 다 박 회장의 손에서 강하게 컸기 때문이었다. 감정이 거의 없이 차가운 사람이 되어 버린 혜주는 박 회장의 말을 무표정하게 듣고 있었다.

"내 말뜻을 이해했으면 그대로 하면 돼. 내가 혜주, 너에게 이 정도는 부탁해도 되지 않을까?"

박 회장은 최대한 부드럽게 명령에 가까운 말을 했다. 이렇게 한 부탁은 이번이 처음은 아니었다. 하지만 마치 처음 부탁하는 것처럼 박 회장은 혜주에게 말했다. 수단과 방법을 가리지 말라고 한 건 혜주의 실력을 믿기 때문이었다.

"내 말 무슨 뜻인지 이해한 줄 알고 있으마. 나가 봐."

혜주는 다시 평소의 표정을 되찾고는 밖으로 나갔다. 혜주는 아무 말도 하지 않았지만 박 회장은 혜주가 그의 말을 따를 것이라는 걸 누구보다 잘 알고 있었다. 박 회장은 혜주 아버지를 볼모로 잡고 있었다. 필요할 때마다 그 사실을 끄집어내서 혜주를 꼼짝하지 못하게 만들었다.

박 회장은 혜주가 어릴 때부터 지금까지 쭉 그녀 아버지의 병원비를 내 주었다. 어릴 때 혜주는 자신의 아버지와의 우정 때문에 그렇게 해 주는 거라고 고맙게 생각해 왔었다.

박 회장의 사무실에서 나온 혜주의 머리가 완전 복잡해지기 시작했다. 박 회장 밑에서 비서로서 10년을 일하면서 혜주는 매 순간 긴장을 놓지 않았다. 언제 난감한 일이 터질지 모르기 때문이었다. 혜주가 비서실장으로 있으면서 주로 그녀가 처리한 일들은 다 세은에 관한 일이거나 아니면 박 회장의 개인적인 일들이었다.

대부분이 사람들과 직접 대면을 해야 하는 일이었기 때문에 혜주는 육체적으로 힘든 일보다는 감정적인 고통이 따랐다. 오늘은 세은의 새로운 남자 친구인 영화배우 이가을을 만나야 했다. 다른 남자들에 비해 돈에 대한 집착이 강한 남자였다.

언제 무슨 일을 저지를지 모르는 남자에 세은은 푹 빠져 있었다. 그 일을 처리하기도 머리가 아픈데, 이번엔 박 회장이 만나는 여자분이 아이를 가졌다고 했다. 다 혜주가 처리해야 할 일이었다. 머리가 터질 것 같았다.

거기에 이제는 그녀가 직접 나서서 일을 해결해야 한다니 머릿속이 더더욱 복잡해졌다.

"실장님, 어디 아프세요?"

그녀의 손발이 되어 주고 있는 비서실의 김재호 대리가 걱정스레 물었다.

"아니, 괜찮아."

"그래도 두통약이라도 드시는 게…….."

"신경 쓰지 말고 일해."

"네."

언제나 혜주는 차갑게 말을 했다. 할 말만 할 뿐, 더 이상의 말은 하지 않았다. 직원들과의 회식도 거의 하지 않았고, 오로지 그녀의 일에만 매진했다. 인간관계에 알레르기가 있는 것처럼 혜주는 사람들과의 사적인 접촉은 될 수 있는 대로 피했다.

점심시간 후에 혜주는 박 회장과 함께 경제인 포럼에 참석했다. 정부에서 주최하는 포럼이라서 그런지 우리나라의 10대 기업 총수들은 다 모인 것 같았다. 서로가 서로에게 인사를 건네느라 정신이 없었다.

혜주는 그곳에서 서광그룹 총수 부자를 가까이서 보게 되었다. 물론 그전에도 본 적은 많았지만 이렇게 가까운 거리에선 처음이었다. 그리고 그전엔 별관심이 없었다. 관심을 가진다 한들 그녀와는 상관이 없는 곳에 있는 사람들이었기 때문이었다.

가까이서 차 회장을 보니 확실히 인물 면에서도 서광그룹이 국내 1위 기업이라는 걸 인정하지 않을 수 없었다. 65세의 나이에도 차 회장은 잘생김이 얼굴에 드러나는 사람이었다. 그리고 차희준 부회장도 아버지를 닮아 아주 준수한 외모를 가진 사람이었다.

세은이 지금 만나고 있는 이가을인지 뭔지 하는 남자와는 비교가 안 될 정도였다. 가까이서 보니 왜 박 회장이 자신의 무남독녀를 차희준에게 시집보내려 하는지 확실하게 알 것 같았다. 혜주는 이런 생각을 하며 차희준을 보았다. 그런데 그녀만 그를 보는 것이 아니었다.

그들의 시선이 공중에서 부딪쳤다. 서로 강하게 의식하고 있음을 느낄 수 있었다. 혜주는 남자들이 자신을 어떻게 바라보는지 알았다. 눈에 띄게 예쁜 얼굴은 어머니에게 물려받았다. 어머니는 평생을 얼굴 하나로 먹고살다가 스스로 세상을 등진 사람이었다. 그래서 혜주는 어머니를 닮은 자신의 얼굴이 싫었다.

차 부회장도 혜주의 쓸데없이 예쁜 얼굴을 말없이 바라보고 있었다. 혜주는 차 부회장의 잘생긴 얼굴보다는 강렬한 눈빛이 더 인상적이었다. 꼭 사냥을 하러 나온 맹수의 눈빛이었다.

"안녕하십니까? 차 회장님."

"아이고, 이게 누구십니까?"

박 회장과 차 회장이 만나자 혜주는 빠르게 정신을 차리고 박 회장의 뒤에 섰다. 혜주의 신경은 온통 박 회장에게 향했다. 그의 행동 하나하나가 사업에 미치는 영향이 크기 때문이었다. 불쑥 튀어나오는 경박스러운 행동을 혜주가 곁에서 막았다.

10년간 비서로서의 삶이 혜주의 인생 자체였다. 그녀는 자신의 삶을 비서와 동일시시키고 있었다. 그렇지 않으면 비참한 마음 때문에 하루도 견디지 못할 것 같았다. 박 회장보다 머리 하나는 더 큰 혜주는 정자세로 포럼이 끝날 때까지 오로지 박 회장의 곁을 지켰다.

하지만 다른 때와는 다르게 혜주는 자신의 시선이 자꾸만 박 회장의 옆에 앉은 차희준에게 가는 것을 느끼고 있었다. 솔직히 그가 매력적이란 건 인정하지 않을 수 없었다. 영화 속 카리스마 넘치는 남자 주인공 같은 차희준이었다. 짐승남의 매력이란 저런 것이었다.

혜주는 처음으로 당황해서 눈길을 다른 곳으로 돌렸다. 결코 반갑지 않은 느낌이었다.

포럼에서 돌아온 혜주는 자리에 앉으며 한숨을 쉬었다. 박 회장은 개인적인 약속이 있어서 일찍 퇴근을 했고, 이제 이가을을 만나고 집으로 돌아가서 큰맘 먹고 사 놓은 건식 사우나에 몸을 녹일 생각이었다. 이제 서른셋인 그녀는 예전과 다르게 피곤함을 많이 느끼고 있었다. 하지만 그건 어디까지나 바람이었다.

"서 실장님, 본부장님 호출이요."

무슨 트집을 잡으려고 이 시간에 호출인지 혜주는 절로 인상이 써졌다. 어릴 때부터 서로를 싫어했던 그들이었다. 한집에 살았지만 분명 다른 공간에서 자랐다. 그것만으로도 혜주는 감사했다.

또각 또각 또각.

혜주가 걸을 때마다 건물 안의 사람들의 시선이 그녀를 향했다. 예쁘기 때문에 보기도 했지만 그녀를 둘러싼 소문 때문에 그녀가 지날 때마다 사람들은 그녀를 보며 쑥덕거렸다. 박 회장의 세컨드 라는 말이 가장 많이 돈 소문이었다. 그래서 세은과 사이가 안 좋 다는 말도 같이 나돌았다.

물론 이유는 달랐지만 세은과는 사이가 좋지 않았다. 동갑내기 친구인 그녀들은 중고등학교 동창이었다. 반전이라면, 학창 시절 의 세은은 부자인 아빠를 둔 걸 빼고는 모든 면에서 혜주에게 뒤 떨어진 학생이었다. 그 콤플렉스를 지금 와서 풀고 있지만 말이 다.

"부르셨습니까?"

여기는 회사이고 어쨌든 세은은 본부장이었다. 혜주는 최대한 예의를 갖추고 인사를 했다.

"앉아."

세은이 아주 도도한 목소리로 그녀에게 거의 명령조로 말했다. 혜주는 그렇게 민감하게 반응하지 않았다. 앞으로 세은이 그녀에 게 할 말들에 비하면 이건 아무것도 아니란 걸 알기 때문이었다.

세련된 세은의 사무실은 재벌 상속녀의 면모를 보여 주듯 호화로움의 극치였다. 이름만 대면 알 만한 가구들과 작은 소품 하나까지 모두가 명품이었다.

"아빠가 말한 선 자리에 가려고."

사람들은 왜 이런 이중적인 세은의 모습을 모를까 생각했다. 더럽게 싸가지 없고 남의 기분 따위는 안중에도 없는 섹스 중독자를 예쁘고 똑똑한 재벌 상속녀로 알고 있으니 말이다. 미디어의 힘이었다. 돈 많은 아버지를 둔 탓에 세은은 언론을 통해서 배려심이 많은 기부 천사로 알려져 있었다. 그게 다 박 회장의 작품이었다.

"절 부르신 이유가……."

"널 부른 이유는 다름이 아니라, 이가을 좀 처리해 달라고. 오늘 만난다며?"

지난번에 가을에게 세은이 주라고 한 돈 봉투를 전했다. 그 돈을 받고도 그는 떨어질 생각이 없었다. 인기가 떨어진 배우가 재벌 상속녀를 잡았으니 놓고 싶지 않은 것이다. 오늘 그를 만나기로 한 걸 세은이 알고 있었다.

"이거."

두툼한 하얀색 봉투였다. 그 안에는 현금이 아닌 수표로 일반인들은 상상할 수 없는 엄청난 액수의 금액이 들어 있을 거라는 걸 혜주는 알았다.

"이번이 마지막이라고 꼭 말해."

"지난번에도 말했습니다."

"야!"

그녀의 대꾸가 거슬린 모양이었다.

"이렇게 돈을 준다고 해서 떨어질 남자가 아닙니다."

탁!

돈 봉투가 혜주의 얼굴로 날아왔다. 순간적인 일이라서 혜주는 피할 새 없이 그대로 맞을 수밖에 없었다. 죽을 정도로 아프진 않았지만 죽고 싶을 만큼 자존심이 상했다.

"하라면 해! 아빠가 널 예뻐한다고 나까지 널 떠받들어 줄 거라고 생각하지 마. 넌 그냥 일개 비서일 뿐이야. 알았어?"

"……."

"그리고 내가 확실히 말해 두겠는데, 아빠의 첩으로 우리 집에 들어올 생각은 안 하는 게 좋을 거야."

기가 막힐 노릇이었다.

"첩은 좀 밥맛없지 않니? 첩의 자식이라서 그 피를 대물림받은 건가?"

자살한 엄마는 아버지의 세컨드가 맞았다. 본처와는 엄마 때문에 이혼을 했기 때문에 나중에 호적에 올랐더라도 사람들에게 엄마는 언제나 첩이었다. 돈 봉투를 든 혜주가 자리에서 일어났다.

"왜, 자존심에 금이라도 갔어? 재수 없으니까 나가!"

눈물이 말라 버려 이제 이런 일에는 흐르지도 않았다. 혜주의 이런 차분한 모습에 세은은 언제나 미친 듯이 펄쩍 뛰었다. 일단은 어떻게 해야 할지 몰랐다. 한숨을 쉬며 밖으로 나온 혜주는 세은의 남자인 가을에게 전화를 걸었다.

"여보세요?"

[어쩐 일이죠?]

남자의 목소리가 날카로웠다. 오늘 약속을 정확하게 잡지는 않았다. 하지만 그녀의 수첩엔 그를 만나기로 되어 있었다. 그럼 만나는 것이었다. 혜주는 일을 처리할 때 불도저처럼 밀어붙이는 스타일이었다.

"잠깐 시간 좀 내 주시죠. 제가 계신 곳으로 가겠습니다."

혜주는 그에게 나오라는 명령을 하는 것처럼 차갑게 말했다. 가을이 떨떠름한 목소리로 주소를 가르쳐 주었고, 혜주는 곧바로 그곳으로 향했다.

조수석에 돈 봉투가 놓여 있었다. 힐끔 봉투를 본 혜주는 한숨을 쉬었다. 저 돈으로 박 회장과 세은이 얼마나 많은 사람들에게 못된 짓을 했는지 혜주는 알고 있었다. 그걸 묵인할 수밖에 없는 건 그녀 또한 박 회장의 돈에 의해 휘둘리는 한 사람이기 때문이었다.

"아버지……."

혜주에겐 애증의 관계인 아버지였다. 그녀의 기억 속에 아버진 항상 술에 취해 있었다. 아버지만 술에 절어 살던 게 아니었다. 그녀의 기억엔 어머니 또한 술에 취해 살았었다. 그런 혜주의 눈에 박 회장은 못되긴 했지만 그래도 가정을 지키는 어른처럼 보였다.

술도 안 마시고 그녀의 생활비와 아버지의 병원비까지 대 주는 박 회장은 은인 중의 은인이었다. 신호 대기 중인 혜주는 길가에 있는 커다란 광고판에서 얼른 눈길을 돌렸다. 우성자동차 광고 간판이었다.

우성자동차에 관한 모든 게 혜주를 힘들게 했다. 거리의 자동차도 작은 광고물도 모든 게 혜주에게 그날의 기억을 떠올리게 했다.

빵!

그녀가 넋을 놓고 있는 사이에 신호가 바뀌었다. 출발은 했지만 여전히 혜주의 머릿속엔 그날의 일이 선명하게 떠오르고 있었다.

"그만 잊어!"

작게 중얼거려 보지만 그럴 수가 없었다.

3년 전 우인그룹은 자동차 사업으로 인해 커다란 손실을 입었었다. 준비 없이 무리하게 사업에 뛰어든 탓이었다. 그런데 그런 우인자동차를 우성자동차가 인수를 했다. 그게 다 혜주 때문이라는 말이 돌 정도로 우성자동차 회장이 혜주를 마음에 들어 했었다.

"네 도움이 필요해."

혜주는 처음으로 부탁을 하는 박 회장의 말을 별 망설임 없이 받아들였다. 그게 무슨 부탁인지는 그다음의 문제였다. 그만큼 박 회장의 존재는 혜주에게 커다란 영향력을 미쳤다.

그리고 기억에서조차 지우고 싶은 그날 밤, 혜주는 박 회장에 대해 자신이 얼마나 충성스러운가를 알게 되었다. 이건 고마움을 넘어서는 것이었다. 맹목적인 복종을, 혜주는 했다.

부자들의 전유물이 되어 버린 양평의 별장촌에서도 가장 후미진 곳에 있는 커다란 별장에 혜주는 박 회장과 함께 갔었다.

술자리인 줄만 알았는데 박 회장은 그녀를 두고 한마디 말만을 남긴 채 별장을 떠났다.

"우인자동차가 달린 문제야. 회장님 잘 모셔야 한다."

마치 술집의 창녀에게 말하는 것처럼 박 회장은 그녀에게 말했다. 그 말이 무슨 말인지 모르지 않았다. 박 회장에게도 당한 일이었다. 하지만 우성자동차 회장은 상황이 달랐다. 이건 그녀를 자동차 사업과 바꾸는 것과 마찬가지였다.

어두운 방 안에 칠십이 넘은 남자와 혜주 둘만 남았다. 칠십이 넘은 남자였지만 어찌나 힘이 센지 그녀는 꼼짝할 수가 없었다.

다음 날 우성자동차는 우인자동차를 인수합병했다. 혜주 때문에 이루어진 일은 아니었지만 전혀 관계가 없다고는 할 수 없었다. 우인그룹은 나쁘지 않은 조건에 자동차를 팔아서 막대한 손실을 막을 수 있었다.

우성자동차 회장은 그 후로도 그녀와의 관계를 지속하길 원했지만 교활한 박 회장이 다음 만남을 막아 주었다. 마치 그녀를 생각하는 것처럼 말이다. 사실은 인수가 끝이 났으니 우성자동차 회장에게 더 이상 그녀를 바칠 일이 없었기 때문에 거절한 것이었다.

박 회장은 다음 기회에 그녀를 또 써먹을 생각이었던 것이다. 언제든지 그럴 수 있는 인간이었다.

그날의 일을 생각하자 핸들을 잡고 있는 혜주의 손에 소름이 돋기 시작했다.

"싫어."

3년 전의 일인데도 아직도 소름이 끼쳤다.

생각한 시간보다 늦게 도착한 혜주는 가을에게 전화를 걸었다.

"여기 길 건너 커피숍인데 와 주세요."

전화를 끊고 얼마 되지 않아 가을이 그녀의 앞에 나타났다.

"오랜만입니다."

"그러네요."

"무슨 일이죠?"

혜주가 흰 봉투를 그에게 건넸다.

"이걸로 끝내셨으면 합니다."

가을은 아무렇지 않게 봉투를 받아 안주머니에 넣었다. 여자를 등쳐 먹고 있는 인간인데 창피한 기색 없이 참 당당하게 돈을 챙겼다.

"선을 본다고요?"

그건 또 싫은 모양이었다.

"돈을 받았으면 그에 걸맞게 굴어."

혜주는 가을을 보며 쏘아붙였다. 속에서 천불이 났다. 세은을 싫어했지만 여자를 등쳐 먹는 이가을 같은 인간도 싫었다.

"왜, 내가 걸레같이 보여?"

가을이 입가에 비웃음을 띠며 혜주의 말을 받아쳤다. 둘의 시선이 거칠게 부딪쳤다. 싸움이 시작되고 있었다.

"아니 다행이야."

"하하하, 여전해."

"……."

"서혜주, 내가 기억이 안 나나 봐."

"수작 부리지 마."

이런 수작질은 한두 번 경험한 게 아니기 때문에 혜주는 차갑게 그를 쳐다봤다.

"우리 같은 중, 고등학교 나왔어. 하긴 내 얼굴이 달라져서 기억하기 어렵겠지만."

성형수술을 받은 게 티가 나긴 했지만 가을은 잘생긴 남자였다. 이 정도의 얼굴을 기억 못 할 리가 없었다.

"그런데? 박 본부장에게도 이런 식으로 접근했어?"

"아니, 세은이에겐 비밀로 했어. 내 존재를 알면 안 되거든."

점점 모를 말을 하고 있었다.

"그리고 우리 아버지가 너희 아버지 차를 운전하셨어. 이성복이라고……."

이 기사님은 어릴 적에 그녀의 집에서 차를 운전하셨던 기사님이 맞았다. 가을이 거짓말을 하는 것 같지 않았다. 하지만 혜주는 미동도 하지 않았다. 이가을 같은 인간들은 언제든지 거짓말을 할 수 있었기 때문이었다.

"요점만 말해."

상대하고 싶지 않았다.

"난 세은이를 좋아하지 않아."

"알아."

"그런데 말이야, 난 세은이와 결혼할 거야. 그러니 네가 도와줘."

"뭐라고?"

어이가 없었다. 좋게 말해서 들을 인간이 아니었다.

"뜻은 알았으니까. 그럼 돈을 돌려줘야지. 너무 우인그룹을 얕보는 거 아니야?"

혜주가 조용한 경고를 그에게 보냈다.

"서혜주 넌 날 도울 수밖에 없어. 왜냐면 지금부터 말할 내용은 아주 충격적일 테니까."

"지금까지 충분히 충격적이었어."

그녀가 자리에서 일어났다. 더 이상 이 하이에나 같은 인간과는 말을 섞고 싶지 않았다. 잘생긴 얼굴 하나 믿고 여자를 등치고 사는 인간과는 더 이상 같이 있고 싶지 않았다.

"네 아버지가 왜 요양원에 들어간 줄 알아?"

순간 얼음처럼 굳어 버린 혜주였다. 그녀의 아버지가 요양원에 있다는 걸 아는 사람은 없었다. 그걸 아는 사람은 혜주와 박 회장 그리고 요양원 관계자들뿐이었다. 아니, 한 명이 더 있었다. 세은도 알고 있는 사실이었다. 하지만 세은이 가을에게 굳이 혜주에 관한 이야기를 할 리가 없었다.

"세은이가 말한 줄 아나 본데, 우린 그런 걸 말할 시간이 없어. 침대 위에서 뒹굴기 바쁘니까."

마치 그녀의 생각을 읽기라도 한 것처럼 가을이 말했다.

"내 본명은 이명진이야."

잘 기억은 나지 않지만 그렇다고 낯설지도 않은 이름이었다. 나중에 앨범을 봐야겠다고 생각한 혜주였다.

"아버지는 돌아가시기 전에, 미행을 당하고 있다며 불안해하셨어. 결국은 그걸 못 견디고 자살을 하셨지만, 돌아가시기 전날 어머니와 밤에 나누는 이야기를 몰래 들었어."

말을 하다 말고 그가 아이스커피를 단번에 마셔 버렸다.

"아버지는 심부름만 하셨다고 했어."

"무슨 말인지 알아듣게 말해."

혜주는 가을이 뭔가를 알고 있다는 감이 왔다. 거짓이 아닌 진실을 말하고 있는 것 같았다.

"아버진 죄책감에 시달렸어. 잘해 주신 서 회장님께 그런 짓을 한 걸……."

"빨리 말해!"

평소의 혜주답지 않게 소리쳤다. 다행히 커피숍엔 그들뿐이었다. 쓰레기에게 돈만 주고 가려고 했었다. 이런 이야기를 듣게 되리라고는 상상조차 하지 못했었다. 혜주는 지금 손발이 떨리고 있었다. 아버지가 약물 중독이란 건 세은이도 몰랐다.

"박 회장이 시킨 일이야. 서 회장이 잘못돼야 우인상회가 자신의 것이 되기 때문에……."

"말도 안 돼. 박 회장님은 내 은인이야."

"그래서 말해 주고 싶었어. 박 회장은 서혜주의 은인이 아니라 원수야. 알아?"

"아니야."

"아버진 아픈 어머니의 병원비 때문에 어쩔 수 없는 선택을 했고, 결국엔 박 회장에 의해 제거될 상황이었어. 매일 누군가에게 쫓긴다고 했어."

"……."

"아버진 스스로 목숨을 끊을 때도 서 회장님께 죄송하다는 유서까지 쓰셨어. 난 우리 아버질 그렇게까지 만든 박 회장에게 복수할 거야. 도와줘."

머릿속이 복잡했다.

"아버지가 잘못한 걸 너에게라도 갚고 싶었어. 더 이상 박 회장의 꼭두각시가 되지 마. 부탁이다."

가을의 얼굴에 처음으로 진심이 가득했다. 거짓말이라고는 생각하지 않지만 쉽게 받아들이긴 힘이 들었다.

"이거."

아직도 확신하지 못하는 그녀에게 가을이 낡은 편지 봉투 하나를 건넸다. 혜주는 떨리는 손으로 편지 봉투를 열었다. 그리고 숨을 고르며 천천히 읽어 보았다. 이 기사가 분명했다. 그건 그녀가 어릴 때 이 기사가 백설 공주라고 불렀기 때문이었다.

유언장 안에 백설 공주님께도 미안했다는 말이 있었다. 그건 꾸며 낼 수 있는 말이 아니었다. 혜주의 눈에서 눈물이 흘러내렸다. 믿었던 박 회장에 대한 배신감과 아버지에 대한 연민의 눈물이었다.

"뭘 도와주길 바라?"

"우인그룹의 사위가 되게 해 줘."

"그렇게 안 될 거야."

"실패한다면 어쩔 수 없지만 그래도 난 최선을 다해서 우인그룹이 망가지는 걸 볼 거야. 우인그룹이 망가지지 않는다면 박 회장이 아끼는 하나밖에 없는 혈육인 세은이라도 무너트릴 거야. 가족이 없어지는 게 어떤 건지 느끼게 해 줄 거야."

가을이 이를 갈며 말했지만 혜주의 귀에는 들리지 않았다.

"박 회장이 그 정도에 무너질까?"

"충분히 그럴 거라고 봐."

"생각해 볼게."

"아니, 당장 도와줘."

"뭐?"

"세은이의 선 자리에 내가 들어갈 수 있게 해 줘."

가을의 마음은 알겠지만 그게 그렇게 쉬운 일이 아니었다. 박 회장은 평소에 지은 죄가 많아 그러는지 아주 철저한 경호 팀을 가지고 있었다. 그걸 뚫기는 쉬운 일이 아니었다. 그렇다고 그녀의 차에 태워 데리고 갈 수도 없었다.

요즘은 어디나 CCTV가 설치되어 있기 때문이었다.

"그렇게 서두르다가는 될 것도 안 돼."

"도와주는 거야?"

"······."

충격에서 아직 헤어 나오지 못한 혜주였다. 당장 가을을 도와주는 게 문제가 아니었다. 그녀가 앞으로 어떻게 박 회장의 얼굴을 보며 살아갈지가 걱정이었다. 이 모든 게 사실이라면 박 회장은 아버지의 모든 걸 빼앗고 그녀의 행복마저 송두리째 앗아 간 나쁜 놈이었다.

"왜 지난번엔 말하지 않았어?"

지난번에 돈 봉투를 줄 때 가을은 아무 말도 하지 않았었다.

"그땐 말할 때가 아니라고 생각했거든. 돈을 받기는 했지만, 일단은 세은이를 잡을 수 있다고 생각했으니까."

"지금은?"

"자신감이 좀 떨어졌어. 상대가 서광그룹의 후계자인 차희준이니까. 잘생겼잖아. 세은이는 생긴 거 아주 밝히거든."

가을의 말이 맞았다. 차희준은 재벌인 데다가 연예인보다 더 잘

생긴 외모의 소유자였다.

"그래서 네 도움이 필요해. 아버지를 대신해서 원수를 갚은 후에 너에게 이야기를 하려고 했지만 내 능력이 부족해서 염치 불고하고 너에게 도움을 청하는 거야. 그리고 너도 알아야 하는 내용이기도 하고."

"박 본부장 선보는 데 들어가서 뭘 어쩌려고?"

"그건 내가 알아서 할 일이고."

하긴 가을의 말이 맞았다. 세은과의 일은 가을이 해결해야 할 일이었다.

"들어갈 수 있게만 도와줘. 나머진 내가 알아서 해."

순간적으로 고민에 쌓인 혜주였다. 어떻게 하면 가을을 들여보낼 수 있을까?

"시간이 충분하지 않은 거 알아. 하지만 혜주 너라면 꼭 그 방법을 알아낼 수 있을 거라고 믿어."

"너무 기대하진 마."

"전화 기다릴게. 그리고 이건 어디까지나 내 생각인데, 혜주 네가 차희준을 차지하는 건 어떨까?"

"……."

"너라면 충분히 도전해 볼 만한 일이라고 생각해. 그럼 박 회장은 아마 약 올라 죽을지도 모르지. 자신이 정말 갖고 싶은 걸 너에게 빼앗긴 셈이니까. 그리고 너도 차희준을 등에 업고 복수를 하는 것도 좋지."

"헛소리 그만해."

혜주는 자리에서 일어나 커피숍을 나왔다. 머리가 복잡해지고 있었다. 박 회장 이외에 그 누구도 믿지 않았다. 박 회장을 빼고 그녀를 도와준 사람이 세상에 아무도 없었기 때문이었다. 그런데 믿었던 박 회장이 진짜 나쁜 놈이었다. 그녀의 모든 걸 빼앗은 것도 모자라 아무것도 모르는 그녀를 지금껏 속이고 이용해 왔던 것이었다.

"나쁜 새끼."

하지만 가을의 말은 아직 말일 뿐이었다. 물론 이 기사의 유서가 있긴 했지만, 검증이 필요했다.

다음 날 혜주는 가을의 어머니를 만났다. 가을의 어머니는 아직도 남편과 살았던 그 집에 살았다. 그녀의 등장에 가을의 어머니는 눈물을 흘리며 남편을 대신해 사과를 했다.

"죄송합니다. 아가씨."

"……."

"다 저 때문에 일어난 일입니다."

"이 기사님이 아니었더라도 다른 사람이 그 일을 했을 겁니다."

냉정하게 생각해 보면 집 안에서 그런 일을 할 사람들은 많았다. 교활한 박 회장이라면 분명히 이 기사가 거절을 했더라도 다른 사람을 통해서 자신의 목표를 이루었을 것이다.

사실을 확인한 혜주는 아버지가 있는 병원으로 향했다.

"면회 부탁드립니다."

"너무 폭력적이시라……."

"그래도 부탁드립니다."

처음으로 요양원 관계자들에게 사정해서 아버지를 보겠다고 했다. 항상 아버지에게 필요한 것만 놓고 나온 혜주였다. 그게 아버지와 그녀의 관계였다. 가족을 버리고 오로지 자신의 쾌락을 위해 삶을 헛되게 산 약물 중독자가 아버지라고 생각했다. 혜주의 가슴속에 남은 앙금이 깊었다.

하지만 오늘은 다른 시선으로 아버지를 만난 날이었다. 태어나서 아버지와의 좋았던 기억은 거의 존재하지 않았다. 그녀의 기억에서 일부러 지워 버린 것 같았다. 아버지의 병실에 도착한 혜주는 마치 짐승처럼 묶여 있는 아버지를 보고는 할 말을 잊었다.

"풀어 드릴 수 없어요. 일주일 사이에 벌써 요양사 3명이 다쳤거든요. 요즘 더 심하세요."

"괜찮으니까 아버지랑 잠깐만 둘이 있을게요. 그래야 덜 불안해하실 것 같아요."

그녀의 말에 간호사가 잠시 자리를 비켜 주었다.

혜주는 아버지의 곁으로 다가갔다. 눈에 초점이 거의 없는 아버지였다.

"아버지."

그녀의 말에 그가 잠잠하게 있더니 몸을 숨기려고 발버둥을 쳤다.

"아버지, 괜찮아요. 해치지 않아요."

마치 짐승을 달래는 느낌이었다. 속에서 분노가 치솟았다. 박회장을 용서하지 않을 것이다.

"아가씨, 이 기사한테 말해서 과자 좀 가져다 달라고 해."

아버지는 이 기사가 약을 가져다주는 걸 기억하고 있었다.

"저것들에겐 비밀이야. 다 악마거든."

"저는 괜찮아요?"

"아가씬 착해."

아버진 그녀가 자신의 딸인 줄은 모르고 있었지만, 본능적으로 그녀가 자신의 편인 건 아는 모양이었다.

"이 기사님이 과자를 가져다주셨잖아요? 그거 누가 준 건지 알아요?"

"이 기사."

"이 기사는 심부름만 했어요. 이 기사님이 지금 안 계시니까 제가 받으러 가야 해요. 누구한테 받아 올까요?"

갑자기 아버지가 몸을 웅크리며 말하기를 꺼려했다.

"먹고 싶잖아요. 내가 가져다줄게요. 약속해요."

아버지가 한참을 망설이더니 그녀에게 아주 작은 목소리로 말했다.

"상호한테 받아 오면 돼."

아버지는 알고 있었다. 박 회장이 자신에게 약을 준다는 사실을 말이다. 약을 끊은 지 오래됐고 지금은 조현병 증상이 있는 아버지였다. 하지만 혜주가 보기엔 아버지는 조현병이라기보다 여전히 약물 중독 같아 보였다.

"아버지 재산을 과자랑 다 바꾼 거예요?"

"……."

"뭘 줘야 줄 텐데, 뭘 주죠?"

"다 줬어."

아버진 힘없이 말했다. 진짜 다 준 걸 아버진 알고 말하는 것 같았다. 후회가 가득한 목소리였지만 여전히 과자를 먹고 싶어 했다.

"이제 그 과자 말고 더 좋은 과자를 줄게요."

"진짜?"

"네, 완전히 맑은 정신을 차릴 수 있는 걸로 드릴 거니까 맛있게 드세요. 그리고 그동안 맛없는 과자를 준 박 회장은 내가 가만히 안 둘 거예요."

"아니야, 상호는 좋아."

혜주는 아버지의 병실을 나와서 간호사에게 병원을 옮기겠다고
말했다. 아무도 알지 못하는 곳에 아버지를 둘 생각이었다. 아직
도 박 회장의 손이 아버지에게 뻗어 있다는 생각이 들었기 때문이
었다.

이제는 진짜 행동에 나설 때였다.

"용서하지 않을 거야."

그 후로 혜주는 매일매일 아버지와 박 회장에 관한 모든 자료를
수집하고 있었다. 세은이 선을 보기 전까지 확실하게 정리하고 싶
었다. 가을이 제안한 차희준을 유혹하라는 말이 자꾸만 떠올랐기
때문이었다.

회사에서 혜주는 얼음처럼 냉랭한 분위기로 근무를 했다. 마음
같아서는 더 이상 박 회장의 얼굴을 보고 싶지 않았다.

"실장님, 무슨 안 좋은 일이라도……."

평소보다 더 냉랭한 기운에 그마나 그녀에게 말이라도 걸 수 있
는 김 대리가 물었다.

"아무 일 없어."

그때 회장실에서 그녀를 호출했다. 혜주는 자리에서 일어나 회
장실로 향했다. 매일 여는 문인데 요즘은 여느 때와는 크게 다른

느낌이었다. 마치 지옥의 문을 여는 느낌이 들었다. 인간의 탈을 쓴 악귀를 만나는 기분이었다.

회장실 안에는 세은이 앉아 있었다. 큰 악귀와 작은 악귀가 나란히 있었다. 혜주는 평소와 다름없이 무표정한 얼굴로 회장실에 들어섰다.

"찾으셨습니까?"

"우리 세은이가 차 부회장과의 혼사에 많은 기대를 하고 있어."

"……."

"서 실장이 신경 좀 써 줘."

매일 이 말을 반복하는 걸 보니 서광그룹과 사돈이 되기 위해 아주 혈안인 것 같았다.

"서 실장이 신경 쓴다고 일이 되나? 내 마음에 들면 그만인 거지."

아주 자신감이 충만했다. 이제까지 만난 남자들은 세은이 상속녀이기 때문에 사족을 못 쓰고 덤볐다면, 모르긴 몰라도 차희준은 그들과 다를 것이라는 데 혜주는 전 재산을 걸 수도 있었다.

"그렇지, 우리 세은이가 마음먹으면 못 꼬실 남자가 없지."

고슴도치도 자기 새끼는 예쁜 법이었다.

"아빠, 찬찬히 생각해 보니까 두 기업이 사돈을 맺는 것도 좋은 것 같아."

박 회장은 딸을 아주 사랑스러운 눈으로 바라보고 있었다. 박 회장이 아버지를 그렇게 만들지 않았다면 어쩌면 지금 혜주는 아버지에게 저런 눈빛을 받고 있었을 것이다. 그런 생각이 들자 속에서 불이 올라오는 것 같았다.

"서 실장, 이따가 우리 세은이 선 자리에 좀 같이 가. 다른 사람들에겐 비밀이니까. 서 실장이 우리 세은이 좀 챙겨서 데리고 가."

"네."

"아빠, 나 혼자 가도 돼."

"알아, 근데 비서도 없이 갈 거야?"

"하긴."

공주 대접을 받기 원하는 세은이었다. 부녀의 웃는 얼굴과 가을의 말이 머릿속에서 복잡하게 얽히고 있었다. 회장실을 나오는데 머리가 너무 복잡해서 혜주는 잠시 휘청였다.

"괜찮으세요?"

"응, 괜찮아."

누군가 그녀에게 괜찮은지를 물었지만, 혜주는 그게 누군지 알지 못했다. 그저 멍하게 자신의 자리에 앉아서 생각을 정리하고 있었다. 어쩌면 가을이 한 말이 맞을지도 몰랐다. 그녀가 차희준을 차지한다면 박 회장 부녀는 아마 약이 올라서 죽을 것이다. 그 어떤 벌보다도 그들에겐 치명적인 벌이 될 수도 있었다.

요양원에 다녀온 후로 아버지에 대한 생각이 바뀌었다. 불쌍하다는 생각이 들었다. 그래서 이제 박 회장의 손길이 닿지 않는 곳으로 모셨다. 박 회장은 아직 그걸 모르지만 말이다. 너무 오랜 세월 아버지를 방치했기 때문에 살아 있는지조차 모르는 것 같았다.

요양원비도 혜주에게 따로 지급해 주었다. 물론 서운한 마음이 드는 건 아니었다. 오히려 잘된 일이었다. 그녀의 행복을 앗아 간 사람이 박 회장이라니 속에서 끓어오르는 분노를 혜주는 감당할 수가 없었다.

"실장님, 얼굴에 핏기가 없으십니다. 이거라도 드세요."

눈치 빠른 김 대리가 피로회복제를 그녀에게 건넸다. 평소 같으면 마시지 않았겠지만 지금 혜주는 정신을 차려야만 했다.

"고마워."

피로회복제를 마신 혜주는 의자에 앉아 정신을 차리기 위해 기를 쓰고 있었다. 지금은 빠른 판단이 필요했다. 세은이 선을 보기 전까지 앞으로 한 시간 정도 남아 있었다. 어차피 S호텔은 회사 근처이기 때문에 가는 데는 시간이 그리 걸리지 않았다.

다만 가을이 문제였다. 미리 계획을 말했지만 어디까지나 계획은 계획이었다. 잘 실행되어야 하는 일이었다.

윙~

"여보세요?"

[호텔 앞이야.]

가을이었다.

"S호텔 39층에서 1시간 후에 봐요. 계획대로만 잘 하면 될 것 같아요."

레스토랑은 40층이었다. 40층만 철저하게 보안이 통제가 되니, 그 밑에 층에 있는 건 괜찮을 것 같았다. 그리고 그녀가 보안을 뚫은 사이에 그가 레스토랑 안으로 들어가기도 편할 것 같았다.

1시간 후 혜주는 세은과 같이 호텔 엘리베이터에 타 있었다. 평소에도 명품으로 휘감고 다니는 세은은 오늘은 자신이 가지고 있는 명품 중에서도 가장 비싼 것을 걸치고 나왔다.

"어때?"

세은은 잡지책에서나 본 값비싼 명품 백을 그녀의 코앞에 들이밀며 말했다.

"네?"

혜주는 갑자기 세은이 말을 걸어 오는 바람에 깜짝 놀랐다.

"정신을 어디다 두고 있는 거야?"

"죄송합니다."

"내 모습이 어때 보이냐고."

"오늘 완벽하게 아름다우십니다."

혜주의 말에 기분이 좋아진 세은은 엘리베이터의 거울에 자신의 얼굴을 이리저리 비춰 보고 있었다.

"차희준이 신랑이 되면 아주 멋질 것 같아."

세은은 들떠 있는 것 같았다.

"너 같은 인간은 상상조차 할 수 없는 일이지."

이제는 대놓고 그녀를 무시하는 세은이었다. 어쩌면 이 모든 게 혜주의 것일 수도 있었다. 혜주는 저도 모르게 주먹을 힘껏 쥐었다.

"얼굴만 예쁘다고 다는 아니야. 사람이 말이야 잘 태어나야 하는 거야. 공주는 영원히 공주고 하녀는 영원히 하녀인 거야. 개천에서 용 나는 일은 이제 없어."

"뭐가 그렇게 두려우신 겁니까?"

참다못한 혜주가 세은에게 말했다.

"뭐?"

"그렇게 말 안 해도 많이 가진 분인 거 잘 압니다. 자꾸 그렇게 말씀하시면 저에게 라이벌 의식이라도……."

"닥쳐!"

그때 엘리베이터가 40층에서 멈추었다.

"내리세요."

"운 좋은 줄 알아."

세은이 눈을 흘기며 엘리베이터에서 내렸다. 엘리베이터에서 내리자 정말 많은 경호원들이 레스토랑 주위를 지키고 있었다. 혜주는 가을을 데려오기 위해 빠르게 머리를 굴렸다. 방법은 하나뿐이었다.

혜주는 레스토랑 주방 안으로 들어가서 조리사들이 출입하는 직원 전용 엘리베이터의 위치를 가을에게 알려 주었다. 그녀가 알려 준 엘리베이터는 식자재와 직원들이 오가는 화물용 엘리베이터였다. 그다음은 가을이 알아서 할 일이었다.

혜주는 레스토랑의 분위기를 살피고 있었다. 멀리서 봐도 차희준은 눈에 띄었다. 저런 사람을 세은에게 줄 수 없었다. 혜주의 손에 땀이 차기 시작했다. 가을이 잘만 해 준다면 차희준과 마주할 기회가 생길 수도 있었다.

"진짜 멋진 분이죠?"

누군가 갑자기 말을 걸어 와서 깜짝 놀란 혜주는, 그녀에게 말을 건 사람이 이 식당의 지배인인 걸 알았다. 박 회장과 가끔 이곳을 찾아서 그런지 지배인은 그녀를 잘 알았다.

"박 회장님 따님은 정말 오랜만에 뵙습니다."

"바쁜 분이니까요."

혜주가 흘리듯이 말했다.

"차 부회장님은 별 관심이 없으신 것 같습니다."

여태까지 봐 온 지배인은 남의 일에 간섭하는 사람이 아니었다.

그런데 그런 말을 하니 혜주는 솔직히 조금 놀랐다.

"야, 이거 놔!"

가을이 레스토랑 안으로 들어오다가 간발의 차이로 경호원들에게 붙잡힌 모양이었다. 하지만 그 소란으로 차희준과 세은의 시선을 끌기에는 충분한 것 같았다.

"어쩌죠?"

부지배인이 거의 울상이 되어 이미 얼굴이 하얗게 질려 있는 지배인에게 물었다.

"어쩌긴 끌어내야지."

가을은 세은을 사랑한다고 난리였다. 헛웃음이 터질 것 같았다. 남의 일에 관심이 없는 혜주였지만 지금 이 소란에 그녀도 일조했기 때문에 편하게 구경만 할 수는 없었다.

"야! 미쳤어?"

잠시 후, 세은과 가을이 거의 동시에 레스토랑을 빠져나왔다.

"세은아, 네가 선을 보다니 어떻게 이럴 수 있어?"

가을의 사랑 연기에 별 다섯 개를 주고 싶은 심정이었다.

"미쳤어."

"아니, 난 진심이야. 네가 재벌이 아니어도 난 널 포기 못 해."

"……."

경호원들에게 붙들려 있는 가을의 눈에서 눈물이 흐르고 있었다. 혜주는 자신의 남자가 저런 식이라면 다시는 보지 않을 거란 생각이 들었다. 하지만 세은은 좀 다른 것 같았다.

"놔줘요."

경호원들은 세은의 말에 가을의 팔을 놓아주었다.

"세은아."

가을이 세은을 안았다. 손발이 오글거리는 가을의 연기에 혜주는 경의를 표하고 싶었다. 레스토랑 앞에서의 진풍경은 세은이 마무리 지었다.

"혜주, 네가 가서 미안하다고 전해. 어떻게 해서든지 잡아."

세은은 이 말만을 남기고 가을과 호텔을 나갔다. 이제 혜주에게 커다란 짐이 남겨졌다.

수습을 하고 나면 다음에 박 회장이 알아서 세은과 희준을 다시 만나게 할 것이다. 무슨 수를 써서라도 말이다.

윙~

박 회장의 전화였다. 경호실장이 그녀보다 먼저 상황을 보고한 모양이었다.

"여보세요?"

[어떻게 된 일이야?]

"순식간에 일어난 일이라 손쓸 겨를이 없었습니다."

[그걸 말이라고 해?]

"죄송합니다."

[일단 처리해. 아니, 중동 발전소 건을 우리가 포기하겠다고 말해.]

제법 큰 미끼를 던지는 박 회장이었다.

"네. 알겠습니다."

전화를 끊은 혜주는 망설이지 않고 곧바로 차희준이 있는 곳으로 향했다. 그에게 가까이 갈수록 혜주는 생각이 정리되기 시작했다. 이 남자를 반드시 잡을 것이다. 그래서 박 회장 부녀가 자신들의 욕심을 채울 수 없게 만들 것이다.

"부회장님."

혜주는 그녀를 무시한 채 스테이크만 먹고 있는 차희준을 다시 한 번 불렀다.

"왜 박 회장님 비서가 날 찾아와서 이러는지 모르겠군."

놀랍게도 그는 혜주가 박 회장의 비서란 걸 알고 있었다.

"회장님께서는 이 결혼에 기대가 크십니다."

"당연하지. 욕심이 넘치시는 분이니까."

차희준이란 남자는 세은처럼 멍청이가 아니었다. 모든 상황을 알고 있으면서도 섣불리 화를 내거나 하는 아마추어가 아닌, 능구렁이가 열 마리는 들어앉아 있는 프로 중에 프로였다.

"오늘 일은 덮어 주셨으면 합니다."

"덮으라고?"

어이가 없다는 표정이었다. 하긴 혜주 자신이 생각해도 지금 이 상황은 어이가 없었다.

"네, 박 회장님께서 그렇게만 해 주신다면 그에 따른 대가는 반드시 있을 거라고 말씀하셨습니다."

일단은 박 회장의 뜻을 전달하는 게 오늘 그녀가 이곳에 온 목적이니 혜주는 충실한 비서 역할을 먼저 하고 있었다.

하지만 그녀의 의지와는 상관없이 무례할 정도로 쳐다보는 그의 짐승 같은 눈빛이 자꾸만 신경이 쓰였다.

"이번 중동의 발전소 건설에 저희 우인건설은 빠지겠다고 하셨습니다."

"구미가 별로 당기지 않는군."

예상했던 답이었지만 너무 빠르게 말을 해 버려서 솔직히 당황스러웠다. 그리고 박 회장은 그녀에게 차선책을 주지 않았기 때문에 더 당황스러웠다. 여기서 이렇게 쫓겨나게 된다면 차희준을 이렇게 가까이서 보게 되는 건 이번이 마지막이었다.

가을의 말대로 혜주가 차희준을 꼬실 수 있는 기회가 사라진다는 말이었다. 아직 탁 하고 마음먹은 건 아니었지만 괜히 이대로 나가라고 하면 어쩌나 하는 생각이 들었다. 그때였다.

"내가 오늘 일을 없었던 걸로 하는 데 두 가지 조건이 있어. 첫 번째는 세은이가 내 눈앞에 두 번 다시 안 보이는 것과 두 번째는 서혜주라는 여자를 갖는 것."

"……."

역시 차희준도 남자였다. 이 상황에서 어떻게 저런 소리가 나올까 라는 생각이 들었지만 혜주에겐 좋은 기회였다.

"왜 답이 없지? 곤란한가?"

"아닙니다."

혜주는 고개를 빳빳이 들고는 너무 차분하게 답했다.

"8시에 데리러 가지."

"제가 가겠습니다."

"그럼 편할 대로. 주소는……."

"압니다."

혜주는 호텔을 나서면서 머리가 복잡해졌다. 일단 희준이 말한 걸 거절하지 않은 자신에게 잘했다고 말해 주고 싶었다. 예전의 경험이 혜주에겐 트라우마로 남아 있었지만, 아버지의 삶을 밑바닥으로 끌어내려 놓고 본인은 승승장구하고 있는 박 회장을 용서할 수 없었다.

그것도 모자라서 혜주까지 이용하고 있는 박 회장이었다. 이가 갈렸다.

회사로 돌아가자마자 박 회장이 그녀를 불렀다. 회장실에는 언제 돌아왔는지 세은도 함께 있었다.

"어떻게 됐어?"

"다시는 본부장님을 보지 않기를 바란다고 하셨습니다."

"거짓말, 그럴 리가 없어."

세은이 박 회장의 눈치를 보며 혜주를 째려보았다.

"아빠, 이가을이 뛰어 들어오는 바람에 어긋난 거지, 그전까지는 완전히 좋았어. 나한테 관심을 많이 가졌다고."

"그래?"

"응, 이가을 그 미친 새끼만 아니었어도 괜찮았단 말이야."

세은은 지금 박 회장에게 거짓말을 하고 있었다.

"아빠, 난 희준 오빠와 결혼할 거야."

"아침까지는 안 한다고 하더니."

"진짜 잘생겼어. 어릴 때는 무서워서 말도 못 걸던 오빤데, 오늘 같이 밥을 먹다 보니 까칠하긴 해도 멋있더라고. 아빠가 결혼은 나만 마음먹으면 된다고 했으니까. 이 결혼 하게 해 줘."

"하하하, 아주 마음에 들었나 보구나."

세은이 고개를 끄덕였다.

"이가을은……."

"이 상황에서 꼭 그렇게 재수 없게 말해야 해?"

세은은 안 그래도 찢어진 눈으로 그녀를 흘겨보았다.

"왜, 내가 서광그룹의 며느리가 된다니까 배가 아파?"

"세은아."

박 회장이 세은을 말렸다.

"아빠는 왜 제를 옆에 두고 있는 거야? 진짜 난 이해가 안 돼."

"네 말은 잘 들었으니 어서 나가 봐. 서 실장이랑 할 얘기가 있어."

"아빠."

"빨리."

세은은 입을 삐쭉 내밀며 회장실을 나섰다. 사람들 앞에선 이런 모습을 잘 보이지 않았지만, 박 회장과 둘이 있을 때 세은은 철이 없어 보였다. 세은이 나가자 박 회장은 전에 없이 인자한 표정으로 그녀를 보고 있었다. 박 회장의 모습과 아버지의 모습이 교차가 되면서 혜주는 참을 수 없는 분노가 치밀어 올라왔다.

"차희준이 뭐라고 하던가?"

"중동 건설 건엔 관심이 없다고 했습니다."

"뭐?"

아주 좋은 미끼라고 생각했던 모양이었다.

"그리고 다시는 박 본부장님을 보는 일이 없었으면 한다고 말씀하셨습니다."

"차희준 이놈이······."

박 회장이 이를 갈며 차희준의 이름을 연신 말했다.

"서 실장은 그렇게 유두리가 없나? 어떻게 해서든지 차희준의 기분을 맞춰 주라고 했을 텐데?"

"죄송합니다."

"내가 차 부회장을 만나 봐야겠어. 오늘 저녁에 자리를 잡아. 그리고 서 실장도 같이 가고."

"제가 한번 만나 보겠습니다. 회장님이 직접 나서시면 모양새가 좋지 않습니다."

그녀의 말에 박 회장이 고개를 끄덕였다.

"묘안이라도 있나?"

"생각해 둔 게 있지만, 일단은 부딪쳐 봐야겠죠. 오늘 해프닝 때문에 차희준 부회장님이 화가 많이 나셨습니다."

"알았어. 일단은 서 실장을 한번 믿어 보지. 그다음에 안 되면 내가 나서야지."

"네, 알겠습니다."

혜주는 회장실을 나서며 다짐했다. 반드시 아버지의 원수를 갚고야 말겠다고 말이다.

빵!

그녀의 차가 길을 막고 있자 여기저기서 경적 소리가 들렸다.

너무 깊게 생각을 한 모양이었다. 왜 이렇게 박 회장에게 끌려다녔는지 자신이 너무나 한심했다. 그동안 혜주는 박 회장에게 충성을 다했었다. 그게 맞는 거라고 생각했다.

자신을 어릴 때부터 돌봐 준 사람이라는 생각에 세은에게 구박을 받아도 참을 수 있었다. 박 회장이 그녀를 이용할 때도 참을 수 있었고, 치근덕댈 때도 그냥 넘어갔었다. 하지만 이건 아니었다.

회사로 돌아가면서도 혜주는 분한 마음을 감출 수가 없었다.

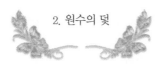

2. 원수의 덫

혜주는 지금 커다란 대문 앞에 어느 때보다 맑은 정신으로 서 있었다. 그녀가 초인종을 누르자 문이 열렸다. 우인그룹 본가와는 다른 분위기의 저택이었다. 우인그룹의 본가가 크고 웅장한 느낌이라면, 이곳은 조금 더 규모가 작고 현대적인 느낌의 저택이었다. 하지만 우인그룹의 본가보다 작다는 말이지 결코 작은 저택이 아니었다.

크리스마스이브라는 게 무색하게 저택은 평온했다. 아무런 장식도 없는 그저 평일 중의 하루 같았다. 현관에 다다르자 영화에 나오는 집사같이 정장을 입은 남자가 현관에 마중 나와 있었다.

아무도 없을 거라 생각했는데 솔직히 당황스러웠다.

"거실에서 기다리고 계십니다."

오십은 넘어 보이는 남자는 푸근한 인상이었다. 모시는 주인의 이미지와는 아주 다른 사람이었다. 집 안은 온통 하얀색에 가구는 거의 눈에 보이지 않았다. 뻥 뚫린 실내는 마치 현대 미술 전시장 같은 느낌이었다.

곳곳에 사진에서나 본 작품들이 곳곳에 배치가 되어 있었다. 회화, 조각, 도자기까지 다양한 작품들이 감탄을 자아내고 있었다. 거실 한가운데 유일한 가구인 소파가 있었고, 거기에 마치 조각상 같이 앉아 있는 차희준이 보였다.

"김 집사님, 와인 한 잔 부탁드려요. 그리고 오늘은 퇴근하셔도 될 것 같습니다."

차희준은 샤워를 했는지 머리는 젖어 있었고 검정색 트레이닝복을 입고 있었다.

"앉아."

그의 말에 혜주가 맞은편에 앉았다. 소파는 아주 편안했지만 혜주의 마음은 불편했다. 그녀가 앉자 희준은 혜주를 아래위로 훑어보기 시작했다. 그의 검은 눈동자가 칠흑처럼 어두워졌다. 뭔가 인간 같지 않은 느낌이 희준에겐 있었다.

혜주의 뼛속까지 꿰뚫어 보는 것 같은 그의 눈빛에 혜주는 눈길을 돌렸다. 두려웠다. 오늘은 이곳에 온 건 당당하지 않았다. 항상

자신을 위하는 일보다 박 회장을 위한 일을 했던 혜주는 당당할
수 있었다. 하지만 오늘은 오로지 그녀를 위한 일이었다. 그래서
두려웠다. 실패가 두려웠다. 그가 안 넘어오면 어쩌나 하는 생각
이 들었다. 생각이 많아지는 건 결코 좋은 일이 아니었다.

"감사합니다."

그때 김 집사가 와인과 치즈를 그들 앞에 놓았다. 와인을 잔에
따르는 그의 모습을 혜주는 떨리는 마음으로 바라보고 있었다. 와
인 잔을 들어 올린 그가 그녀에겐 권하지도 않은 채 단숨에 와인
을 마셔 버렸다. 그리고는 혜주의 손을 잡고는 어디론가 끌고 갔
다. 물론 그곳이 그의 침실이라는 건 믿어 의심치 않았다.

혜주는 반항하지 않았다. 그가 이끄는 대로 따랐다. 집은 생각
했던 것보다 훨씬 더 컸다. 한참을 걸어 거의 끝 쪽에 위치한 방에
다다랐다.

쾅!

문을 거칠게 열고는 그가 혜주를 방 안으로 밀어 넣었다. 그다
음은 혜주가 정신을 못 차릴 정도로 틈을 주지 않고 밀어붙였다.
방문이 닫히지도 않았는데 그는 벽과 그 사이에 혜주를 가두고는
거친 키스를 하기 시작했다. 이렇게 거친 키스는 한 번도 해 본 적
이 없었다.

마치 싸움을 하는 듯한 키스였다. 그의 치아에 그녀의 입술이

부딪혀 피 맛이 나고 있었지만, 희준은 멈출 마음이 없어 보였다. 입술이 부어오르는 느낌이 들었다. 강인한 남자의 거친 키스는 처음이었다. 우성자동차 회장에게 강제로 당할 때도 이렇게 강하진 않았다.

차희준은 태생부터가 강한 남자인 것 같았다. 그의 모든 것이 혜주를 꼼작하지 못하게 만들고 있었다. 정신을 차려야 했다. 키스 하나로 이렇게 무너져서는 안 될 일었다. 하지만 그의 혀가 거칠게 입안으로 들어오자 또 한 번 정신이 혼미해지기 시작했다.

그녀의 가는 목을 잡고는 꼼짝하지 못하게 만들고 혀로 혜주의 입안을 휘젓고 있는 희준 때문에 혜주는 정신이 없었다.

"으으음."

그녀의 입에서 신음이 흘러나왔다. 그 소리에 희준은 그녀의 입 속으로 더 깊이 혀를 밀어 넣었다. 목젖까지 그의 혀가 닿았다. 여전히 그녀는 그의 침실 벽에 기대있었다.

키스만으로도 그들의 열기가 방 안을 가득 채웠다. 육체적인 쾌락을 모르는 혜주는 이런 비밀스러운 행위가 아주 잘못된 일이라고 생각했다.

박 회장이 그녀의 몸을 더듬을 때마다 느꼈던 불쾌감과, 우성자동차 회장이 그녀의 몸을 탐할 때 느꼈던 최악의 느낌들이 섹스를 할 때 느껴지는 감정이라고 생각했다. 오늘도 이런 일이 일어나면 죽을힘을 다해서 참아야지, 하고 생각했는데 이런 건 계산에 없는 것이었다.

달갑지 않았다. 섹스는 불쾌한 것이어야 했다. 그래야 자신이 좀 더 냉정하게 굴 수 있기 때문이었다. 하지만 인정하기 싫어도 오늘은 뭔가가 달라도 한참 달랐다.

그의 손이 그녀의 가슴을 잡았는데도 기분이 나쁘지 않았다. 오히려 신음만 더 크게 나왔다. 이상했다. 그의 입술이 이제 입이 아닌 그녀의 목을 지나 움푹 들어간 쇄골을 훑어 나가기 시작했다.

결코 부드럽지 않았다. 이빨로 물어뜯지만 않았지 그는 분명히 짐승이 사냥감을 물어뜯을 때처럼 입술로 그녀의 구석구석을 물어뜯고 있었다.

"하아."

조용한 방 안에 그들의 숨소리가 가득 퍼지고 있었다. 그의 차가운 손이 그녀의 몸 안으로 들어오자 혜주가 몸을 부르르 떨었다. 온몸에 소름이 돋았다. 싫어서가 아니라 찌릿한 느낌이 들었다.

희준이 그녀의 상의를 거의 찢듯이 벗겨 버리자 혜주의 호흡이 더욱 거칠어졌다. 어두운 방 안이었다. 밖의 조명이 그들을 야릇하게 비춰 주고 있었다. 거친 호흡으로 인해 그녀의 풍만한 가슴이 들썩이자 그가 그사이를 참지 못하고 입을 맞추었다.

부드러운 가슴을 빨아들이며 희준은 그녀의 몸에 입술 도장을 찍고 있었다. 그리고 그와 그녀의 사이를 막고 있는 브래지어를 단숨에 제거해 버렸다. 그의 손이 혜주의 가는 허리를 잡더니 가볍게 들어 올렸다. 그리고는 침대가 아닌 그의 방 안의 테이블 위에 그녀를 올려놓고는 나머지 옷을 모두 벗겨 버렸다.

정신이 하나도 없었다. 마치 섹스를 처음 하는 것처럼 혜주는 그에게 매달리고 또 매달렸다. 처음으로 거칠고 뜨거운 섹스를 한 혜주였다.

섹스가 끝이 나고 옷을 입는 그녀를 향해 그가 내일 또 만나자는 말을 했다. 그도 실망하지 않은 모양이었다. 다행이었다. 혜주는 잊지 못할 크리스마스이브를 희준과 함께했다.

어느 때보다 화창한 크리스마스 날이었다. 화이트 크리스마스는 아니었지만 나름 괜찮은 날씨였다. 혜주는 아침 일찍 일어나 청소를 시작했다. 모처럼 아무 일 없이 편안한 아침을 맞이했다.

혜주의 방은 집안일을 하는 도우미들이 생활하는 곳이었다. 어릴 때는 한방에서 여럿이 지냈지만, 지금은 작은 방에 주방과 욕실이 있는 공간을 썼다. 그녀가 박 회장의 집에서 독립을 하겠다고 하자 김 여사가 난리였다.

혜주가 독립을 하면 박 회장이 그녀의 집에 들락거릴 거라고 생각한 모양이었다. 혜주의 입장에선 아주 고마운 일이었다. 그래서 시집을 가기 전까지는 우인그룹의 본가에서 머물 수밖에 없었다.

어제 격렬했던 섹스로 인해 몸 곳곳이 쑤시긴 했지만 나름 견딜 만했다. 평소에 좋아하지 않던 조금 시끄러운 음악을 틀었다. 한 번도 춰 본 적 없던 춤까지 추며 청소기를 돌리고 있었다. 마음을 잡고 싶었다.

시작을 했으니 끝장을 보고 싶은 마음이었다. 그때였다.

Errrrrrr—

핸드폰이 요란하게 울리고 있었다. 사모님이었다. 혜주가 가장 싫어하는 여자였다. 탐욕 덩어리에다가 자신과 박 회장의 사이를 의심까지 하면서 괴롭혀 온 여자였다. 어머니가 없는 그녀를 첩의 자식이라며 사람들 앞에서 창피를 주던 못된 여자였다.

"여보세요?"

[당장 집으로 와.]

"네?"

[오라면 올 것이지 어디서 토를 달아!]

목소리 톤으로 봐서 열이 받아 있는 게 분명했다.

"알겠습니다."

이럴 땐 그냥 말을 듣는 게 편했다. 오랜 시간 박 회장 가족들에게 시달리다 보니 자연스럽게 터득을 하게 된 방법이었다. 혜주는 아침 식사도 거른 채 크리스마스에 본관으로 향했다.

날씨가 너무나 화창했다. 겨울이라기보다 가을의 맑고 푸른 날 같았다. 이런 날은 좋은 일만 있으면 좋으련만, 그녀에겐 그런 좋은 일은 허락되지 않았다.

우인그룹 본가에 들어서자 크리스마스의 따뜻함이 가득했다. 이런 행복을 그녀에게서 빼앗아 간 사람들이었다. 혜주의 표정이 그 어떤 때보다 어두웠다. 집 안에 들어서자 집사들과 도우미들이 바쁘게 움직이고 있었다. 집에 누군가 온 것 같았다.

"서 실장!"

박 회장이 혜주를 다급하게 불렀다. 혜주는 재빠르게 박 회장의 목소리가 들려오는 식당 안으로 들어섰다. 그리고 그 자리에 멍하게 서 있었다. 식탁엔 맛있는 음식들이 가득했고, 거기엔 차 회장과 희준이 박 회장의 식구들과 함께 앉아 있었다.

그녀를 왜 부른 것인지 알 수가 없었다.

"부르셨습니까?"

최대한 아무렇지 않은 표정으로 그녀는 그렇게 그들의 곁으로 향했다. 차희준도 그녀를 보지 않았다. 분명히 오늘 그녀와 만나기로 했는데 지금 이곳에서의 차희준은 전혀 그녀에게 관심을 가지지 않았다.

"오늘 식사 후에 사모님들 모시라고."

"네."

그제야 혜주의 눈에 자그마한 여자분이 보였다. 차희준의 어머니라고 하기엔 굉장히 작은 분이었다. 저 작은 몸에서 그렇게 커다란 남자가 나왔다는 게 이상할 정도였다.

"정성스럽게 모셔야 할 거야."

"네."

갑자기 잡힌 약속인 모양이었다. 비서실장인 혜주가 전혀 모르는 상황이었다. 식사 후에 남자들은 서재에 모여 이야기를 하고 있었고, 박 회장의 부인인 김 여사와 차 회장의 부인인 이 여사, 그리고 세은과 혜주가 2층의 거실에 앉아 다도를 시작했다.

"갑작스럽게 이렇게 모시게 돼서 놀라셨죠?"

김 여사가 아주 아부를 섞어 가며 말을 하고 있었다. 혜주는 옆에서 차를 따르고 있었다. 사모님들은 혜주가 다도를 하는 모습을 좋아하셨다. 차도 맛있고 그녀의 아름다움이 재벌가 사모님들의 마음을 사로잡아서 가끔 귀한 손님들이 오시면 김 여사가 그녀를 부르곤 했었다.

오늘도 그런 날 중의 하나였다.

"뭐, 조금 놀라긴 했습니다만 이렇게 환영해 주시니 감사합니다."

작은 체구의 이 여사는 아주 절제된 모습의 재벌가 사모님이었다. 흔히 드라마에서 보는 그런 모습이 아니라 마치 재벌 회장 같은 포스를 가지고 있었다.

"서 실장이라고 했나요?"

이 여사가 그녀를 보며 물었다.

"네."

"어쩜 이렇게 고운지 하늘에서 내려온 천사 같아요."

이 여사가 그녀의 아름다움을 칭찬하자 세은이 입을 삐쭉하게 내밀었다. 분명히 그들의 계산에 없는 내용일 것이다.

"서 실장이 차를 아주 잘 내립니다. 다른 사모님들도 좋아하시죠. 필요하시면 말씀만 하세요. 제가 보내 드릴게요."

완전히 물건 취급을 하는 김 여사였다. 김 여사는 혜주의 모든 게 마음에 들지 않고 그저 이용할 생각만 했다.

"그래서야 되겠습니까. 서 실장도 바쁜 사람일 텐데……."

"아닙니다. 우리가 가라고 하면 가야죠. 우리가 어떻게 키운 앤데요."

너무나 당연하게 말하는 김 여사를 이 여사가 약간은 의아하다는 식으로 바라보았지만 김 여사는 눈치채지 못하는 것 같았다.

"어머님, 차는 입맛에 맞으세요?"

"어머님?"

이 여사는 세은의 어머님 소리에 당황한 것 같았다. 아직 차희준과는 선을 한 번 본 것뿐이었다.

"오늘 이렇게 와 주신 거 너무 감사해요."

김 여사가 이 여사의 눈치를 보며 말을 돌렸다.

"저야, 차 회장님이 가자고 하시면 할 수 없죠."

"호호호, 저도 그래요. 우리 박 회장님이 말씀하시면 다 따르죠. 남편은 하늘이니까요. 그건 우리 세은이도 마찬가지죠."

어이가 없었다. 차를 따르던 혜주가 동작을 멈추고 있었다.

"우리 서 실장은 애인 있나요?"

"서 실장 애인 있어요."

그녀가 답하기 전에 세은이 치고 나왔다.

"하긴 이렇게 예쁜데 당연히 있겠지."

이 여사는 혜주가 마음에 든 모양이었지만 그걸 가만히 볼 세은이 아니었다. 혜주는 지금 이 상황이 불편했다.

다도 시간이 끝이 난 후에 혜주는 자신이 왜 불려 왔는지를 알게 되었다. 세은의 유일한 취미이자 특기인 서예를 이 여사가 아주 좋아한다는 것이었다. 아마도 세은과 비교할 만한 대상이 필요한 모양이었다. 즉 세은을 돋보이게 할 대상이 필요했던 것이다.

찻잔이 물려지자 그 자리에 서예를 할 수 있게 준비가 되었다.

"서 실장이 아주 글을 잘 씁니다."

김 여사의 말에 이 여사가 웃으며 혜주를 보았다.

"우리 세은이가 조금 더 잘 쓰지만요."

"아, 그래요?"

이 여사가 세은이를 보고도 미소를 지어 주었다.

"그럼 우리 아가씨들 솜씨 좀 볼까요?"

잔인한 대결이었다. 혜주는 학교 다닐 때 배운 게 전부였다. 그런 혜주와는 달리 세은은 어릴 때부터 서예를 배웠다. 아니 김 여사가 세은에게 억지로 가르친 모든 과외 중에서 세은은 서예를 제일 잘했다.

"혜주 먼저 써."

김 여사의 말에 혜주가 생각나는 한시(漢詩)를 써 내려갔다. 물론 아주 최고로 잘 쓰진 않았지만 봐 줄 만은 했다.

"세은이도."

세은이 혜주를 비웃기라도 하듯이 똑같은 한시를 써 내려갔다. 얄미웠다.

"세은 양의 솜씨가 보통이 아니네."

이 여사도 감탄을 하고 있었다. 이 여사의 반응에 두 모녀가 아주 기분이 좋은지 입이 거의 귀에 걸려 있었다. 아주 만족스러운 듯했다.

이 여사와 차 회장의 식구들이 가고 나자 혜주는 김 여사에게 붙들려 잔소리를 들어야 했다.

"어떻게 된 애가 그 모양이야? 조금은 세은이를 배려할 줄 알아야지. 아주 못돼 먹었어. 이래서 사람은 근본이 중요한 거야."

"맞아, 엄마."

"학교 다닐 때부터 그렇게 저만 알더니 커서도 어쩜 그러니?"

귀를 틀어막은 혜주는 어릴 때의 일들을 떠올렸다. 그녀는 수시로 이렇게 불려 와서 사람들에게 박 회장 부부가 얼마나 선한 사람들인지 알려 주는 일을 해야 했다. 집에 초대된 손님들에게 고아나 다름없는 혜주에게 은혜를 베푸는 아주 훌륭한 사람들이라는 인식을 심어 줘야 했다.

어쨌거나 혜주도 그건 그녀에게 생활비를 주는 박 회장에 대한 최소한의 예의라고 생각했기 때문에 군소리 없이 맡은 일들을 성실히 했다.

하지만 혜주가 나이를 먹으면 먹을수록 세은과 김 여사의 횡포가 심해졌다. 혜주는 배우였던 엄마를 닮아서 아름다운 여인으로 성장했다. 반면 세은은 박 회장을 닮아서 못생기진 않았지만, 혜주와는 비교 대상이 안 되는 외모였다.

그렇게 해가 지날수록 김 여사는 박 회장과의 관계를 의심하며 혜주를 괴롭혔고, 세은은 자신의 남자들에게 혜주가 꼬리를 친다는 어처구니없는 망상에 사로잡혀 그녀를 괴롭혔다.

"차희준은 우리 세은이와 결혼을 할 사람이고, 이 여사님은 우리 사돈이 될 사람이야. 어떻게 그렇게 생각 없이 굴 수가 있어? 우리가 널 위해 쓴 돈이 얼만데!"

"죄송합니다."

사과를 하고 자리를 뜨는 게 상책이었다. 하지만 오늘은 모녀가 아주 집요하게 그녀를 물고 늘어졌다.

"회장님이 너한테 말했다고 하시던데. 내가 아주 기가 막혀서."

"……."

"너 우리 세은이 돌보라고 보냈더니 차희준한테 꼬리 쳤다면서?"

김 여사의 눈이 무섭게 번쩍이고 있었다.

"그게 말이 돼? 우성자동차의 그 늙은이랑 붙어먹고 자동차가 잘 풀렸다고 해서 차희준의 마음을 달래라고 시켰나 본데, 그건 회장님이 잘못 생각하신 거니까 혹시나 차희준한테 꼬리 칠 생각은 하지도 마."

우성자동차 회장이란 말을 꺼내자 혜주는 속에 있는 게 넘어올 것 같았다.

"회장님은 다 나한테 말씀하셔. 알아?"

김 여사의 말에 세은이 미소 지었다.

"진짜야? 고고한 척은 혼자 다 하더니 완전 걸레였네."

이런 이야기를 들을 이유가 없었다. 하지만 길들여진다는 건 참 무서운 것이었다. 참고만 지낸 세월이 길어서인지 혜주는 오늘도 김 여사의 말을 참고 있었다. 이렇게 참고만 있다가는 몸에서 사리가 생길 것 같았다.

박 회장이 그녀를 건드렸다는 사실을 말할까 하다가 다시 입안으로 집어넣었다. 이들에게 말해 봤자 혜주의 잘못으로 돌릴 게 뻔했기 때문이었다.

조금도 망설일 필요가 없었다. 이제부터는 서혜주가 얼마나 독하게 컸는지, 그리고 그들이 그녀에게 얼마나 잘못을 했는지 뼈저리게 느끼게 해 줄 차례였다.

본관을 나와 별관으로 향하던 그때 그녀의 핸드폰이 울리기 시작했다. 액정을 보니 차희준이었다.

"여보세요?"

[오늘 7시에 집으로 와.]

차희준이 그녀를 원하고 있었다. 확실하게 차희준의 마음을 잡아야 했다. 연애 경험이 전무한 혜주에겐 힘든 일이었다. 일을 할 때 상대방의 마음을 읽어 내리는 능력과 연애를 하면서 남녀 간에 느끼는 호감은 분명하게 다르다는 건 알았다.

하지만 어떻게 해야 그의 마음을 사로잡을 수 있을지 혜주는 알수가 없었다. 답답한 마음에 혜주는 근처의 서점을 찾았다. 글로라도 연애를 배우고 싶었다. 그리고 책을 뒤적이던 혜주의 눈에 가을이 보였다.

처음엔 잘못 본 줄 알았다. 유명한 서점도 아니고 집 근처의 서점에서 가을을 만나다니, 웃기는 일이었다. 그래도 연예인이라고 마스크와 모자까지 눌러쓰고 있었지만 혜주의 눈을 피할 수는 없었다.

"가을, 여기서 뭐 해."

이렇게 밖에서 보니 진짜 동창 같은 느낌이 들었다. 어차피 지금 그들은 한 가지 목표를 달성하기 위해 만난 동지이기도 했다.

"집이 이쪽이야."

"아니잖아, 강남 아파트에 사는 거 아니야?"

"아니, 아직은 목표이긴 하지만."

혜주가 고른 책의 제목을 보며 가을이 웃었다.

"연애 경험은 없으시다?"

정곡을 찔린 혜주의 얼굴이 붉어졌다.

"이렇게 얼굴이 붉어지는 건 얼음 공주 서혜주에겐 안 어울려."

"그냥 재미로 산 거야."

"차희준을 꼬셔야 하는 이 시점에서?"

"……."

할 말이 없었다.

"차희준처럼 다 가진 놈은 말이야, 쉽게 가질 수 있는 여자에겐 매력을 못 느끼는 법이지. 만약에 혜주 너에게 끌렸다면 그건 아마 네가 자신에게 관심이 없다고 생각했기 때문일 거야."

"넌 아주 연애 박사네."

"그게 아니라 박 회장에 대한 복수만 생각하다 보니 여자 꼬시는 법을 알게 됐고. 남자야, 뭐 내가 남자니까."

"하긴. 넌 고수같이 느껴진다."

"모르는 게 있으면 물어봐."

"됐어."

이렇게 서점에서 웃고 있으니 친한 친구 같은 느낌이 들었다.

"진짜 너 많이 다르더라."

"졸업 사진 봤냐?"

"다른 인물 아니야?"

달라도 너무 달랐다. 완전히 새사람이 된 것 같았다.

"돈이 좀 들었지만 성공은 했지. 덕분에 연기도 하게 됐고."

가을은 아무렇지 않게 말하고 있었지만, 혜주는 가을이 마음고생이 많았다는 생각이 들었다.

"영화는?"

"찍고 있어."

"곧 개봉할 텐데 세은이와의 스캔들은 감당할 수 있어?"

"당근이지. 날 뭐로 보고 그래?"

가을이 발끈했다. 그냥 자신의 불행한 삶을 방관하며 시간이 흐르는 대로 살아왔던 혜주에게 이번의 일들은 큰일이었다. 무섭고 두려운 마음도 있었지만 박 회장을 무너트리겠다는 마음이 컸다.

"넌 할 수 있어. 그냥 그대로 너로 다가가는 게 나아. 차갑고 그 속을 알 수 없는 신비로움을 가진 여자로 말이야."

서점에서 나와 집으로 돌아온 혜주는 샤워를 하고 준비를 했다. 그 어느 때보다 예쁘게, 그녀가 할 수 있는 한 가장 세련되게 꾸몄다. 크림색 바지에 V 자로 깊게 파인 흰색 앙고라 스웨터를 입고, 갈색 막스마라 코트를 걸친 그녀는 어깨 위까지 내려오는 머리를 굵은 웨이브가 지게 말았다.

메이크업은 최소화했다. 어차피 잠자리를 하면 지워질 화장이었다. 거울 속의 혜주는 오히려 세은보다 더 재벌가의 여자 같았다.

집에서 나와 주차장에 도착한 혜주는 심호흡을 한 번 하고는 자신의 차를 몰았다. 떨림을 뒤로한 채.

차희준의 여자들이 이렇게 개입한 적은 한 번도 없었다. 오늘 아침 갑자기 아버지와 어머니가 집으로 들이닥치더니 옷만 입고 나오라고 했다. 어머니가 하도 강경하게 나오는 바람에 그는 아무

소리도 못 하고 집에서 나왔다.

그리고 그가 간 곳은 놀랍게도 박 회장의 집이었다.

"어떻게 된 일이에요?"

"난 며느리가 필요하다."

어머니의 갑작스런 선언에 희준은 멍하게 어머니를 바라보았다.

"아버지야 이 여자 저 여자하고 만나니 괜찮을 거고, 너도 일하느라 바쁘니 나도 내 편을 만들어야 하지 않겠니?"

"어머니, 그래도……."

"이번 희준이 네 경영권 승계 때도 너의 끊임없는 스캔들이 발목을 잡을 거야."

"어머니."

"우리 집 남자들의 바람기야 세상이 다 아는 거고. 웬만하면 그냥 이번에 우인그룹 딸하고 결혼해."

갑작스러운 어머니의 폭탄선언에 희준은 당황스러웠다.

"제가 알아서 할게요."

"네가 뭘 알아서 해?"

어머니는 단단히 화가 나신 모양이었다. 아버지와의 결혼이 그리 순탄하지만은 않은 어머니였다. 두 분은 너무 성향이 달랐다. 어린 나이에 집안끼리 선을 보고 결혼하신 분들이라서 그런지 애정이 없었다.

대중 앞에 나설 때를 빼고는 서로 남같이 생활을 하셨다. 특히 아버지의 스캔들 기사가 날 때마다 어머니는 적극적으로 언론에 나와 아니라고 해명하셨고, 그래서인지 아버지의 스캔들 기사는 빠르게 사라졌었다.

어머니는 작은 체구에 비해 굉장히 당찬 분이었다. 어머니는 희준을 키울 때도 자유롭게 키우셨다. 그 어떤 간섭도 하지 않으셨다. 물론 관심이 없었던 게 아니라 아들을 큰물에서 놀게 하고 싶은 마음 때문이었다.

"오늘 세은이를 가까이서 볼 참이다."

"언제 이런 약속을 잡으셨어요?"

"너희들이 선을 본다고 해서, 그럼 다음 날 오전에 만나면 좋겠다고 내가 어제 전화를 걸었어."

"어제요?"

"갑자기 가 봐야 그 집안의 분위기를 알 수 있지. 마음 같아선 그냥 쳐들어가고 싶은 심정이었어."

생각만으로도 끔찍한 일이었다. 가식적인 세은이를 봐야 한다니 말이다.

"세은이 남자 있어요."

"너도 여자 있잖아."

어머니는 그의 말을 믿지 않은 모양이었다.

"어머니, 진짜라니까요."

"그만해라."

아버지께서 중재하셨다.

"누가 네 엄마의 고집을 꺾을 수가 있겠니."

아버지는 어머니에게 지은 죄가 많아서 그런지 어머니의 말에 토를 다는 법이 없으셨다.

"도착했으니 안에 들어가선 잘해."

어머니의 말에 희준은 한숨을 쉬었다. 세은을 보면 어머니도 실망하실 게 뻔했다. 희준은 처음으로 우인그룹 본가에 와 봤다. 생각보다 넓은 집이었다.

어머니도 집의 크기에 조금은 놀라신 것 같았다. 업계에서 서광과 우인그룹의 차이는 하늘과 땅이었지만, 집에서는 별 차이가 없었다. 박 회장이 남들을 얼마나 의식하는지를 알 것 같았다. 겉으로 보이는 것에 많은 것을 투자하는 사람치고는 제대로 된 사람을 보지 못했다.

"어머니 꼭 이러셔야……."

"난 그저 내 편을 만들고 싶을 뿐이고, 너에게도 도움이 되는 일이야. 그리고 서른다섯이나 먹어서 아직 장가도 못 가고 이러고 있으니 자꾸 소문만 돌지."

어머니에게 약한 희준이었다. 아버지의 그늘에 가려서 서광의 안주인 역할밖에 못 하시는 분이었다. 거기다가 아버지의 수많은 여인들 때문에 마음고생만 하신 분이기도 했다. 희준까지 그런 어머니를 무시한다면 어머닌 견디지 못할 것이다.

"알겠어요."

그의 대답에 어머니가 오랜만에 미소를 지으셨다. 크리스마스 아침은 진수성찬이었다. 희준은 아침을 잘 먹지 않은 스타일인데 너무 부담스러웠다. 거기에 아침 식사보다 더 부담스럽게 그를 바라보는 세은이 앞에 앉아 있으니 더 미칠 것 같았다.

어머니의 부탁만 아니었어도 벌써 이 자리를 박차고 나갈 판이었다. 하지만 잠시 후, 그는 혜주의 등장에 그나마 위로를 얻을 수 있었다. 박 회장이 혜주를 부른 것 같았다. 차라리 혜주가 박 회장의 딸이었다면 얼마나 좋았을까, 라는 생각이 들었다.

식사 후에 여자들은 따로 모임을 가졌고, 남자들은 서재에서 커피를 마셨다. 아버진 박 회장과 아주 친하신 모양이었다.

"형님과 제가 사돈이 된다니 정말 꿈만 같습니다."

"아직 결정된 거 아니지."

"아이, 또 왜 이러십니까?"

아버지와 박 회장은 아주 죽이 잘 맞는 것 같았다.

"저야 우리 형님의 영원한 동생 아닙니까."

외동아들인 아버진 동생에 대한 로망이 있었다. 그걸 박 회장이 아주 잘 공략을 하고 있는 것 같았다. 나이가 드시더니 요즘 감성적인 아버지를 박 회장이 잘 주무르고 있는 것 같아서 마음이 좋지 않았다.

"우리 사위는 볼수록 아주 잘생겼어."

상대하고 싶지 않은 마음에 희준은 박 회장의 말에 대꾸하지 않았다. 생각할수록 별로인 박 회장과 그의 가족들이었다. 너무 친절한 건 싫었다.

서재에서의 대화는 주로 희준과 세은의 결혼에 관한 이야기여서 지루하기 그지없었다. 그런데 갑자기 아버지가 혜주의 이야기를 꺼냈다.

"여기 서 실장도 같이 사나?"

아버지의 갑작스러운 질문에 박 회장은 잠시 당황하는가 싶더니 갑자기 자기 자랑을 시작했다.

"그게 말입니다, 형님. 제가 오갈 데 없는 서 실장을 10살 때부터 키웠습니다. 그때부터 쭉 같은 집에서 살았죠. 나가서 살라고 해도 자기가 저와 함께 살고 싶다는 겁니다."

"그래?"

"네, 제가 아버지 같다나 뭐라나?"

"서 실장의 부모님은 안 계신가?"

"……."

아버지의 질문에 이제껏 자기 자랑을 하던 박 회장이 입을 다물었다.

"서 회장님이 계시는 곳에도 가 봐야 하는데……."

갑자기 서 회장의 얘기를 꺼내자 박 회장은 조금 당황하는 것 같았다.

"서 회장님은 진정한 경영인이셨어. 하나뿐인 아들이 아닌 박 회장에게 우인상회를 넘기신 걸 보면 말이야."

"대단하신 분이죠."

"서 회장은 어떻게 살고 있나?"

"요양원에 있습니다. 아직 제가 돌보고 있죠."

"그런가? 역시 자네는 대단한 사람이야. 나 같은 사람은 엄두도 못 낼 일이지."

"하하하, 과찬이십니다."

아버지의 칭찬에 기분이 좋아진 박 회장이었다.

"그런데 서 회장한테 딸이 있다고 들었는데……."

"아이고 형님, 서 회장님 댁 우울한 이야기는 그만하고 앞으로 우인그룹을 키워 줄 생각이나 하십시오."

"뭐?"

"서광그룹의 사돈인 우인그룹이 지금처럼 구멍가게면 되겠습니까?"

아주 노골적으로 아버지에게 매달리고 있었다. 늙은 여우가 따로 없었다. 아버진 왜 저런 사람을 가까이 두는지 알 수가 없었다. 그는 화장실을 다녀온다고 하고는 잠시 서재에서 나왔다. 그리고 여자들이 있는 2층으로 향했다.

우인그룹의 기업 순위로 봤을 때 이 집은 너무 과했다. 집 안의 인테리어도 마치 왕궁 같은 화려함이 더했다. 희준의 본가에 비하면 껍질만 요란했지만 말이다. 이곳은 집의 크기와 인테리어만 화려하지, 고가의 미술 작품은 없었다.

어머닌 미술 작품을 수집하시는 게 취미였지만 이곳의 김 여사는 작은 장신구들을 사는 게 취미인 모양이었다. 확실하게 수준 차이가 느껴지는 공간이었다.

"호호호호."

김 여사의 웃음소리가 밖에까지 들렸다. 어머닌 가벼운 사람을 좋아하지 않으셨다. 지금 말씀은 안 하셔도 싫을 게 분명했다. 그런 어머니의 마음을 아는지 모르는지 김 여사와 세은의 웃음소리가 연속해서 들리고 있었다.

그는 기둥 뒤에 숨어서 여자들을 바라보았다. 오늘 그가 온 이유는 세은 때문이었다. 그래서인지 그의 눈에 먼저 들어온 건 세은이었다. 세은은 어머니 옆에 딱 붙어서 시중을 드느라 바빴다.

어른에게 잘하면 좋지만 세은의 행동이 가식적이라는 것은 잘 모르는 사람이 봐도 느껴질 정도였다.

그때 기둥에서 몸을 살짝 빼서 세은의 맞은편을 보자 혜주가 다도를 하는 모습이 보였다. 말없이 찻잔에 차를 따르는 혜주의 모습은 지난밤 그의 아래에서 뜨겁게 헐떡이던 여인의 모습과는 달랐다. 확실하게 기품이 흘러넘치는 모습이었다.

희준은 머리를 흔들었다. 어차피 그는 세은과 결혼을 해야 했다. 아버지의 뜻이니 거역할 수가 없었다.

아마 결혼을 하게 되면 지금의 부모님처럼 세은과는 대외적인 부부로만 있을 것이다. 물론 세은과의 사이에서 자식을 낳겠지만 아마도 하나 정도에 그치지 않을까 하는 생각이 들었다. 희준에게 있어서 결혼은 비즈니스의 연장선, 그 이상도 이하도 아니었다.

조용히 2층에서 내려온 희준은 다시 서재로 들어서려다가 어른들의 대화를 들었다.

"형님이 도와주신다면 저희 이번 중동 건설은 포기하겠습니다."

"그래?"

굳이 우인이 빠지지 않아도 그 공사는 서광건설의 몫이었다.

"고맙구만."

뭐가 고마운지 희준은 가슴을 치고 싶은 심정이었다.

"우리 세은이가 그렇게 희준이를 좋아합니다. 애가 어쩔 줄을 몰라요."

"선보는 날 작은 소란이 있었다고?"

"그래서 제가 중동 건설을 양보한다는 거 아닙니까? 아시다시피 우리 세은이가 남자들에게 인기가 많습니다. 그러다 보니 그렇게 쫓아다니는 녀석들이 한둘은 있어요."

그건 아닌 듯싶었다. 세은의 뭘 봐서 남자들이 그렇게 목을 맨다는 것인지 도대체 알 수가 없는 소리만 하는 박 회장이었다.

"서 회장님의 손녀에 대해 알고 싶은데 찾을 수 있나?"

"왜요?"

"어릴 때 서 회장님께 신세를 진 일이 좀 있어서, 다른 건 몰라도 금전적으론 도움이 될 것 같아서……."

"제가 어떻게 압니까? 아버지가 요양원에 있는데 한 번도 안 왔습니다. 급하면 절 찾아왔겠지요."

"하긴, 박 회장은 불쌍한 아이들을 잘 돌보니까."

박 회장이 혜주를 잘 키운 걸 말씀하시는 모양이었다.

"혹시나 연락이 닿으면 나에게 말 좀 해 주게."

"여부가 있겠습니까."

희준이 들어서자 어른들의 화제는 다시 세은과 희준이 되었다. 희준의 귀에는 더 이상의 말은 들어오지 않았다.

박 회장의 지루한 이야기가 끝이 나고 집에서 나오는데 희준은 아주 산 정상에 오른 것처럼 상쾌한 기분이었다. 다시는 이곳에 오고 싶지 않다는 생각이 강하게 들었다.

그리고 돌아오는 내내 아버지와 어머니의 냉랭한 기류를 느끼며 왔다. 이래저래 스트레스의 연속이었다.

"오늘은 크리스마스인데, 아주 엉망인 기분이야."

쓸쓸하게 집 안으로 들어선 희준은 깜빡이는 트리의 불을 껐다. 집 안에서도 정신이 사나웠기 때문이었다. 작은 트리는 어제 그의 비서가 선물로 준 것이었다.

"후."

소파에 그대로 몸을 기댄 희준은 한숨을 쉬었다. 이렇게 있다가는 정말 세은과 결혼을 할 것 같았다. 막상 이렇게 되고 보니 걱정이 되긴 했다. 아버지와 어머니처럼 무덤덤한 결혼생활을 견딜 수 있을까, 하는 생각이 들었다.

그리고 세은을 안을 생각을 하니 끔찍했다.

"갈 길이 멀어."

한숨이 절로 나왔다. 희준은 주말에 처리할 서류들이 산더미처럼 쌓여 있는 서재로 향했다. 워커홀릭인 그는 쉬는 날이 없었다. 이렇게 하지 않으면 많은 일들을 처리할 수가 없었다. 아버지도 이제 일선에서 물러날 시기이기 때문에 희준의 업무량이 상대적으로 늘어난 상황이었다.

딩동!

시계를 보니 7시 정각이었다. 일을 하다 보니 시간이 가는 줄도 모르고 있었다.

"으으윽!"

기지개를 켠 희준은 자리에서 일어나 거실로 향했다. 문을 열어 주기 위해 현관으로 걸어가는 동안 그는 많은 생각이 들었다. 하지만 지금 가장 궁금한 건 혜주가 어떤 모습으로 그에게 왔는지가 궁금했다.

그리고 그보다 더 그의 머릿속을 복잡하게 만드는 건 다시 혜주를 가지고 싶을까 하는 것이었다. 여자를 두 번 이상 가진 적이 없는 그였다. 과연 혜주가 그런 자신을 사로잡을지가 가장 궁금했다.

화면 가득 혜주의 모습이 보였다. 작은 화면이지만 그녀의 아름다움을 가리지는 못했다. 희준은 문을 열어 주고 현관 앞에 서서 혜주를 기다렸다. 오늘은 집 안의 모든 사람들을 일찍 퇴근시켰다.

그래야 홀가분하게 혜주를 만날 수 있을 것 같았다.

"안녕하세요?"

문을 열고 들어와 그에게 인사를 하는 혜주의 모습을 물끄러미 보았다. 베이지색 바지 차림에 코트를 입고 온몸을 꽁꽁 싸매고 온 게 마음에 들지 않았지만 이렇게 그의 말을 듣고 와 준 혜주가 예뻐 보였다.

"식사는 하셨어요?"

그녀가 쇼핑백을 들어 올렸다.

"그럴 줄 알고……."

툭!

쇼핑백이 바닥에 떨어졌다. 그녀의 어울리지 않는 수다를 듣고 있을 시간이 없었다. 희준은 혜주의 허리를 강하게 끌어당겨 입을 맞추었다.

"으으음."

놀란 혜주가 당황했는지 그를 밀어내고 있었지만 희준은 아랑곳하지 않았다. 그녀의 부드러운 입술이 주는 자극이 그를 미치게 만들고 있었다. 키스만으로 이렇게 흥분이 되기는 처음이었다. 그의 가슴에 눌린 혜주의 풍만한 가슴은 자극이라기보다는 포근한 마음을 주었다.

여자에게서 포근함과 자극을 동시에 느끼다니, 이상했다. 다시 확인해 봐야 할 것 같았다. 희준이 자신의 혀를 혜주의 입안 깊숙이 밀어 넣었다. 그녀의 고른 치열을 쓸어 올리고 그녀의 타액을 빨아들이며 희준은 가슴속에서 욕망이 터져 나오는 걸 느끼고 있었다.

"으으음."

밀어내던 혜주의 손이 이번엔 그의 목을 감싸고 있었다. 혜주도 그가 싫지는 않은 모양이었다. 서로의 혀가 격렬하게 얽히고 있었다. 혀의 돌기 하나하나까지 느낄 정도로 그들은 키스에 열중하고 있었다.

희준의 페니스는 벌써부터 혜주를 원하고 있었다. 아래쪽이 묵직해짐을 느낀 희준의 마음이 바빴다. 급한 마음에 희준이 혜주를 안아 들었다. 어디로 가는지도 모르고 키스에 전념을 하며 발걸음을 옮기고 있었다.

툭!

그의 허벅지에 강한 무언가가 탁 하고 닿았다. 눈을 뜨고 보니 소파였다. 희준은 혜주를 소파 위에 눕혔다. 긴 머리가 소파 위에 펼쳐지자 그 어떤 야한 사진보다도 야한 모습의 혜주가 그의 눈에 들어왔다.

코트 앞이 풀어져 있었고 속의 스웨터가 배꼽 위까지 올라가 있었다. 조금만 더 올라가면 브래지어가 보일 것 같았다.

"흑!"

희준이 숨을 급하게 들이마셨다. 옷을 입고 있는 여자가 섹시하다고 생각한 적은 한 번도 없었는데, 오늘 그는 또 한 번 자신의 틀에서 벗어난 생각을 했다. 그도 오전에 박 회장의 집에 갔던 그 차림 그대로였다.

검은색 캐시미어 스웨터에 검은색 면바지 차림의 그였다. 흰색과 베이지의 조합인 혜주와는 극과 극의 매치였다. 하지만 희준은 잠시도 혜주를 가만히 두고 싶지 않았다. 그가 소파 위에 누워 있는 혜주의 위로 올라가 입을 거칠게 맞추었다.

"으음, 오늘 아주 예쁘군."

"......"

아무 말 없이 그를 쳐다보는 혜주의 얼굴이 붉어졌다. 좋고 싫음을 말하진 않았지만, 혜주는 표정으로 그리고 뜨거운 몸짓으로 그에게 답하고 있었다.

여자 때문에 이성을 잃은 적은 한 번도 없었다. 그의 섹스는 언제나 절도가 있었고 예의가 있었다. 한 번의 관계이니 그것만은 지켜야 한다고 생각했다. 그는 변태가 아니기 때문이었다. 그래서 그의 섹스엔 순서도 있었다. 욕실에서 샤워를 하고 침대 위에서 정상 체위로 하는 섹스가 전부였다.

그의 넘치는 에너지야 정상 체위를 멋진 섹스로 승화시키기에 충분했지만, 지금처럼 현관에서 미친놈처럼 섹스를 한 적은 없었다. 아니, 혜주와는 두 번의 섹스가 모두 그랬다. 왜 그럴까? 아무리 생각을 해도 이해가 되질 않았다.

섹스는 그저 때가 되면 하는 목욕과도 같은 것인데 이상했다. 그리고 그녀를 볼수록 자꾸만 미친 듯이 달려들고 싶었다. 아래서 그를 올려다보는 혜주를 빠르게 먹어 치우고 싶은 마음뿐이었다.

"으으읍."

다시 그녀의 입술을 빨아들였다. 처음으로 키스하던 날의 느낌이 떠올랐다. 서툴고 어색하지만, 너무나 하고 싶었던 그때의 그 설렘과 행복감이 어른이 되어서 이제 그보다 더한 걸 경험한 지금 이렇게 느낄 수 있다는 게 신기할 따름이었다.

혜주의 입술 선을 따라 혀로 쓸어 보았다. 처음의 설렘이 어디에서 오는지 알고 싶었기 때문이었다. 커다란 코트 속에서 그녀를 빼내고는 안아 들었다. 그리고는 습관처럼 섹스를 할 때마다 찾았던 침실로 뛰듯이 들어갔다. 그리고 그녀의 스웨터를 머리 위로 벗겼다.

빨리 그녀의 전부를 보고 싶었다. 그래서 그녀의 몸에 걸친 옷들을 빠르게 벗겨 버렸다. 혜주는 말이 없었다. 어느 때보다도 더 말이 없었다. 그렇다고 싫어하는 것 같지는 않았다.

"왜 말이 없지?"

"헉헉, 말이 필요한가요?"

"맞아."

그녀가 지금의 상황을 정리해 주었다. 말이 필요 없었다. 그들에겐 오로지 섹스만이 존재했다. 그런데 왜 기분이 좋지 않은지 알 수 없었다. 그녀가 그에게 사랑한다고 매달리길 바란 건 아니지만 그래도 뭔가 그를 잡고 싶어 하는 느낌을 받고 싶었다.

그래야 이렇게 미친 듯이 탐하는 자신의 자존심이 덜 상할 것 같았다. 하지만 끝까지 혜주는 그를 사랑한다거나 원한다는 말을 하지 않았다.

그의 손이 탐스럽게 솟아 있는 그녀의 가슴을 잡았다. 손안에 가득 찬 부드러운 가슴의 느낌이 너무나 좋았다. 아니 미칠 것 같았다. 마치 자기 혼자서 좋아 죽는 느낌이었다. 마음에 들지 않았다. 그래서 그녀의 가슴을 약간 더 힘을 주어 잡았다. 그러자 혜주가 그의 목에 팔을 두르고 매달렸다.

혜주가 몸으로라도 그에게 매달리니 기분이 조금은 나아졌다. 혜주처럼 반응하는 여자는 처음이라 조금 당황스러웠다. 그와 함께 밤을 보내고 싶어 안달인 여자들이 줄을 서 있었다. 그에게 감사하고 그를 사랑한다고 외치는 여자들 말이다. 하지만 혜주는 그와 뜨겁게 섹스를 하고도 좋다거나 나쁘다거나 하는 반응이 없었다. 아니 조금 있기는 했지만 확실히 다른 여자들에 비해 덜했다.

어떻게 해서든지 그에게 매달리게 하고 싶었다. 그리고 한 번 더 해 달라고 애원하게 하고 싶었다.

"으으음."

그나마 이렇게 신음이라도 해 주니 고마웠다. 아무 반응이 없다면 진짜 미칠 것 같았기 때문이었다. 그가 혜주의 풍만한 가슴에 입술을 댔다. 핑크색 유두가 그를 유혹하듯 단단하게 서 있었다.

혀끝에 닿은 유두의 맛은 상상을 초월하는 자극적인 맛이었다. 한번 그 맛을 알면 헤어 나올 수 없는 그런 맛이었다.

츄읍츄읍.

혀끝으로 치고 돌리며 유두를 더욱더 성이 나게 만든 희준이 이제는 힘껏 유두를 빨았다.

"아아앙."

고통 속에 쾌감을 느끼고 있는 혜주는 몸을 활처럼 휘었다. 그 모습이 너무나 자극적으로 와닿은 희준은 그녀의 가슴에 수많은 키스 마크를 찍어 대기 시작했다. 티끌 하나 없는 유리 같은 피부에 희준은 자신의 표시를 남기고 싶었다.

"츠읍츠읍."

이렇게 그녀의 가슴을 빨아 대며 하루를 보낼 수 있을 것 같았다. 하지만 그는 더 욕심을 내서 그녀의 여성을 공략하기 시작했다. 그의 손끝이 검은 숲을 만지자 혜주가 몸을 굳혔다. 하지만 희준은 더 집요하게 손으로 혜주의 여성을 탐험하기 시작했다.

부드러운 검은 숲을 헤치고 들어간 그의 손가락이 그녀의 여성을 반으로 가르자 혜주가 몸을 다시 활처럼 휘었다. 자극을 받은 것 같았다. 얼음처럼 차가운 줄만 알았는데 혜주의 몸 안엔 불꽃이 있었다.

희준은 그걸 끄집어내 주고 싶었다. 혜주를 오로지 그만을 위한 뜨거운 여인으로 만들고 싶었다. 그래서 작은 것부터 하나하나를 다 해 주고 있는 희준이었다. 그의 손끝에 클리토리스가 닿았다.

"그만!"

그 민감한 반응에 희준이 쿡 하고 웃었다.

"멈추기엔 우리가 너무 많이 나갔어."

이렇게 말을 하며 그가 혜주의 다리를 벌렸다. 가는 다리가 그의 손에 잡혔다. 무릎을 세우고 가운데에 자리를 잡았다. 무슨 경건한 의식이라도 되는 것처럼 그는 자신의 거친 호흡을 가다듬었다.

마음속엔 그녀의 여성을 빨아 대고 자극하고 싶은 마음이 강했지만, 그의 미친 페니스는 그녀의 안으로 빨리 들어가라고 아우성이었다.

처음과 다르게 여유가 있을 거라고 생각했다. 아니, 그녀를 다시 부른 걸 후회할 거라고 믿었다. 하지만 아니었다. 그는 더 많이 흥분했고 그녀에게 더 많은 것을 해 주고 싶었다. 혜주는 분명 처음은 아니었지만 마치 처녀같이 순수한 섹스를 했다. 그가 조금 깊게 들어가면 혜주는 어쩔 줄을 몰랐다. 그건 속인다고 될 일이 아니었다. 여태까지 그녀의 상대들은 혜주를 만족시키지 못한 것 같았다.

그가 혜주의 질 앞에 자신의 페니스를 문지르기 시작했다. 그의 손길에 젖은 그녀의 질은 물이 흘러넘치고 있었다. 이렇게 아름다운 여자가 왜 격정적인 섹스의 맛을 모를까. 참으로 아이러니했다.

하지만 지금은 그런 생각을 할 때가 아니었다. 그의 페니스 끝에 닿은 질척한 질 때문에 더 이상 다른 생각을 할 수가 없었다.

"으윽."

그가 힘을 주어 단번에 그녀의 질 안으로 들어갔다. 그녀의 질은 너무나 타이트해서 잘못 알면 처녀라고 착각할 정도였다. 페니스를 조이는 질의 강도가 대단했다. 미칠 것 같은 쾌감이 희준의 온몸을 감싸고 있었다.

움직일 때마다 느껴지는 쾌감은 그로서도 처음이었다. 안을 때마다 또 안고 싶은 여자가 혜주였다. 매일 이렇게 그녀를 만나고 싶다는 생각이 들어 희준은 당황스러움을 느끼고 있었다. 이건 그의 계획과는 무관한 변수였다.

"으으윽."

절로 신음이 나왔다. 그의 페니스에서 느껴지는 쾌감은 말로 표현하기 힘이 들었다. 한 번도 느낀 적이 없는 기분이었다. 계속해서 그녀의 안에 있고 싶었다. 그의 허리짓이 이렇게 요란한 적이 있었던가?

미친 듯한 열기로 인해 온몸이 땀으로 젖어 들었다. 그의 가슴을 타고 내리는 땀방울의 움직임이 그대로 느껴질 만큼 희준의 촉각은 아주 예민한 상태였다.

"아하."

흘린 땀만큼이나 그의 입에선 연속해서 거친 신음이 흘러나왔다. 트레드밀을 하루 종일 탄다고 해도 이 정도의 거친 숨은 나오지 않을 것 같았다. 하지만 그만 그런 것이 아니란 생각이 들자 희준의 입가에 희미한 미소가 떠올랐다. 물론 그의 아래에서 미친 듯이 몸을 흔들고 있는 혜주는 못 봤지만 말이다.

혜주의 이마에도 땀이 맺혀 있었다. 희준은 저도 모르게 그녀의 이마에 맺힌 땀을 혀로 쓸었다. 소금기가 느껴지는 맛이었지만 왠지 싫지 않았다. 그녀도 그와 마찬가지로 욕망의 늪에 빠져 있다는 뜻이었기 때문이었다.

그가 움직이자 힘이 들었는지 혜주가 그의 어깨에 박힐 정도로 손톱을 세웠다. 하지만 묘하게 그는 고통보다도 쾌감을 느끼고 있었다. 더 이상은 참기가 힘이 들었다. 그는 있는 힘껏 빠르게 움직여 마지막을 향해 달렸다.

"으으윽."

그의 분신들이 몸 밖으로 빠져나왔다. 손끝 하나 움직일 힘이 없었다. 모든 에너지를 마지막에 쏟아부었기 때문이었다.

"섹스가 처음은 아닌 것 같은데……."

그가 그녀를 품 안에 안고 물었다.

"맞아요. 정확하게 네 번째죠."

왠지 공허하게 들리는 말이었다. 몇 번째인지 섹스의 횟수까지 말하는 게 의미심장하게 들리기도 했다.

"처녀이길 바라셨나요?"

뜻밖의 질문이었다.

"아니."

"그런데 왜 물으시죠?"

"그냥 처녀는 아닌 것 같은데, 하는 건 처녀 같아서."

"두 번은 원하지 않은 섹스를 했으니까요. 두 번 다 당했죠. 기분 좋은 기억은 아니에요."

"그럼 나와 한 세 번째 섹스는 원한 건가?"

"……."

그녀는 답하지 않았지만 희준은 기분이 좋았다. 다만 그전에 그녀에게 무슨 일이 있었는지 궁금해졌다.

"신고라도 해야 하는 것 아니야?"

순간 발끈한 희준이었다. 왜 신고를 하지 않았을까?

"할 수 없었어요. 그건 지금도 마찬가지고."

위력이 있는 사람임에 틀림없었다. 그리고 순간 지금 혜주에게 위력이 있는 사람들이 그의 머릿속에 스쳤다.

"나하고의 섹스도 마찬가지라고 생각하나?"

정확하게 그녀의 입을 통해 듣고 싶었다.

"좀 복잡해요."

"어떤 면에서?"

그녀가 침대에서 일어나 앉았다. 옷을 입으려는 모양이었다. 하지만 희준이 그녀를 다시 침대에 눕혔다.

"뭐 하는 거예요?"

"하루에 한 번이라는 룰은 없지."

"그렇다고 두 번 하자는 말도……."

그가 강하게 혜주의 입술을 막았다. 뜻밖에 혜주는 그의 키스를 거부하지 않았다. 오히려 적극적으로 그의 혀를 받아들여 그를 놀라게 했다. 그들의 혀가 얽히기 시작했다. 마치 굶주린 사람들처럼 그들의 키스는 갈급했다.

또다시 그의 페니스가 그녀를 원하기 시작했다. 단 한 번도 두 번의 섹스를 해 본 적이 없는 희준이었다. 내일은 출근을 하는 날이었다. 과연 이 거친 욕망 후에 일을 하기 위한 기력이 남아 있을까 하는 생각이 들었다.

하지만 혜주를 놓을 수 없었다. 이번엔 애무 없이 키스를 하면
서 혜주의 질에 페니스를 넣었다. 고통에 혜주가 허리를 들어 올
리긴 했지만 그녀도 이번엔 적극적으로 그를 받아들였다.

"헉헉, 좋아?"

그의 말에 혜주가 고개를 끄덕였다.

"아흐, 깊이 더 깊이."

혜주의 말이라고는 믿어지지 않게 아주 노골적이었다. 하지만
희준은 이런 혜주의 모습이 좋았다. 앞으로 계속해서 만남을 가지
고 싶을 만큼 말이다.

두 번의 섹스가 끝이 나고 혜주는 어김없이 옷을 입기 시작했
다. 희준도 그녀에게 가지 말라는 말은 하지 않았다. 다만 내일 다
시 보자는 말은 했다. 하지만 혜주가 거절했다. 내일은 늦은 저녁
까지 일이 잡혀 있다는 말과 함께 말이다. 그 대신에 모레 찾아오
겠다는 말을 했다. 주말이니 어쩌면 그녀와 하룻밤을 보낼 수도
있었다. 그래서 희준은 더 이상 혜주를 붙잡지 않았다.

"어디서 나왔다고?"

[지금 차희준 부회장 집에서 나왔습니다.]

"혼자야?"

[네.]

"얼마나 머문 거야?"

[3시간 정도 머물었습니다.]

"알았어."

박 회장의 입술 끝에 경련이 일었다. 혜주와 차희준이 아주 붙어먹을 생각인 것 같았다. 혜주는 차희준에게 줄 물건이 아니었다. 나중에 제 첩으로 들어앉힐 생각이었다. 그런데 젊은 놈과 바람을 피우다니, 용서가 되지 않았다.

박 회장은 혜주를 각별하게 아꼈다. 물론 김 여사 때문에 지금은 가까이하지 못하지만 절대로 남에게 줄 아이는 아니었다. 미모가 빼어나기 때문에 때로는 이용하긴 했지만 성과가 나면 바로 혜주를 빼냈다.

우성자동차 영감탱이에게 그랬고, 이번에 차희준에게도 그럴 생각이었다. 그런데 차희준과 잠자리를 하라고 말하진 않았다. 어디까지 진행된 관계인지는 모르겠지만 차희준은 세은이와 결혼을 할 사이였다.

"사위와 첩이 뒤엉켜 있으면 곤란하지."

그는 와인을 단숨에 들이켰다.

"여보."

김 여사가 그를 불렀다. 소름이 끼칠 정도로 싫었지만 그는 대답을 했다.

"왜?"

"안 자요?"

"이거 한 잔만 마시고 들어갈 테니 먼저 자."

"빨리 와요."

육십이 넘었는데도 김 여사는 너무 밝혔다. 덩치가 커다랗고 쭈글쭈글한 김 여사를 안고 싶은 마음이 없었지만 젊은 여자들과 바람을 피우려면 김 여사를 어느 정도는 만족시켜야 했다.

"후."

한숨이 나왔다. 김 여사와 섹스를 할 때마다 박 회장은 혜주를 안았을 때를 생각했다. 어찌나 아름다운지 그는 숨이 멎을 뻔했다. 그 후로 어떤 여자를 안아도 혜주를 생각하게 되었다. 예쁘기만 한 게 아니라 진짜 명기를 가진 혜주였다.

그런데 혜주가 지금 차희준이와 바람이 났다. 박 회장은 용서할 수가 없었다. 이참에 차희준도 잡고 서혜주도 그의 곁에 붙들어 둘 묘안이 필요했다. 그는 다시 혜주를 미행하고 있는 조 사장에게 전화를 걸었다.

"어디야?"

[지금 댁으로 들어가는 것 같습니다.]

"그래? 그럼 잘 들어. 혜주하고 차희준이 붙어먹는 장면을 찍어

오면 내가 두 배로 주겠어."

[정말이십니까?]

"사진만 좋으면 더 줄 수도 있어."

[감사합니다.]

조 사장의 입이 귀에 걸린 게 그의 방 안에서도 보이는 것 같았다.

[열심히 하겠습니다.]

조 사장과 전화를 끊은 박 회장은 회심의 미소를 지으며 침실로 들어갔다.

3. 거짓 사랑

12월 31일 밤 11시 59분, 한강이 내려다보이는 기막힌 뷰가 펼쳐진 창가에 남녀가 전라의 모습으로 서 있었다.

"10, 9, 8…… 1."

"Happy new year!"

"츄읍츄읍."

남녀의 키스가 끝없이 이어지고 있었다.

"헉헉, 가을아, 미칠 것 같아."

가을의 품 안에서 미친 듯이 엉덩이를 흔들어 대고 있는 세은이었다. 가을은 회심의 미소를 지으며 세은의 허리를 안았다. 마음에도 없는 여자를 안고 있는 건 여간 고역이 아니었지만, 가을에겐 선택의 여지가 없었다.

세은의 마음을 사로잡을 수 있다면 그는 뭐든 다 했다. 한 번도 긴장을 놓은 적이 없었다. 세은을 만나기 위해 그는 모든 인맥을 동원해야 했다. 세은이 남자 연예인들 킬러라는 소문이 돌기 시작했고, 그는 그 점을 이용해서 세은에게 접근했다.

처음 그녀를 만난 자리에서 그녀의 시선을 빼앗기 위해 그는 룸에서 스트립쇼도 불사했다. 가수는 아니었지만 가수 뺨치는 실력으로 춤과 노래를 한 그를 세은이 찍어 주었다. 그렇게 그녀의 옆자리를 차지하면서 그날 그는 세은과 섹스를 했다.

세은의 마음이 변할까 봐 그는 조급하게 알고 있는 섹스 기술을 다 썼다. 그것에 만족을 했는지 세은은 또다시 그를 찾았다. 그렇게 그들이 만난 지 1년이 흘렀다.

"우리 1주년이야. 자기야."

가을이 세은의 목에 키스를 하며 말했다.

"으응, 그러네."

"우리 같이 있을 공간이 필요하지 않을까?"

"여기 쓰면 돼."

"뭐?"

"1주년 기념 선물이야. 물론 나와 헤어지게 되면 나가야 하지만."

"진짜야? 그럼 차희준과 결혼하지 않는 거야?"

"아니, 할 거야. 하지만 너도 계속 만날 거니까. 걱정하지 마."

이건 계획과는 다른 상황이었다. 차희준을 포기하고 그를 선택하는 게 맞았다.

"차희준하고 뭘 해?"

"결혼."

세은은 아주 당당하게 말했다.

"이 집은 내가 결혼하는 대가로 아빠가 준 거야. 그러니까 그냥 네가 살면 돼."

"싫어."

"어디서 앙탈이야."

그렇게 말을 하며 세은이 그의 입술에 입을 맞추려 했지만 가을이 고개를 돌렸다.

"그럼 뭐 어쩌라고?"

"나랑 결혼해. 난 너 없인 못 살아."

"나도 가을이 없인 못 살아."

"그런데?"

"그래도 우리에겐 돈이 필요하잖아."

"돈이야 내가 벌면 돼."

제법 남자답게 말을 한 그였다.

"가을아."

"알아, 넌 부자로 컸고 항상 돈이 필요하다는 거. 하지만 세은아, 돈이 전부가 아니야."

아주 절절하게 세은에게 말했다. 요즘 들어 그의 연기가 박세은 때문에 조금 더 늘은 것 같았다.

"아이고, 우리 가을이가 화났어요?"

세은이 다시 그를 잡으려고 했지만 가을이 세은을 피했다.

"왜 그래?"

"난 널 사랑해."

"알아. 하지만 난 최고의 신랑이 필요해. 그리고 돈도."

"세은아."

"더 이상 말하지 마."

"날 사랑하지 않는 거야?"

"아니, 사랑해."

세은은 그를 사랑하는 게 분명했다.

"그럼 나랑 결혼해야지."

"우리 아빠를 설득해 봐. 그럼. 못 하겠지?"

가을의 눈에서 눈물이 흐르자 세은이 가을을 안았다.

"속상하게 왜 이래?"

진짜 속이 상한 것 같았다.

"너 혜주 만났다며?"

"응."

"그년이 뭐래?"

"헤어지라고."

"그래서 불안한 거야?"

"응, 난 박 회장님을 이길 수 없어."

"그 미친년은 왜 그렇게 오지랖이야?"

"난 서 실장도 무서워."

"우리 불쌍한 가을이······."

세은이 그를 따뜻하게 안아 주었다. 하지만 지금 이것은 쇼였다. 철저하게 혜주의 머리에서 나온 시나리오였다. 며칠 전에 그는 혜주의 연락을 받고 집 근처의 커피숍에서 혜주를 만났다.

"미행이 붙었어."

"누구? 나?"

순간 가을의 몸이 경직되었다.

"가을이 네가 아니고 나."

"왜?"

"박희준과 나 사이를 박 회장이 의심하는 것 같아."

가을이 보기에 서 실장은 아주 똑똑한 여자였다. 이래서 학교 다닐 때 공부를 잘했나 하는 생각이 들었다.

"그런데?"

"그래서 작전을 바꿔야 해."

"어떻게?"

"너는 세은이와 계속 만나."

"당연한 얘기지."

그건 그의 첫 번째 목표였고 여기까진 다른 게 없었다.

"세은이가 차희준과 결혼을 하더라도 말이야."

"뭐?"

"그러면 세은이를 확실하게 서광그룹 며느리에서 내칠 수 있고, 차 회장이 우인그룹을 가만히 두지 않을 거야."

기가 막힌 생각이었다.

"불륜이라……."

"그래."

"그러는 너는?"

"나도 차희준을 구워삶아야지. 그래서 우인그룹의 피를 말릴 생각이야."

"그러면 박 회장이 가만히 있을까?"

"가만히 안 있는다고 해도 내가 마음에 들었다면 차희준이 날 박 회장으로부터 보호해 주지 않을까?"

혜주가 다시 보였다.

"진짜 복수하기로 마음 단단히 먹었구나."

"끝까지 하지 않을 거라면 시작도 안 했어."

"잘 생각했어."

"너나 똑바로 해. 세은이는 이랬다저랬다 하루에도 수십 번 마음이 변하는 애야."

그건 혜주의 말이 맞았다. 세은의 마음을 붙잡고 있을 자신이 가을에겐 있었다.

"뭔 생각을 그렇게 해."

세은의 말에 가을이 세은의 입술을 먹어 치울 듯이 키스를 했다.

"네 생각. 내 머릿속엔 세은이뿐이야."

"호호호, 정말?"

그건 거짓이 아니었다. 24시간 내내 세은만 생각했다. 어떻게 해야 세은의 마음이 그에게만 향할 수 있을지 말이다.

"오늘 들어가지 마."

"안 돼."

"우리들의 집에서 처음으로 자는 거잖아."

가을이 세은을 안아 들었다.

"진짜 안 되는데……."

"안 되는 게 어딨어. 이렇게 너만 보고 있는 남자가 있는데……."

그의 말에 세은이 다시 입을 맞추었다. 그들의 뜨거운 밤은 밤새도록 이루어졌다.

새해 첫 출근이었다. 연말까지 거의 매일 희준을 만났다. 박 회장의 머리가 돌 지경이란 걸 혜주는 알고 있었다. 그리고 언젠가는 내색할 거란 것도 말이다. 다만 박 회장이 모르고 있는 건 그녀가 미행하는 사람을 안다는 것이었다.

요 며칠은 웬일인지 그녀의 허벅지를 만지는 짓을 하지 않았다.

"혜주야."

"네, 회장님."

"내가 모르는 좋은 일이라도 있는 거야?"

"아니요. 전 회장님 손바닥 안에 있는데, 회장님께서 모르시는 일은 없습니다."

"그래?"

"네."

혜주는 모처럼 진실만을 말했다. 지금 혜주에 대해 다 안다고 생각하는 회장에게 거짓말을 해 봐야 오히려 역효과만 줄 뿐이었다.

"내가 너를 특별하게 생각하는 거 알지?"

"네, 압니다. 저도 회장님을 특별하게 생각합니다."

특별히 저주하고 있었다.

"그럼, 차희준과 너무 가까이하지 마라."

"전 차 부회장님을 우성자동차 회장님과 똑같이 생각하고 있습니다."

"……."

"회장님께서 세은이와 차 부회장의 결혼 때문에 절 보내신 거라는 거 잊지 않고 있습니다."

"사람은 좋은 물건을 보면 탐이 나는 법이지."

"안 그런 사람도 있습니다."

박 회장의 말에 꼬박꼬박 말대답한 혜주였다. 이런 혜주는 처음이라 박 회장도 조금은 당황한 것 같았다.

"뭐든 확신하는 건 아니야."

"저도 회장님께 묻고 싶습니다. 저에 대한 마음을 확신하십니까?"

"……."

"사람의 마음이란 변하는 거 압니다. 하지만 아닐 수도 있습니다."

"날 사랑하나?"

박 회장은 미친 소리를 하고 있었다. 정신이 온전하다고 볼 수 없었다. 이 늙은 여우의 머릿속은 온갖 추잡한 상상으로 가득할 것이다. 혜주는 온몸에 소름이 돋는 것 같았다.

"……."

"아니군. 하긴 이 늙은이를 사랑한다는 게 말이 안 되지."

박 회장의 눈 밖에 날 필요는 없었지만 그렇다고 저 늙은 여우의 먹이가 되고 싶은 마음도 없었다. 깊은 생각이 필요했다.

"전 회장님의 명령에만 따르는 사람입니다. 이미 저에겐 감정 따위는 없습니다."

"……."

그녀의 말에 박 회장의 말문이 막힌 것 같았다.

"회장님께서 차희준의 마음을 돌리라는 명령을 거두시면 그만 만날 생각입니다."

"……."

"이가을은 계속 만나서 설득 중입니다. 생각보다 질긴 녀석입니다."

"손을 좀 봐야 하나?"

"아니요, 괜히 얼굴이 알려진 연예인을 지난번 호스트처럼 쥐도 새도 모르게 처리하시면 시끄러워질 뿐입니다."

"하긴."

세은이 연예인만 만난 건 아니었다. 한때 세은은 호스트바에 미쳐 있었다. 그중에 진짜 잘생긴 호스트에게 빠져서 박 회장이 직접 나선 적이 있었다. 그 후로 그 호스트는 종적을 감추었다.

"알았어. 이가을은 서 실장이 알아서 해."

"네."

"그리고 오늘 오후에 서광그룹 이 여사에게 선물 하나 보낼 건데, 서 실장이 다녀 와."

"네, 알겠습니다."

혜주는 이 여사가 마음에 들었다. 작은 체구의 이 여사였지만 몸집이 큰 김 여사보다도 카리스마가 넘쳤다. 겉보기엔 부드러운 분이었지만 느껴지는 에너지가 굉장히 강한 분이었다.

"이번에 세은이의 혼사는 서 실장에게 달렸어."

"네."

결혼을 하게 둘 것이다. 차희준이 아깝긴 했지만, 박 회장에 대한 복수가 더 중요했다. 아버지가 평생 저렇게 억울하게 살게 할 순 없었다.

새해 첫 출근이라서 그런지 모두가 아주 활기차 보였다. 그런데 그녀의 책상 위에 보기에도 고급스러운 장미 바구니가 놓여 있었다.

"실장님, 애인이 보내셨나 봐요."

"내가 본 꽃바구니 중에 가장 고급스러운 거 같아요."

"실장님, 저 이거 사진에서 봤는데요, 플로리스트 찰리 박이 만든 것과 똑같아요."

"진짜? 맞네. 리본에 찰리 박이란 사인이 있어."

"와아~."

그녀는 가만히 있는데 사무실 식구들이 돌아가면서 한마디씩 했다.

"카드 없어요?"

"핑크색 카드."

김 대리가 직접 그 카드를 그녀에게 건넸다.

"빨리요."

여직원들이 빙 둘러서 손을 모으고 그녀를 보고 있었다.

"해피 뉴 이어."

"끝이에요?"

"응."

"그러시지 말고요."

"끝이야."

혜주가 카드를 그녀들에게 보여 주었다.

"진짜네. 그런데 누구라고 쓰여 있지 않아요."

"찰리 박."

혜주가 리본을 들어 보였다.

"누군지도 모르시잖아요. 이건 상표라고요."

모두들 실망한 얼굴로 자리로 돌아갔다.

"진짜 실망한 얼굴들이네요."

김 대리도 궁금했는지 끝까지 그녀의 옆에서 뭔가를 얻어 가려고 했다.

"애석하지만 나도 누군지 몰라. 내가 애인이 있는 것도 아니고."

"하긴."

"뭐가 하긴이야."

"죄송합니다."

김 대리가 입이 나와 그녀의 앞에 서 있었다.

"아참, 이거."

"이게 뭐야?"

"회장님께서 이거 서 실장님께 드리라고 말씀하셨어요. 그러면 안다고."

"이건 알겠고. 오전에 회장님 스케줄은 김 대리가 봐. 회의가 많으니 특별히 신경 쓸 일은 없어."

"어디 가시게요?"

"이거 전해 주러."

"네."

혜주는 서광그룹 본가에 전화를 걸어 이 여사와의 약속을 확인했다. 어제 박 회장이 직접 전화를 해서 약속을 잡은 모양이었다. 김 여사나 세은을 보내지 왜 그녀를 보내는지 혜주는 알 수 없었다.

서광그룹의 본가는 우인그룹의 본가와는 차원이 다른 곳이었다. 들어서는 순간부터 위화감이 밀려오는 곳이었다. 화려하지 않고 굉장히 심플한 곳이었다. 마치 갤러리를 보는 것 같았다. 왜 차희준의 집이 그렇게 심플한지 알 것 같았다.

집 안에 들어서자 각종 예술 작품들이 하얀 공간에 멋지게 배치가 되어 있었다. 각각의 작품마다 조명이 있어서 그런지 더욱더 갤러리 같은 느낌이 들었다. 교과서에서 본 작품들도 보였다. 이 집의 작품만으로도 대기업 하나는 만들고도 남았다.

이곳에 비하면 우인그룹의 본가는 허접하기 이를 데 없었다.

"서 실장."

반가운 목소리가 들렸다. 혜주는 구십 도로 인사를 했다. 이 여사를 만나는 사람들은 다 자연스럽게 이렇게 될 것 같았다.

"그동안 잘 지냈죠?"

"네, 덕분에 잘 지냈습니다."

"아침 먹기는 늦고 점심 먹기는 너무 이른 시간이니 차나 한잔 할까요?"

"네, 주시면 감사히 먹겠습니다."

"지난번엔 내가 대접을 받았으니 오늘은 내가 대접할게요."

이 여사가 직접 그녀를 방으로 안내했다. 혜주는 이 여사에게 드릴 선물을 가지고 그녀의 뒤를 따랐다.

"와!"

방문이 열리자 저도 모르게 탄성이 터져 나왔다.

"작지만 내가 아끼는 곳이에요. 앉아요."

다도를 하기 위한 방이었다. 마치 한옥의 정자를 옮겨 놓은 것 같은 방이었다. 방문을 열고 들어서면 연못이 연결되어 있는 방이 나왔다. 창문이 아니라 뚫린 벽이었다.

"정자가 숨어 있었네요."

"여기가 내가 가장 좋아하는 공간이자 나만의 공간이죠."

"그런데 제가 이렇게 들어와도……."

"괜찮아요. 가끔 다도 모임을 하는 곳이니까."

"네."

"앉아요."

이 여사가 직접 차를 만들어 그녀에게 주었다.

"서 실장이 차를 내리는 모습이 너무 예쁘다고 생각했어요."

"과찬이십니다."

"난 솔직히 세은이는 마음에 들지 않아요. 다만 차 회장님이 너무 원하는 며느리니까 보는 거죠."

선물을 전할 타이밍은 아니었지만 일단 온 목적이 선물을 드리기 위한 거니까. 혜주가 선물을 이 여사에게 전했다.

"이게 뭐죠?"

"박 회장님께서 전해 드리라고 하셨습니다."

혜주가 있는 자린데 이 여사는 선물을 그대로 풀어 보았다.

"너무 부담스러우면 돌려보내려고 보는 거예요."

이 여사의 말에 혜주는 더 긴장이 되었다. 이대로 가지고 돌아갈 수는 없었다.

"산삼이네요. 이걸 받을 수는 없어요."

"사모님, 전 못 가지고 갑니다."

"……."

"돌려보내시려거든 다른 분에게 보내십시오."

"하긴 서 실장이 난처해지겠네요."

"네, 그리고 말씀 편하게 하세요. 자꾸 존대를 하시니 불편합니다."

"그래요?"

"네."

이 여사는 말이 잘 통하는 사람 같았다.

"그럼 그럴까?"

"네."

"다도는 누가 가르쳐 줬지?"

"할머니께서 집에서 즐겨하시던 기억이 나서 혼자 있을 때 내려 먹은 게 점점 더 실력이 느는 것 같습니다."

"그래? 아주 제대로 된 가정교육을 받았어."

"아닙니다. 전 어머니께서 일찍 돌아가시고 할머니, 할아버지도 제가 열 살 되던 해에 차례로 돌아가셨습니다."

"그랬군, 상처가 깊겠어."

"외롭게 자랐지만 괜찮습니다."

그 생각만 하면 박 회장에 대한 복수심이 타올랐다.

"나도 어린 시절에 부모님께서 일찍 돌아가셔서 조부모님 손에 컸지. 우리 집이야 워낙 돈이 많았으니 금전적인 부분에선 고생을 하지 않았지만 마음이 항상 헛헛했어."

왜 이런 말까지 하는지 혜주는 이해가 되지 않았다.

"그런데 혜주 씨의 눈빛이 공허했던 내 젊은 시절의 눈빛과 닮았어."

"……."

"그게 마음이 쓰여."

"전 괜찮습니다."

"그럼 다행이고."

이 여사의 말에 고마움을 느꼈지만 그렇다고 마음을 터놓고 얘기할 수 있는 관계도 아니었다.

"난 우리 희준이가 결혼을 하면 며느리와 친구처럼 지내고 싶어."

"사모님은 진짜 그러실 것 같아요. 박 본부장님이 부럽네요."

"하지만 세은이는 아니야."

이 여사의 말에 솔직히 좀 놀랐다.

"서 실장이 내 말동무가 되어 주겠나?"

"제가요?"

"그래, 사실 어제 내가 박 회장님에게 서 실장을 보내 달라고 했어."

"……."

이 여사가 그녀를 직접 불렀다는 말에 솔직히 혜주는 불안했다. 혹시 그녀와 희준의 관계를 알고 이렇게 돌려 말씀하신 건 아닌가 하는 생각이 들었다. 네가 알아서 떨어지라는 말 같았다.

"내가 남편 복은 없어도 다른 인복은 많거든."

"……."

"내가 부르면 언제든지 와 줄 수 있나? 물론 쉬는 날에 말이야."

"네."

이 여사를 잠시 오해했던 게 부끄러웠다. 이 여사는 진정한 말동무가 필요한 것 같았다.

"그런데 제가 따뜻한 사람이 못 됩니다. 다들 절 차갑게 보는데……."

"내 눈엔 그렇게 안 보여. 다만 사람들과 어울릴 줄 모를 뿐이지. 나도 그래."

"전혀 그렇게 안 보이십니다."

"난 재벌가 사모님이란 역할을 잘하는 배우지."

이 여사의 말은 상당히 충격적이었다. 그녀는 스스로를 배우라고 칭했다.

"아니요, 그렇게 보이지 않습니다."

"그럼, 내 역할을 더 잘한 거지."

쪼르르.

차 한 잔을 다시 그녀에게 건넸다.

"가끔 이렇게 차를 즐기며 서로의 아픔을 풀어 봅시다."

"사모님……."

"그렇게 감동하지는 마. 매번 노인네의 넋두리만 듣고 갈 테니까."

"아닙니다. 저도 어른의 손에 크지 못해서 이렇게 어른들의 말을 들을 기회가 생긴다는 게 꿈만 같습니다."

이건 진심이었다.

이 여사의 집을 나와 그녀는 다시 회사로 향했다. 그녀를 기다리는 건 박 회장과 세은이었다.

"왜 너만 부르신 거야?"

"……."

세은의 말에 답하고 싶지 않았다.

"전달하라고 주신 물건, 사모님께 전했습니다."

"아빠가 보낸 거야?"

"그래."

"그런데 왜 어머님이 보내라고 했다고 한 거야?"

세은의 눈이 완벽하게 가자미눈이 되어 있었다.

"뭐 할 말이 있으셨겠지."

"무슨 일이야?"

"아무 말씀 없으셨습니다. 차 한 잔만 마시고 왔습니다."

"너한테 차를 주셨어?"

"심부름을 갔으니까 주신 겁니다."

"아휴, 얄미워. 아빠는 왜 쟤를 보내? 나한테 말했으면 좋았잖아."

박 회장도 세은의 생떼에 짜증이 나는지 한숨을 내리쉬고 있었다.

"오늘 전략기획 팀 임원 회의에서 신제품 발표가 있는 걸로 알고 있는데, 직접 발표하시는 거 아닙니까?"

혜주의 말에 세은이 자리에서 벌떡 일어났다.

"이 일은 끝난 게 아니야."

세은이 회장실에서 나가자 박 회장이 혜주에게 물었다.

"선물은 좋아하셔?"

"받기는 하셨는데 저에게 가타부타 말씀은 없으셨습니다."

산삼은 다시 박 회장에게 돌려보낼 것 같았다. 그것이 얼마나 귀한지는 모르겠지만 이 여사는 그런 걸로 감동받을 스타일이 아니었다. 잘못 봐도 한참을 잘못 본 것이었다.

새해도 벌써 일주일이 지났다. 혜주와는 특별한 일이 없으면 거의 매일 저녁에 만남을 가졌다. 첫 출근 날에는 혜주에게 꽃을 보냈다. 여자에게 처음으로 꽃을 보낸 것이었다. 꽃을 보낸 이유는 없었다. 그냥 갑자기 혜주의 얼굴이 떠올라서 평소에 그가 애용하는 플로리스트에게 부탁을 해서 보냈다.

평소에 중요한 손님의 부인이나 당사자에게 찰리 박의 꽃을 보내면 모두가 100% 만족을 했다. 하지만 혜주는 달랐다. 그의 번호를 모르는 것도 아니고 핸드폰이 고장 난 것도 아닐 텐데 꽃에 대한 한 마디 말도 없었다.

결국 답답한 그가 자신이 보낸 거라고 하자 그녀는 그냥 한 번씩 웃고 말았다.

"내가 미쳤지."

결국은 큰 기대를 한 그가 잘못한 것이다. 오늘은 신년 경제인 모임이 있는 날이었다. 이런 모임은 대부분 각 그룹의 회장들이 왔지만, 오늘은 아버지가 그를 대신 보냈다. 아무래도 차기 회장을 사람들에게 선보이기 위한 것이다.

그래서일까. 그의 주변으로 각 회사의 회장들이 모이기 시작했다.

"아이고, 이게 누군가? 차 부회장 아니신가?"

"안녕하십니까?"

도원그룹 성 회장이 그에게 반갑게 인사를 하며 다가왔다. 그리고 다른 그룹의 회장들이 그를 중심으로 모였다. 우리나라 기업 순위 1위인 서광그룹의 차기 회장에게 다들 알아서 인사를 하는 것이었다.

"차 부회장."

박 회장의 목소리에 힘이 들어가 있었다. 그의 사위가 서광그룹의 차기 회장이란 걸 만천하에 알리고 싶은 모양이었다.

"안녕하십니까?"

이런 사람일수록 예의에 벗어나지만 않게 행동을 해야 했다. 너무 친하게도, 그렇다고 너무 적군으로 만들 필요는 없었다.

"하하하, 이런 데서 보니 새롭구먼."

"네."

하지만 희준의 시선은 그에게 있지 않았다. 그는 무의식적으로 혜주를 찾고 있었다. 그녀는 멀찌감치 떨어져서 있었다. 비서들이 서 있는 곳에 있었다. 그녀 주변으로 서 있는 남자들은 서로 혜주를 쳐다보느라 바빴다.

확실하게 눈에 띄는 미모였다.

"차 부회장?"

"네."

자연스럽게 시선을 돌린 희준이었지만 박 회장의 예리한 눈은 피하지 못했다.

"우리 세은이랑은 언제 만나기로 했나?"

"아직 약속은 잡지 않았습니다."

"서 실장의 말로는 이번 주말에 만나자고 했다던데?"

꼼수를 부리고 있었다.

"잘못 전달이 된 것 같습니다. 이번 주말은 골프 약속이 있습니다."

"그렇군. 결혼할 사인데 자주 만나야지."

"······."

박 회장이 그에게 훈계를 하고 있었다. 기가 찰 노릇이었다. 누가 세은과 결혼을 한다고 했는지 알 수가 없었다. 몇 번 만났을 뿐이지만 호감이 조금도 안 생기는 여자였다.

"그럼 이번 금요일은 어떤가?"

"제가 나중에 말씀드리겠습니다. 너무 급하게 만나는 것도 좋지 않습니다."

그가 경고의 메시지를 담아 보냈다. 누구와 결혼을 해도 상관이 없었지만 그중에 세은과는 안 하겠다는 말을 하면 이 결혼은 끝이었다. 괜히 가만히 있으면 할 결혼을 자꾸 저렇게 조바심을 내서 망치지 않았으면 하는 바람이었다.

모임이 무르익을 즈음 그는 화장실을 가는 척 자리를 빠져나왔다. 그리고 혜주에게 따라오라는 눈짓을 했다. 사람이 워낙 많아서 그들이 자리를 비운 티도 나지 않았다.

"어머!"

코너를 돌자마자 그가 청소 도구를 넣어 두는 곳으로 그녀를 끌어들였다. 그곳은 집기들이 많아서 둘이 겨우 서 있을 공간뿐이었다.

"뭐 하시는 거예요?"

다른 사람도 없는데 혜주가 목소리 낮추며 말했다.

"그냥. 스릴 있고 좋네."

"뭐가요?"

그가 혜주의 가는 허리를 잡아당겼다.

"이런 일탈 말이야."

"진짜 미쳤어요?"

"뭐가? 난 유부남도 아니고 서혜주 씨도 유부녀는 아니잖아?"

"……."

그의 말에 혜주는 더 이상 대꾸하지 않고 밖으로 나가려 했다. 하지만 그의 힘을 당해 낼 수는 없었다. 그의 손안에 있는 혜주의 허리는 부서질 듯 가늘었다.

"위험해요."

"알아."

그의 입술이 그녀의 입술 위에 있었다.

"사람들이 너무 많아요."

"겁이 너무 많군."

말을 할 때마다 그녀의 입술이 그의 입술을 스쳤다.

"왜 이러는 거예요?"

"참을 수가 없으니까."

참을 수가 없다는 말이 정답이었다. 발정이 난 개처럼 그의 페니스는 혜주를 볼 때마다 미친 듯이 서 있었다.

"이 안에는 화장지가 가득하군."

"뭐라고요?"

"그냥 화장지가 가득하다고."

"미쳤어."

"맞아."

그녀의 치마를 들추고 팬티스타킹의 끝을 잡았다.

"찢을까? 벗을래?"

"당신 미쳤어."

그가 생각해도 미친 것 같았다.

"그래도 당신의 스타킹을 지켜 줄 이성은 있지."

"그냥 보내 줘요."

"안 돼."

"후회할 거예요."

그가 여전히 움직이지 않자 그녀가 스타킹을 벗고 과감하게 팬티도 벗어 그의 코앞에 가져다 댔다.

"만족해……."

그는 단숨에 그녀의 입술을 삼켰다. 이런 미친놈 같은 짓은 평생 처음이었지만 지금 혜주를 갖지 않고는 견딜 수가 없을 것 같았다. 그들이 조금만 움직여도 이곳에 저장된 비품들이 우수수 떨어질 것 같았다.

하지만 더 큰 문제는 시간이었다. 완벽하게 토끼가 되어야 하는 순간이었다. 빠르게 끝내야 했다. 그는 바지를 내리고 혜주의 다리 한쪽을 들어 올렸다. 그리고 단번에 그녀를 차지했다.

"으윽."

혜주는 자신의 입을 손으로 막았다. 그들의 야릇한 소리가 밖으로 나가면 곤란해지기 때문에 혜주는 필사적으로 소리를 내지 않으려 노력했다. 지금 상황에서 스캔들이 터져 봐야 좋을 게 없었다.

그래서일까? 초조함과 불안감이 더해져서 그는 지금 열악한 장소에서 하는 섹스가 굉장히 자극적이라고 느끼고 있었다.

진짜 미칠 것 같았다. 혜주도 긴장해서인지 평소보다 더 그의 페니스를 조이고 있었다.

"으으윽."

참으려고 해도 절로 신음이 터져 나왔다.

"왜 그렇게 남자들에게 둘러싸여 있는 거지?"

괜한 질투가 이런 일을 벌이게 만들었다.

"아흐, 몰라요."

그가 허리를 세게 움직이며 다시 물었다.

"그중에 마음에 드는 인간이라도 있나?"

가장 치졸한 질문이었다.

"없어요."

"이건 한눈판 벌이야."

그가 이를 악물며 말했다. 그리고 미친 듯이 허리를 움직였다. 정신없이 끝을 향해 달렸다. 다리가 다 후들거릴 지경이었다. 그는 자신의 분신들을 비치된 화장지에 닦아서 주머니에 넣었다.

"우린 진짜 미쳤어요."

"맞아."

그녀가 스타킹을 신는 동안 그가 밖을 살폈다.

"다 신었으면 나가도 좋아."

혜주는 얼른 빠져나가 여자 화장실로 들어갔다. 그도 빠르게 빠져나와 남자 화장실로 향했다. 그리고 자신의 주머니에서 화장지 뭉치를 빼냈다.

"진짜 미친놈이 따로 없군."

지금 생각해도 방금 벌인 일이 믿기지 않았다. 평생 살면서 이런 일이 또 있을까 라는 생각이 들었다. 하지만 아직도 그는 혜주의 온기를 그대로 느끼고 있었다. 오늘은 어머니의 생신이라 혜주를 만나지 못하지만 내일이 기대되는 희준이었다.

아주 잡것들이었다.

"보기만 하면 붙어먹어 미친것들."

조 사장은 구시렁거리긴 했지만 입가엔 미소가 가득했다. 솔직히 아주 기분이 좋았다. 돈은 못 해도 세 배는 받을 수 있을 것 같았다. 그의 카메라 안에는 차희준과 서혜주의 야릇한 사진으로 가득했다.

"이 정도면 대만족."

그때 갑자기 누군가 뒤에서 그를 덮쳤다.

"대만족이야, 나도."

"이거 안 놔!"

"응."

갑자기 그의 입을 막으며 남자들이 그를 차 안으로 밀어 넣었다.

"출발해."

"뭐, 뭐야?"

그의 목에 걸려 있던 카메라가 뒤에 앉아 있던 남자에게로 넘어갔다.

"대단한 정성이야. 이 정도의 열정이면 다른 일을 하지, 남의 뒤나 캐고 말이야. 이런 짓을 하고도 무사하게 살 것 같았어?"

정신이 없었다. 조영수 인생에 가장 암울한 날이 될 것 같았다.

"누군데 이러는 거야?"

일단은 끝까지 모른 척해 보기로 했다.

"……."

말 많던 뒤의 남자가 갑자기 조용해지니 더 불안했다.

"내보내 줘."

"말이 짧네."

"보내 주세요."

솔직히 무서웠다. 진짜 쥐도 새도 모르게 사라지면 어쩌나 하는 생각뿐이었다.

"집사람이 내일모레 아기를 낳습니다."

"큰 애가 대학 다니는 거 알아."

"늦둥이요."

"너무 늦었네. 그런데 마누라는 날씬하던데?"

뒤에서는 계속해서 목소리만 들렸다. 그렇게 한참을 가다 보니 아주 낯이 익은 장소에 도착했다. 여기는 분명 차희준의 집이었다.

"여기는……."

"왜, 매일 와서 익숙해?"

차고에 들어서자 차가 멈췄고, 그는 개 끌려 나오듯이 힘센 남자들에 의해 끌려 나왔다.

"나는 모르겠어?"

드디어 뒤에 타고 있던 남자가 모습을 드러냈다. 그는 이 집의 경호 책임자였다.

"우리가 그렇게 찍지 말라고 눈치를 줬으면 알아채야지, 일을 이 지경까지 만들어?"

"죄, 죄송합니다."

"조금만 기다려. 나보다 더 성질 나쁜 사람이 올 테니까."

조 사장은 두려움에 몸을 파르르 떨었다.

"제가 필름을 다 드릴 테니까……."

"입 다물고 기다려. 시끄러운 거 싫어하니까."

말이 경호원이지 남자는 완전히 특전사 군인 같았다. 조 사장은 경호원들에 둘러싸여 공포에 한참을 떨어야 했다.

경호실장으로부터 며칠 전부터 누군가 망원렌즈로 옆 건물 옥상에서 집 안을 촬영한다는 말을 들었다. 하지만 며칠 만에 잡힐 줄은 몰랐다.

"사진이 꽤 많답니다."

"그래?"

"네."

무심하게 이야기했다.

"내가 죄를 지었나?"

"그건 아니지만 그래도 지금 시점에선 사생활이 문제가 될 수 있습니다."

"강 실장은 너무 걱정이 많은 게 흠이야."

"돌다리도 두들겨 보고 건너라고 했습니다."

"알았어."

그는 지금 쥐새끼가 잡혀 있다는 자신의 집 차고로 향했다. 집에 도착해 보니 영화의 한 장면을 찍고 있었다. 차고 중앙에 남자를 의자에 묶어 놓고 있었다.

"미치겠군."

그는 한숨을 쉬며 남자에게 다가갔다. 그때 경호실장이 자신에게 그가 찍은 사진을 보여 주었다.

"이렇게나 많이 찍었어?"

어이가 없었다. 그들의 적나라한 사진들이 꽤 선명하게 찍혀 있었다.

"이건 아주 멋지게 나왔어. 이 정도로 화면발이 좋으면 모델료를 줘야 하는 거 아니야?"

"……."

조 사장은 두려움에 덜덜 떨고만 있었다.

"죄송할 짓은 하지 말아야지. 누가 시켰어?"

"……."

"내가 그 사람이 준다는 금액의 두 배를 주지. 물론 사진과 원본 필름을 주는 조건으로."

"그, 그게······."

"더듬지 마, 짜증나니까. 난 더듬으면 이상하게 주먹부터 나가."

희준은 지금 남자를 죽이고 싶은 마음을 꾹꾹 누르고 있었다.

"말해!"

"박, 박 회장님이요."

"누구?"

"우인그룹 박상호 회장님이요."

"사실이야?"

어이가 없었다. 박 회장이 혜주에게 미행을 붙일 줄은 몰랐다. 세은의 짓인 줄 알았는데 박 회장이라니 좀 놀라웠다.

"언제부터 일했지?"

"3년 정도 됐습니다."

"주로 서 실장을 마크하나?"

"네."

"이거 말고 다른 사진은?"

갑자기 차 안에서 박스가 세 개 나왔다.

"저자의 스튜디오에서 가져온 겁니다."

박스 안의 사진을 보니 다 서혜주의 사진이었다.

"스토커야?"

"아닙니다. 스토커는 제가 아니고 박 회장님이시죠."

"뭐?"

"제가 느낀 걸로는 박 회장님이 서혜주 씨를 아주 좋아하는 것 같습니다. 다 서혜주 씨 사진이고, 이 중에 마음에 드는 건 가져가셨습니다."

"미친 영감이군."

"약간 변태적이긴 하죠."

"왜?"

"서혜주 씨를 나이 많은 회장에게 팔아넘기고 그 장면도 찍으라고 시켰습니다."

"……"

박스 안에, 얼이 빠진 얼굴로 우성자동차 회장의 집을 나서는 혜주의 얼굴을 찍은 사진이 보였다.

"이건 이제 그만 찍고 박 회장의 일거수일투족을 지금처럼 찍어서 나에게 보내. 그럼 이번 일에 대해 눈감아 주지. 그리고 박 회장이 물으면 차희준과 서혜주 사이엔 별일 없다고 말해."

"네."

"만약에 무슨 말이든 박 회장에게 전한다면 가만히 두지 않아.

말만 잘 들으면 그에 따른 보상이 나갈 거고, 그렇지 않으면 세상 사는 게 얼마나 힘든지 알게 될 거야."

"아, 압니다."

"좋아. 이것 말고 또 있어?"

희준이 묻자 사진사가 고개를 흔들었다. 희준은 냉정하게 말했지만, 그 말속의 차가움은 경호실장의 몇 배였다. 그걸 느끼는지 사진사가 알아서 기고 있었다.

"데려다줘. 그리고 사람 곁에 붙이고."

"네."

조 사장은 이제 빼도 박도 못하게 되었음을 알게 될 것이다. 희준이 얼마나 철저한 사람인지, 그에게 칼을 겨누면 어떻게 되는지도 말이다. 그리고 박스 안에는 아주 재미있는 사진들도 있었다. 박 회장의 불륜 현장이었다.

"뒤통수를 칠 생각이었군."

"성심을 다하겠습니다."

희준에게 머리를 조아리며 사진사가 충성을 말했다. 이게 조 사장이 살아가는 방법인 모양이었다. 약자에겐 강하고 강자에겐 한없이 작아지는 삶 말이다.

집 안으로 들어온 후 그는 서재에 사진들이 담긴 박스를 놓게 했다.

"오늘 수고했고, 사진관뿐 아니라 집에 있는 것들도 가져와."

"이게 전부인 것 같습니다."

"알았어. 나가 봐."

경호실장을 보내자 그를 따라온 강 실장이 걱정스러운 듯 물었다.

"괜찮으십니까? 이렇게 디테일하게 찍힌 적은 한 번도 없으시지 않습니까?"

"안 괜찮아. 다만 지금은 생각할 시간이 필요해."

"알겠습니다."

"내가 행동하라고 할 때까진 아무것도 하지 마. 나가 봐."

"네."

서재에 앉아서 사진을 하나하나 보았다. 망원렌즈를 써서 그런지 멀리서 찍혔어도 아주 적나라했다.

"혜주가 사진발도 잘 받는군."

어이없는 웃음이 나왔다. 그리고 그는 박스 안의 사진들을 하나하나 살피기 시작했다. 그리고 우성자동차 회장에게 혜주가 당하고 나올 때의 사진을 손에 쥐었다. 얼굴을 클로즈업해서 찍은 사진인데, 그 눈이 너무 공허해 보였다. 하지만 인상적인 건 혜주의 전체 컷이었다. 우성자동차 노인네가 혜주에게 어떻게 했는지 그녀의 찢어진 옷이 그대로 말해 주고 있었다.

"개새끼."

우성자동차 회장은 나이도 있거니와 인품이 좋기로 소문이 난 사람인데 뒤에서는 이런 짓을 하고 있었다. 용서가 안 되는 인간이었고 그곳에 데리고 들어간 박 회장은 더더욱 용서가 되지 않았다.

"혜주를 이렇게 다뤘단 말이지."

희준은 이를 갈았다. 너무 많은 일들을 혼자서 감당한 혜주였다. 그녀에게 울타리가 없어서 이런 일들을 막아 줄 사람도, 위로해 줄 사람도 없었다. 오롯이 혼자서 견뎌야 했던 것이다. 불쌍하고 안쓰러운 마음이 들었다. 그에게도 이런 마음이 있다는 게 신기할 지경이었다.

그리고 그는 분주하게 본가로 갈 채비를 했다. 오늘은 어머니의 생신이었다. 평소에 좋아하시던 화가의 작품을 어렵게 구해 선물했다. 어찌나 좋아하시던지 희준의 마음도 기뻤다. 어머니의 유일한 마음의 위안이 예술품이었다.

아버지는 그를 낳고 난 다음부터 다른 여자들과 연속해서 스캔들을 뿌리고 다녔고, 어머니는 가정을 묵묵히 지키셨다. 그런 어머니가 항상 안쓰럽게 느껴지는 그였다.

본가에 도착한 그는 많은 손님들 안에서 사이좋은 부부인 척 연

179

기를 하는 어머니와 아버지를 보았다. 그 모습이 마치 자신과 세은의 미래의 모습일 거란 생각에 이번 결혼에 대한 거부감이 확 생겨 버렸다.

그가 들어서자 세은이 쪼르르 달려와서 그의 곁에 섰다.

"오빠 왔어요?"

"……."

대꾸조차 하기 싫었지만 어른들이 계시는 공간이라 그는 고개를 끄덕이는 걸로 인사를 대신했다. 하지만 세은은 그의 곁에 붙어 있었다.

"차 부회장 왔구만."

박 회장이 역겨운 미소로 그를 반겼다. 사람이 무턱대고 싫은 적은 없었지만 박 회장은 무조건 마음에 들지 않았다. 아버지는 왜 이런 인간과 친하신지 알 수가 없었다.

그리고 박 회장이 혜주에게 한 일을 용서할 수가 없었다.

"오빠, 어머님께 인사드리러 가요."

"……."

그의 팔짱을 낀 세은의 손을 희준이 밀어냈다.

"오빠, 서운해요."

"이런 건 이가을하고나 해."

그가 차갑게 말하자 더 이상 세은도 그의 몸에 손을 대지 않았다. 하지만 세은은 여전히 그의 곁에 붙어 있었다.

"어머니 생신 축하드려요."

드레스를 곱게 차려입으신 어머니를 희준이 안았다.

"그림 너무 마음에 들더구나. 구하려고 했는데 네가 이렇게 선물을 주니 더 고마웠어."

"다음번엔 더 좋은 작품을 구해 드릴게요."

"내 마음을 아는 건 너뿐이구나."

"어머님, 다음엔 제가 그 그림 구해 드릴게요."

"아니다. 넌 신경 쓸 필요 없다."

단호하게 세은의 말을 자른 어머니였다. 어머니도 내색은 안 하셨지만 세은이 마음에 안 드시는 모양이었다. 하지만 아버지는 달랐다.

"아이고, 우리 아가 왔구나."

"네, 아버님."

어머니는 마땅치 않으신지 자리를 피하셨다.

"우리 희준이가 잘해 주니?"

"아뇨, 아버님이 잘해 주라고 말씀 좀 해 주세요."

어울리지 않는 애교를 부리고 있었다. 아버지는 뭐가 그리 좋으신지 연신 웃음을 터트리셨다.

"확실히 집 안에 여자가 많아야 좋은 것 같아."

그때였다. 어머니의 옆에 혜주가 서 있었다. 그의 시선을 단번에 사로잡는 흰색 치마 정장 차림의 혜주의 모습은 화려한 안주인의 모습이었다. 어딜 가도 눈을 사로잡는 미모였다. 희준이 혜주를 바라보는 걸 세은이 본 모양이었다.

"혜주가 마음에 드는 거예요?"

"……."

"남자들도 다 똑같죠. 예쁜 여자를 보면 탐내는 게……."

"난 이가을과 너와의 관계를 신경 쓰지 않겠다고 했어."

"고맙네요."

"고마울 것까지야."

그는 세은의 곁을 벗어나 손님들이 있는 무리 안으로 들어갔다. 그렇게 한참을 사람들 사이에 있다 보니 세은이 보이지 않았다. 거기다가 아버지도 보이지 않았다. 아무리 쇼윈도 부부라지만 오늘만큼은 어머니의 곁을 지켜야 하는데, 하는 생각이 들자 희준은 화가 나기 시작했다.

희준은 2층으로 향했다. 왠지 2층에 아버지가 계실 것 같았기 때문이었다. 아버지는 혼자 계실 때 주로 2층 끝에 있는 바를 이용하시곤 했다.

"형님, 이번에 필리핀에 있는 제 별장에서 주말을 보내시죠."

이건 박 회장의 목소리였다.

"시간이 없어."

"없어도 내셔야죠. 이번에 아주 죽이는 아이들을 부를 생각인데……."

"이 여사의 분위기가 안 좋아."

"왜요? 이제 서로 신경 쓸 나이는 지나지 않았나요?"

아버지에게 섹스 여행을 권하고 있는 그였다.

"생각해 볼게."

"지난번에 마음에 들어 하셨던 러시아 모델도 올 텐데……."

"진짜야?"

"그럼요. 그리고 제가 준비해 놓은 정력제도 한번 드셔 보세요."

아주 아버지의 입안에 혀처럼 굴었다.

"그런데 우리 세은이랑 희준이 좀 신경 써 주세요."

"우리 희준이가 좀 까칠하지."

"형님이 아니면 누가 신경을 써 줍니까."

"알았어."

어쩐지, 아버지가 왜 그렇게 세은이와의 혼사에 신경을 쓰고 계셨는지 이제야 알 것 같았다. 짜증이 물밀 듯이 밀려왔다. 세은이에게 더 정이 떨어지는 순간이었다. 머리를 식힐 겸, 희준은 어머니가 정성 들여 가꾸시는 화원에 들어섰다.

겨울이지만 이곳은 온갖 종류의 꽃들이 가득했다. 어머니께는 죄송한 일이지만 그는 이곳의 벤치에 앉아서 담배를 피울 때가 가장 좋았다. 그때였다. 화원 안으로 누군가 들어왔다. 이곳의 출입구는 외진 곳에 있어서 사람들이 잘 오지 않는 곳이었다.

"희준 씨."

세은이었다. 그는 피우던 담배의 맛이 떨어지는 걸 처음으로 느꼈다.

"어쩐 일이야?"

"어쩐 일은요. 어머님께서 희준 씨가 이쪽에 있을 거라고 말씀해 주셔서……."

"아버지겠지."

"……."

그에게 정곡을 찔리자 세은은 입을 삐죽 내밀었다. 자기가 귀여운 줄 착각하는 모양이었다.

"진짜 혜주 때문에 나한테 이러는 거 아니에요?"

"그나마 서 실장 때문에 얼굴이라도 보는 줄 알아."

그가 톡 쏘아붙였다.

"난 혜주가 우리 사이를 방해하는 줄 알고."

"만약에 말이야. 만약에 우리가 결혼을 한다면 그건 서 실장이 중간에서 다리를 잘 놓았기 때문일 거야."

"거짓말."

하나서부터 열까지 마음에 들지 않는 세은이었다. 그가 벤치에서 일어나려는 순간 세은이 그를 안았다.

"키스해 줘요."

키스라는 말에 이렇게 소름이 끼치기는 처음이었다.

"제발……."

그를 붙잡고 놓아주지 않는 세은을 희준은 매몰차게 뿌리쳤다.

"질리게 만들지 마. 아버지가 아무리 뭐라고 하셔도 내가 싫으면 이 결혼 안 해."

그리고 희준은 뒤도 돌아보지 않고 화원을 나왔다. 이제 다시는 화원에 가고 싶지 않았다.

4. 너를 갖는다는 건

약혼식의 날짜가 잡혔다. 3월 2일이었다. 희준의 얼굴이 점차 붉어지고 있었다. 아직 그는 결혼을 하겠다고 말하지 않았다. 약혼 날짜를 기사로 확인을 하고 나니 기분이 좋지 않았다. 그래서 그는 회장실로 향했다.

"아버지."

"그렇게 무서운 얼굴로 서 있지 말고 앉아."

아버지는 언제나처럼 여유롭게 소파에 앉아 계셨다. 이번에 새로 뽑은 비서의 손을 잡고 계시다가 멋쩍게 손을 놓으면서 말이다.

"이 기사, 아버지가 내신 겁니까?"

"그래."

"왜 박 회장의 말에 그렇게 무게를 두시는 겁니까?"

"내가?"

"저도 이런 아버지의 모습이 당황스럽습니다."

아버지가 그를 보며 말했다.

"세상에 박 회장만큼 의리 있는 사람은 없어."

"네?"

"오죽했으면 서 회장님이 자신의 모든 재산을 아들이 아닌 박 회장에게 물려줬을까."

아버지는 지금 박 회장을 좋은 사람이라고 생각하고 계신 모양이었다.

"서 회장님이라면……"

할아버지와 절친인 분이었다. 기부문화가 없을 때도 사회에 많은 걸 환원하고 가신 분이셨고, 할아버지가 생전에 그리도 그리워하시던 분이셨다. 그런데 그분이 박 회장에게 재산을 남겼다니 이해가 되지 않았다.

"그리고 서 회장님의 하나뿐인 아들을 지금도 돌보고 있어."

"누구요?"

"서동수라고, 지금은 요양병원에 있다. 어릴 땐 착했는데 약물과 술에 빠져서……"

아버지가 안타까워하시는 걸 보니 그 집안과 아주 친한 관계인 것만은 분명했다.

"아버지가 도와주시지 그러셨어요."

"나도 소식을 들은 지 얼마 되지 않아. 그 녀석에게 딸이 하나 있었는데 그 아이의 소식을 아무도 모른다고 하더라. 박 회장의 말로는 자기가 잘 데리고 있다고 하긴 하던데……."

박 회장의 진짜 모습을 보지 못하고 계시는 아버지였다.

"전 이 약혼 못 합니다."

"왜?"

"마음에 없어요."

"비즈니스다."

"아무리 그래도 너무 싫은데 어떻게 결혼을 합니까?"

"희준아."

"전 안 합니다."

그가 회장실을 박차고 나왔다. 아버지는 이렇게 비합리적으로 일을 처리하는 분이 아니었다. 뭔가 박 회장에게 책을 잡힌 게 분명했다. 그러지 않고서는 아무리 박 회장이 좋다고 해도 아들이 이렇게 싫어하는데 밀어붙이시는 분은 아니었다.

하루 종일 머리가 아파 죽겠는데 요 며칠 혜주를 볼 수가 없었다. 불안한 마음이 드는 희준이었다. 자신의 사무실에 들어오자 강 실장이 그가 조사해 보라고 한 일에 대한 보고서를 들고 있었다.

"놀라운 일이 있습니다."

"뭔데?"

"그게, 서혜주 씨가 우인상회의 손녀였습니다."

아버지가 방금 말한 어디에 있는지 모른다는 딸이 혜주였던 것이다. 아주 묘한 일이었다. 모기업인 우인상회의 손녀가 회장의 임원진이 아닌 회장의 비서라니. 그것도 본가의 별채에 기거하면서 사는 비서라는 게 희준은 믿기지 않았다.

"정확한 거야?"

"네."

희준은 사실이 정확한지 몇 번이고 확인했다. 일이 아주 흥미롭게 진행이 되고 있었다.

"서 회장님의 손녀가 지금 더부살이를 하고 있다. 신데렐라가 따로 없군."

"그런데 이상한 건 박 회장이 서혜주 씨의 아버지를 보호하고 있다는 병원에 그분이 계시지 않았습니다. 그러면서 얼마 전에 요양원을 나갔다고만 말했습니다."

"어디로 갔는지도 모르고?"

"말을 해 주지 않고 있습니다."

"서혜주도 아버지가 사라진 걸 아나?"

"글쎄요."

강 실장은 뒷조사의 달인이었다. 그런데 서 실장 아버지의 행방을 찾지 못했다고 했다.

"꽁꽁 숨겼군."

"누가요?"

"그건 모르지. 박 회장의 짓일지, 아니면 또 다른 누군가의 짓일지."

드라마가 스릴러로 장르를 바꾸고 있었다.

"사람이 사라졌으니 일단은 수소문해 봐."

"네."

혜주는 사람을 궁금하게 만드는 재주가 있는 여자였다.

"질리진 않겠어."

1월에는 서로 너무 바쁜 나머지 몇 번 보지 못했다. 왜 이렇게 자신이 아쉬워하고 있는지 희준은 알 수 없었다. 뭐든 혜주에 관한 건 그에겐 처음이었다. 처음으로 이상한 감정이 생기는 것 같아서 달갑지만은 않았다.

윙—

순간 희준은 자신의 눈을 의심했다. 혜주가 그에게 전화를 건 것이었다.

"여보세요?"

[안녕하세요. 우인그룹 회장실입니다.]

"그런데?"

[오늘 박 회장님께서 저녁 식사를 함께하기를 원하십니다.]

"비서가 이렇게 부회장에게 직접 전화를 걸어도 되는 건가?"

[죄송합니다.]

"주변에 사람이 있나?"

[네.]

"왜 저녁엔 전화를 안 하지?"

[바쁘신데 제가 실례를 범하는 건 아닌지…….]

"아니니까 밤에 전화해."

[네, 혹시 드시고 싶은 메뉴라도…….]

"널 먹고 싶어."

[그건 좀 곤란할 것 같습니다.]

그의 장단에 아주 잘 맞추고 있는 혜주였다.

"부드러운 가슴에 키스하고 싶고 너의 젖은 곳도 빨고 싶어."

[부회장님께서 주문하신 메뉴가 좀 특이해서 알아봐야 할 것 같습니다.]

"젖어 있나?"

[네.]

한 치의 망설임도 없이 혜주가 말했다.

"날 원하나?"

[네.]

"나도 빨리 들어가고 싶어."

[그럼 그렇게 알고 7시에, 메뉴는 제가 알아서 정하고 연락드리겠습니다.]

혜주와의 통화는 끝이 났지만 그 잠깐의 통화로 그의 페니스는 단단해 져 버렸다.

"못된 여자야."

저녁까지 혜주를 기다릴 수가 없을 것 같았다. 박 회장을 만나면 혜주를 볼 수 있으니 저녁까진 참을 수밖에 없었다.

이 여사는 말없이 찻잔에 차를 부었다. 환절기에 즐겨 마시는 돌배차였다. 호흡기에도 도움이 되고 맛도 달달해서 겨울철에 주로 마셨다. 마음이 복잡할 때마다 자신을 돌아보는 시간을 가질 수 있다는 건 참 큰 복이었다.

"사모님."

그녀의 편안한 시간을 깨는 소리가 들리자 평온하던 이 여사의 얼굴이 굳어졌다.

"무슨 일이지?"

"찾았습니다."

"그래? 어디에 계시던가?"

"서울의 안양에 있는 한 요양원에 계십니다."

"멀진 않군."

"네, 그렇습니다."

"상태는 어떠하신가?"

"많이 안 좋으십니다. 이곳에 계실 때보다도 더 안 좋으신 것 같습니다."

이 여사는 한숨을 내쉬었다.

"일단은 어디 계신지 찾았으니 지난번처럼 소리 없이 관리해 주게."

비서가 나가고 이 여사는 깊은 생각에 잠겼다. 어린 시절 그녀는 아버지와 함께 자주 아버지의 오랜 벗인 우인상회 서동만 회장의 집을 자주 찾았다. 그곳에서 그녀는 서 회장의 아들인 동수를 알았고, 어린 시절부터 짝사랑을 했었다. 서동수는 그녀보다 세 살이 더 많은 오빠였다. 티 없이 맑고 잘생긴 그 소년은 혜숙의 마음을 사로잡았다.

아버지에게 커서 동수 오빠와 결혼을 할 거라고 말할 정도로 그녀는 동수를 좋아했다. 그리고 아버지와 서 회장은 그들을 맺어 주기로 했었다. 하지만 동수 오빠가 대학에 들어가면서부터 사람이 달라지기 시작했다.

그리고 그때 그 원흉이 박상호라는 걸 혜숙은 알았다. 그래서 그렇게 멀리하라고 말했지만 동수 오빠는 말을 듣지 않았다. 그리고 그가 망가져 가는 모습을 혜숙은 가까이서 보았다. 아버진 그래도 그녀의 뜻에 따라 동수 오빠와 결혼을 시키려 했지만, 약에 취한 아들을 그녀에게 장가보낼 수 없다며 서 회장이 결혼을 반대했다.

그렇게 헤어진 뒤로 혜숙은 동수를 보지 못했다. 그의 기이한 행동들은 재벌가 자제들 사이에서도 화제였다. 한마디로 사람 구실을 못한다고 소문이 났고, 그 때문에 동수는 우인상회를 상속받지 못했다.

지금의 신랑과는 완벽한 비즈니스 결혼이었다. 차 회장이 밖으로 도는 건 어쩌면 혜숙에게도 문제가 있는 건지도 몰랐다. 하지만 평생 그녀의 마음의 중심엔 동수가 있었다. 그녀로서도 어쩔 수가 없었다.

"혜주야."

이 여사의 입에서 혜주의 이름이 나왔다. 사실 동수가 서울의 요양원에 있다는 건 얼마 전에 안 사실이었다. 그리고 혜주가 그의 딸이라는 것도 말이다. 안타까운 마음이 더 큰 이 여사였다.

오래전에 알았더라면 얼마나 좋았을까 하는 생각이 든 이 여사의 눈에 안타까움의 눈물이 흘러내리고 있었다.

어떻게 해서든지 혜주를 박 회장으로부터 구해 낼 생각이었다.

약속된 장소로 출발을 한 혜주는 오랜만에 운전석 옆에 앉아서 좋았다. 오늘은 세은이 박 회장의 차를 타고 이동했기 때문이었다.

"아빠, 이 차 진짜 좋다. 나도 한 대 뽑아 주면 안 돼?"

"차 회장한테 뽑아 달라고 해."

"아버님께?"

"그래, 널 얼마나 예뻐하신다고."

"진짜?"

아주 입이 귀에 걸린 세은이었다. 두 부녀가 어쩜 저리도 죽이 잘 맞는지 몰랐다. 혜주는 앞만 보고 있었다. 그때였다. 희준에게 문자가 들어왔다. 어디까지 왔냐는 말과 보고 싶다는 말이었다.

혜주의 입가에 미소가 걸렸다.

그들이 도착한 곳은 강남의 한 한정식집이었다. 원래 정치하는 사람들이 많이 다니는 곳인데 요즘은 법 때문에 뜸하다고 했다. 맛도 좋고 비싸기로도 유명한 곳이었다.

조용한 한옥으로 된 식당은 보기에도 고풍스러웠다. 방으로 들어가자 미리 와서 앉아 있는 차 회장과 희준이 보였다.

"아이고, 형님."

차 부회장만 불렀는데 차 회장이 오자 박 회장의 안색이 그리 좋진 않았다.

"나도 오늘 시간이 나서 같이 왔지. 다른 날이면 못 올 뻔했어."

그들이 방으로 들어가자 혜주는 밖에서 수행원들을 위해 차려 준 저녁을 먹었다. 차 부회장 쪽에선 강도민 실장만 온 것 같았다.

"안녕하세요?"

"네, 안녕하세요."

강 실장과는 처음 먹는 저녁이었다.

"불편하시죠?"

"아뇨, 혼자서 청승맞게 먹는 것보다 좋습니다."

"전 애인이 있습니다."

"축하드려요."

묻지도 않은 말을 술술 하는 강 실장이 싱거워 보였다.

"너무 아름다우시니 다들 한 번씩 서 실장님에 대한 얘기를 하곤 합니다."

"그래요?"

"그게 불편하실 것 같아서 실없이 말했습니다."

"아니에요. 그리고 그렇게 극존칭까지 하실 필요 없어요."

"아닙니다. 어차피 하게 될 텐데……."

"네?"

"아닙니다."

강 실장은 아주 복스럽게 밥을 먹었다.

"그렇게 잘 먹어서 서광그룹 남자들은 덩치들이 좋은 가 봐요."

"아뇨, 저희 그룹 남자들은 거의 호리호리합니다. 저하고 부회장님만 빼고요. 부회장님은 근육질이시고 저는 지방질이죠."

"호호호, 지방질이요?"

간만에 유쾌하게 웃은 혜주였다.

"여직원들에게 인기 많으시겠어요?"

"네, 지금 사내 연애 중입니다. 비밀입니다."

"왜요?"

"저희는 사내 연애 금지입니다. 둘 중 하나는 그만둬야 하거든요."

그가 아주 슬픈 표정을 짓는데 그녀는 웃음이 나왔다.

"호호호, 미안해요. 웃으면 안 되는데……."

"아닙니다. 웃으시니까 아주 보기 좋습니다."

강 실장은 보기와는 다르게 사람이 아주 신사적이고 유머러스했다. 즐거운 가운데 식사를 하고 둘은 커피를 마셨다. 2월이라서 아직 추웠다. 그래서인지 식당에선 손님들을 위해 바깥의 정자에 비닐을 씌워 따뜻하게 만들었다.

"다방 커피뿐이네요."

"아주 좋아요."

그녀가 커피를 받아 들었다.

"오늘 차 회장님까지 오셔서 시간이 많이 걸릴 것 같던데……."

"오늘 우리가 나눈 얘기 중에 가장 불행한 얘기네요."

따뜻한 커피 한 잔을 마시며 혜주는 오랜만에 편안한 대화를 나누었다.

"부회장님을 오래 모시셨나요?"

"네, 입사해서 줄곧 모셨습니다."

"그럼 많은 걸 아시겠네요."

"다른 사람들에 비해 조금 더 알죠. 워낙 말씀이 없으신 분이니까요."

그는 말이 별로 없는 사람이었다. 하긴 그들은 긴 대화를 나눈 적은 별로 없었다. 서로를 탐하느라 정신이 없기 때문이었다.

"그래도 여자들에게 인기는 엄청나십니다. 처음 언론에 공개됐을 땐 연예인 못지않은 인기에 회사의 서버가 다운될 정도였습니다."

"그래요?"

"네, 저도 처음 봤을 땐 세상에 저렇게 잘생긴 남자가 있구나, 라고 생각했을 정도니까요."

잘생긴 사람이긴 했다. 남자의 외모에 별로 관심이 없는 혜주가 잘생겼다고 느낄 정도니까 말이다.

　"그래서 여자들이 아주 줄을 서겠구나, 생각했죠. 돈 있겠다. 잘생겼겠다. 부러웠습니다. 그런데 그게 아니더라고요."

　"왜요?"

　"너무 바빠요."

　하긴 그녀가 옆에서 봐도 그는 무척이나 바쁜 사람이었다.

　"이번에 경영권 승계 때문에 회장님께서 거의 모든 일을 부회장님께 맡기다시피 하시거든요. 살인적인 스케줄이죠."

　"강 실장님도 힘드시겠어요."

　"저야 인원이 충원돼서 괜찮지만, 부회장님은 대체 인원이 없어요. 그래서 회장님도 집에서라도 편안하게 지내라고 결혼을 서두르시는 겁니다."

　"그렇군요."

　"박 회장님도 마찬가지시죠?"

　"그런 것 같아요."

　"박 본부장님은 어떠세요?"

　"글쎄요."

　"동창이라고 하시던데?"

　"친하게 지내질 않아서……."

말을 흐렸다. 더 이상 말을 하면 세은의 흉만 볼 것 같았기 때문이었다.

"하긴 좀 귀하게 자란 티가 나요."

비서들 사이에서 이런 말을 하는 건, 자기밖에 모르는 것 같다는 말을 돌려 하는 표현이었다.

"귀하게 자란 건 확실하죠."

감싸 줄 마음이 전혀 없었다.

"그래도 기부는 많이 하는 것 같더라고요."

"……."

말을 하지 않는 건 알아서 생각하라는 의미였다.

"저 개인적으로 상사로 모시면 아주 피곤할 것 같다는 생각이 들긴 합니다."

"……."

혜주는 답하지 않았다. 척 보면 딱이었다.

"차 부회장님은 성격이 대단하신 분인데 박 본부장님이 견디실 수 있을지……."

"견뎌야죠. 그게 의무라면."

우인그룹의 딸로 비즈니스 결혼을 할 땐 그만한 각오가 있어야 하는 것이었다.

"하긴 그렇겠죠. 뭐든 쉬운 건 없으니까요."

"어쨌든지 우리는 까라면 까는 거죠."

"맞아요."

"서 실장님이 보기에 우리 차 부회장님은 어떤 것 같아요?"

"뭘 말씀하시는지?"

"그러니까 남자로서……."

"매력적인 사람이죠. 여자들이 꿈꾸는 백마 탄 왕자님이기도 하고요."

왜 이런 걸 묻는지 모르겠지만 뭐 별로 상관하지 않았다. 이야기가 길어지는 모양이었다. 그런데 갑자기 강 실장과 같이 있는 곳으로 희준의 불쑥 들어왔다.

그러더니 그녀의 손목을 잡고는 그곳에서 끌고 나왔다.

"뭐 하는 거예요?"

"……."

그녀를 후미진 곳으로 데리고 간 희준이 혜주의 얼굴을 양손으로 감쌌다.

"부회장님……."

그리고 순식간에 그녀의 입술은 그의 입술에 덮여 버렸다. 놀라고 당황할 사이도 없었다. 그리고는 그녀를 놓고는 그대로 다시 사라졌다.

"미쳤어."

멍한 상태로 한참을 서 있던 혜주는 두근거리는 심장을 손으로 감쌌다.

"안 돼."

더 이상 그에게 빠져서는 안 된다는 생각이 들었다. 이건 진짜 미친 짓이었다. 흔들리면 안 되는데, 자꾸 기대하면 안 되는데, 혜주는 지금 여자로서 흔들리고 있었다.

"어딜 다녀오는 거야?"

"담배 좀 피우고 왔습니다."

그는 자리에 앉았다. 나갈 땐 박 회장의 옆에 앉아 있던 세은이 그의 옆자리로 와 있었다.

"세은아, 남자를 너무 좋아하면 남자가 싫어하는 법이야."

박 회장이 농담을 했다.

"그래도 너무 좋아요."

아주 가식이 뚝뚝 떨어지고 있었다.

"오늘 절 보자고 하신 이유가 무엇인지 궁금합니다."

"뭘 딱딱하게 그러나? 장인하고 사위 사이에 시간이 되면 보는 거지."

"맞아요."

세은이 맞장구를 치고 있었다.

"전 사위가 되고 싶은 마음이 없습니다."

"희준아."

"오늘 말씀드렸듯이 전 세은이와 결혼할 마음이 없습니다. 아버지."

"차 부회장."

그가 자리에서 일어서려 하자 박 회장이 그를 불렀다.

"혜주 때문인가?"

"왜 그렇게 생각하십니까?"

"우리 세은이보다 혜주가 더 마음에 든 거 아닌가?"

"누가 마음에 들고 안 들고의 문제가 아니라, 다른 남자와 만나는 여자와 약혼을 할 정도로 제가 여자가 궁한 놈이 아닙니다. 그럼."

그는 이 한마디를 하기 위해 이 자리에 왔다. 물론 혜주를 보기 위한 것도 있었지만 말이다.

"아버지께서 허락하신 일이야."

"그럼 세은일 우리 아버지에게 시집보내시면 되겠네요."

"희준아."

그는 뒤도 돌아보지 않고 그곳을 나왔다. 밖으로 나온 그는 혜주의 손을 잡았다.

"뭐 하는 거예요?"

놀란 건 그녀뿐만이 아니었다.

"부회장님."

강 실장이 그를 불렀지만 이미 희준에겐 들리지 않았다. 혜주의 손을 잡은 그는 자신의 차에 올랐다.

"이건 현명한 짓이 아니에요."

혜주가 잡힌 손을 빼려 애쓰며 말했다.

"알아."

희준의 얼굴이 차갑게 굳어 있었다.

"하지만 세은이와 결혼하는 건 멍청한 짓이야."

"차 부회장님."

"희준 씨라고 해."

"안 됩니다."

"역시 서혜주다워."

주인을 닮아 모든 게 블랙인 그의 벤츠는 앞만 보고 달리는 말처럼 빠르게 전진만을 했다.

"어디 가는 거예요?"

"……."

"부회장님!"

"……."

"희준 씨."

"별장으로 가는 거야."

"내일 출근은요?"

"내일은 토요일이야."

포기를 했는지 혜주가 얌전히 앉아 있었다.

"그만둬."

"네?"

"당장 집어치우라고."

"전 재벌이 아니라서 그렇게는 못 합니다."

그녀의 말에 화가 치밀어 오른 희준이었다.

"왜 그런 일까지 당하면서 그만두지 못하는 거지?"

"매 맞고 사는 아내와 같은 거죠. 길들여지는 거……."

"이제부터 내가 당신을 길들이겠어."

희준은 혜주의 놀란 얼굴을 뒤로하고 별장으로 향했다. 누구도 그의 이성을 이토록 마비시킨 사람은 없었다. 어머니와 아버지 사이가 좋지 않을 때도 그는 한 번도 반항한 적이 없는 사람이었다.

나 이외의 사람들의 일에는 관여하고 싶지 않았고 그럴 시간도 없었다. 그런데 지금 그는 이제까지 하지 않은 일을 한꺼번에 하고 있었다.

별장을 찾은 지 오래됐지만 예전의 모습 그대로였다. 이곳은 어머니의 것이어서 아버지는 거의 찾지 않으셨다. 어머니는 주말마다 이곳에 오셔서 작은 텃밭을 가꾸셨다. 겨울에는 오시지 않지만 말이다.

"도련님."

별장지기 아저씨가 그를 반갑게 맞아 주었다.

"오신다고 하셨으면 준비를 했을 텐데……."

"불만 넣어 주시면 돼요."

"보일러야 빵빵하게 돌아가지만 그래도 준비를 먼저 해 드려야 하는데……."

별장지기의 눈이 혜주에게로 향했다.

"얼른 들어가세요. 추운데 제가 따끈따끈하게 해 드릴게요."

별장지기 아저씨는 나이가 아주 많았다. 아마 아버지보다도 많은 나이일 것이다.

"사모님께서 겨울철에는 잘 안 오셔서……."

"괜찮으니 신경 쓰지 마세요. 매일 아침에 먹을 것만 가져다주시면 돼요."

"암요. 준비하고말고요."

아저씨가 나가고 혜주와 그 둘뿐이었다. 집 안엔 냉기가 가득했다.

"더워지려면 기다려야 해."

벽난로에는 아저씨가 급하게 피워 놓은 나무가 잘 타고 있었다.

"진짜 이러면 안 돼요."

"왜?"

"희준 씨도 이제 세은이 아니더라도 좋은 사람 만나서 결혼을 해야 하고……."

"나랑 결혼해."

혜주가 멍하게 그를 바라보았다. 그녀의 눈동자 안에 벽난로의 불길이 타오르고 있었다.

"난 그렇게 욕심이 많은 사람이 아니에요."

"알아, 너무 없어서 탈이지."

"희준 씨."

"내 말 들어."

혜주는 그 뒤로 말이 없었다. 그저 바닥에 그대로 주저앉아서 모닥불만 바라보고 있었다. 생각이 많을 것이다. 그러는 사이에 거실이 어느 정도 훈훈해지기 시작했다. 희준은 침실로 들어가서 이불을 가져와 혜주에게 덮어 주었다.

"고마워요."

그가 혜주의 옆에 앉아서 나무를 불 속에 넣었다.

"난 말이야, 항상 계획적으로 살아왔어. 그리고 선을 벗어나지 않았지. 그게 편했거든."

"알아요."

"그래서 나에겐 굳이 여자란 존재가 필요하지 않았어. 섹스를 하고 싶으면 그때그때 상대를 고르면 그뿐이었어. 그들은 기꺼이 나와의 섹스를 원했지."

말을 하면서도 공허한 느낌이었다. 갑자기 그의 어깨 위로 이불이 덮여졌다.

"난 말이에요, 누구를 위로할 처지가 못 돼요. 왜냐하면 내 앞에 닥친 일로도 머리가 터질 것 같아서요."

"……."

"그런데 너무 너덜너덜한 내 삶을 포기하고 그냥 하루하루를 살던 순간 정신을 바짝 차려야 할 일이 생겼죠."

희준은 모닥불을 보며 혜주의 말을 듣고만 있었다.

"난 복수라는 단어가 영화에서나 나오는 얘긴 줄 알았어요. 그리고 복수 물은 잘 보지도 않았고 잔인한 건 별로 좋아하지 않거든요. 그런데 말이죠. 내 손에 칼이 있다면 찔러 버리고 싶은 인간이 나타났어요. 아니, 옆에 있었는데 내 삶이 너무 힘들어서 못 본 거죠."

박 회장을 말하고 있는 것 같았다.

"그래서 난 희준 씨의 부탁을 들어줄 수 없어요."

"복수 때문에 바빠서? 박 회장에 대한 복수를 하려면 나의 힘이 필요할 텐데?"

"......."

이번엔 혜주가 말문이 막힌 것 같았다.

"누가 박 회장이라고 그래요?"

"나도 알아봤지. 우인상회 서 회장님의 손녀가 혜주라는 것도, 그리고 혜주의 아버지가 요양원에 있다는 것도. 거기다가 서 회장님의 재산이 모두 아들이 아닌 박 회장에게 갔다는 것도 말이야."

"......."

"아직은 여기까지고 조금 더 있으면 깊이 알게 되겠지."

윙~

가을의 전화였다.

"이가을하고 한편이야?"

혜주는 엄지손가락을 입에 대고 그에게 조용히 하라고 했다.

"여보세요? 세은이한테 전화가 왔는데 울고불고 난리라고?"

"뭐래?"

희준이 옆에 붙었다.

"혜주가 차 부회장이랑 도망쳤다고 그래?"

어이가 없었지만 충분히 세은의 입에서 나올 수 있는 말이었다.

"울고불고 난리야?"

가을과 통화를 끝낸 혜주가 그에게 말했다.

"아주 난리인 것 같은데 어쩌죠?"

"일단은 박 회장의 집에 들어가지 마."

"하지만 짐들이……."

그녀도 그 집에 다시 들어가긴 싫은 것 같았다.

"집사님께 부탁해 놓을 테니까 걱정하지 말고."

혜주의 눈동자가 흔들리고 있었다.

"복수를 하려거든 나와 같이해."

"네?"

"박 회장이 당신을 괴롭힌 거 아니야?"

혜주는 지금 완전히 놀란 토끼 눈을 하고 그를 보았다.

"아버지의 재산을 가로챘다고 생각하는 거 아니냐고."

"결론은 같지만 과정이 틀렸어요."

"뭐지?"

"가을이의 아버지가 어린 시절 우리 집 운전사였어요."

그렇다면 가을과 혜주는 친한 사이인 것이다.

"처음엔 가을이 누군지 몰랐고, 그냥 세은이의 돈을 뜯어내는 거머리 같은 인간이라고 생각했는데, 몇 달 전에 가을이를 세은이에게서 떼어 놓으려고 간 자리에서 놀라운 이야기를 듣게 됐어요."

"그때 가을의 존재를 알게 된 건가?"

"네, 가을이는 복수를 한다고 했어요. 이 기사님이 자살을 한 건

제 아버지에 대한 죄책감 때문이라고 말했어요."

"왜지?"

"아버지가 약물 중독자가 되도록 약을 배달해 준 거죠."

"뭐?"

"놀라긴 일러요. 그걸 시킨 사람이 박 회장인 거죠."

진짜 놀랄 일이었다. 그리고 복수를 할 만하다는 생각이 들었다.

"그러니까 서씨 집안을 망가트린 원흉이 박 회장이라는 거군."

"맞아요."

"그런데 왜 가만히 있지?"

"사실은 당신과 세은이 결혼하면 가을이가 스캔들을 터트리는 게 목표였어요. 가을이는 당신을 유혹해서 박 회장을 뭉개 버리라고 말했지만 솔직하게 그건 자신이 없었어요."

"왜?"

혜주가 말없이 그를 바라보았다.

"난 유혹하는 게 어떤 건지 몰라요. 그리고 내가 당신에게 빠져드는 게 겁도 나고……."

그녀의 눈가에 눈물이 차오르고 있었다.

"무엇보다 이 일에 당신을 끼어들게 하고 싶지 않았어요."

"왜? 나도 피해자야. 왜냐면 세은과 결혼을 하고 싶지 않거든.

마음에 들지 않은 여자와 같이 사는 게 가장 큰 피해지."

억지로 이유를 가져다 붙였다. 지금은 혜주 때문에 자신이 이번 일에 뛰어든다고 말할 수가 없었다.

"일단 생각해 봐요."

혜주가 몸을 부르르 떨었다.

"추워?"

"조금요."

"감기야?"

그가 혜주의 어깨를 감싸 안으며 물었다.

"너무 긴장했더니 몸살기가 있나 봐요."

"따뜻한 물에 샤워하면 괜찮아질 거야. 난 편하게 입을 옷이 있나 볼게."

그는 혜주가 걱정이 되어 얼른 몸을 일으켰다. 그러자 혜주가 그의 손을 잡더니 다시 앉게 했다.

"혼자 두지 말아요."

"어?"

"이대로 조금만 같이 있어요."

모닥불 앞에서 혜주가 그의 어깨에 머리를 기댔다. 희준은 이런 모습으로 있는 게 상당히 어색했지만, 혜주를 위해 잠시 그대로 있었다. 온 세상의 시간이 멈춘 듯했다.

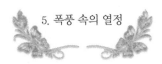

5. 폭풍 속의 열정

차희준이 나간 자리는 아주 썰렁하기 그지없었다. 박 회장의 표정은 굳어 있었고 차 회장의 얼굴도 마찬 가지였다. 세은은 울며불며 난리였다.

"조용히 해."

한 번도 딸을 나무란 적이 없는 박 회장도 지금 이 순간만큼은 분노 조절이 안 되고 있었다.

"동생, 미안해. 내가 자식 농사를 잘못 지었어."

"아닙니다. 우리 세은이가 부족한 거죠."

말은 이렇게 했지만 지금 박 회장의 머리는 빠르게 돌아갔다. 차 회장이 결혼을 안 시킨다는 소리만 하지 않는다면 이 결혼은 무조건 하는 일이었다.

"오늘 차 부회장이 기분이 안 좋은 것 같습니다. 사람이란 게 좋은 날만 있는 건 아니니까요. 저희는 괜찮습니다."

"……."

차 회장은 여전히 난감한 표정을 짓고 있었다.

"세은이는 먼저 가. 아빠는 회장님과 할 얘기가 있으니까."

세은이 나가자 박 회장은 이제는 마지막 카드를 써야 할 때라고 생각했다.

"형님께서 저를 한 번 도와주셔야 할 것 같습니다."

차 회장도 뭔가를 아는 눈치였다.

"하도 오래전이라 기억하실지 모르겠지만 서 회장님하고 우리 셋이서 한 약속 말입니다."

"셋의 약속이 아니라 서 회장님과 우리 아버지와의 약속이지."

박 회장은 기억을 하고 있는 차 회장에게 의미 있는 미소를 지어 보였다.

"이제 그 약속을 지켜 주셨으면 합니다."

"……."

차 회장의 표정이 굳어졌고, 박 회장의 얼굴엔 희미한 승자의 미소가 걸렸다. 박 회장은 그 당시를 바로 어제처럼 기억하고 있었다.

서 회장이 위암 판정을 받았을 당시였다. 박상호는 그때 회장의 비서 같은 역할을 하고 있었다. 서 회장의 인품은 업계의 사람들 사이에선 알아주는 사람이었다.

막대한 재산을 가진 알부자로 우인상회의 회장이었다.

"박 비서."

"네, 회장님."

"우리 동수는 도저히 가망이 없을 것 같아. 그래서 말인데 동수를 도와서 자네가 우인상회를 맡아 주게."

서 회장의 부인이 돌아가신 지 얼마 되지 않은 상황이었고, 서 회장도 심적으로 많이 흔들린 상황이었다. 하지만 상호에겐 다시 없는 기회였다.

상호는 서 회장의 아들인 서동수에게 마약을 공급했고 2년이 채 안 돼서 그는 거의 폐인이 되어 있었다. 그런 사람을 경영에서 제거하기는 식은 죽 먹기였다.

"한 가지 부탁할 게 있어."

"우리 동수한테 시집오겠다는 혜숙이를 다른 데 소개하고 싶은데, 추천할 만한 사람이 있을까?"

그때 상호가 추천한 사람이 차만석이었다. 혜숙은 그가 잡을 수 있는 집안의 여자가 아니었다. 그래서 아까운 기회였지만 그의 대학 선배이자 서광건설의 아들인 차만석을 소개한 것이었다.

그때 서 회장의 조건은 단 하나였다. 나중에 자손들이라도 좋은 인연을 맺게 도와 달라는 말이었다. 차 회장으로선 그게 혜숙에게 미안함을 갚는 길이라고 생각한 모양이었다. 박 회장은 그걸 자신의 자식과 희준을 이어 주는 일로 연결을 한 것이었다.

지금 두 사람은 그날 병원에서의 기억을 함께 떠올리고 있었다. 서 회장이 죽기 일주일 전의 일이었다.

"형님, 술이나 한잔합시다."

박 회장이 잔을 먼저 들었다.

"그러자."

"우리 양가의 기쁜 소식을 위하여."

말은 이렇게 했어도 박 회장은 자존심에 스크래치가 깊게 났다. 차희준이 사위만 된다면 그땐 가만히 있지 않을 것이라고 맹세에 또 맹세를 했다.

"그리고 얘기를 들어 보니 우리 서 실장은 거의 끌려갔다고 하는데, 빨리 집으로 보내 주십시오."

"알겠네. 잠깐 이 주변을 돌다가 집으로 보내 줄 거야."

"그렇겠죠? 알 만한 사람이니까요."

박 회장이 어금니를 꽉 깨물며 말했다. 그가 아끼는 혜주를 희준이 데리고 도망을 쳤다. 그게 더 용서가 안 되는 박 회장이었다.

타닥 타닥 타닥.

벽난로의 불이 거의 다 타오르고 어느덧 조금씩 꺼질 때까지 그들은 서로의 어깨에 기대 모닥불만 바라보고 있었다. 혜주는 그의 어깨가 든든해서 좋았다. 그가 결혼을 하자고 했지만 그건 안 될 것 같았다. 그만 좋다고 결혼을 할 수 있는 건 아니었다.

혜주는 한다면 하는 성격인 희준이 정말로 자신의 말대로 하면 어쩌나 하는 불안감이 생겼다.

"저기……."

그녀가 먼저 말을 걸었다.

"우린 결혼할 거야."

"……."

그녀가 말을 꺼내기도 전에 그가 답을 했다.

"혜주는 그렇게 알고 있으면 돼."

"어른들이 반대하실 거예요."

"아버지는 몰라도 어머닌 아닐 거야."

"그냥 좋게 보신 것과 며느리로 들이는 건 다른 일이에요."

희준의 성격상 내일 당장 그의 부모님께 말할 것 같았다. 일단은 그를 말려야 했다. 더 이상의 상처는 받고 싶지 않은 혜주였다. 이 여사에게도 지금의 좋은 기억으로 남고 싶었다.

"희준 씨……."

그가 입으로 그녀의 말을 막았다. 어느 때보다도 따스한 키스에 혜주는 무너져 내리고 있었다. 벽난로와 이곳의 로맨틱한 분위기가 그녀의 이성을 흔들고 있었다.

"으으음."

"너무 좋아."

그녀의 신음 속에 그의 음성이 섞였다. 그리고 그들은 벽난로 앞에서 끝이 없는 키스를 나누었다. 그의 혀가 그녀의 입안을 지배하고 있었다. 그의 타액이 그녀의 타액에 섞여 들며 둘을 하나로 연결시켜 주고 있었다.

모닥불의 타는 소리가 줄어들고 그들의 육체가 타는 소리가 별장 전체를 울리고 있었다. 별장의 크기는 생각보다 작았다. 마치 산장을 옮겨 놓은 것 같은 분위기였다. 이 여사만의 작은 산장 같은 느낌이었다.

그 작은 산장이 지금은 그 어느 때보다도 야릇한 소리로 가득했다. 그가 침실에서 가져온 이불 위에 그녀를 눕혔다. 등에 닿은 촉감이 너무나 좋았다. 마치 그녀를 품은 듯했다. 확실히 침대와는 다른 느낌이었다.

벽난로 앞에서의 키스는 그녀를 용감하게 만들고 있었다. 섹스를 할 때면 항상 그가 그녀를 애무해 주고 리드했는데 오늘은 왠지 그녀가 그를 위해 섹스를 하고 싶다는 생각이 들었다. 그녀의 손이 다급하게 그의 와이셔츠를 풀었다. 아니 거의 뜯어냈다는 게 맞았다. 빨리 그의 살을 느끼고 싶은 마음뿐이어서 그런지 그녀의 행동이 점점 더 과감해지기 시작했다.

그이 탄탄한 가슴 근육이 손바닥에 닿자 혜주는 만지는 것만으로 온몸에 전율을 느꼈다. 남자의 가슴이 이런 것이구나, 느낄 사이도 없이 그가 그녀의 옷을 완전히 벗겼다.

그의 맨가슴에 그녀의 유두가 눌렸다. 아주 묘한 자극이 가슴 전체에 퍼지는 것 같았다.

"빨아도 돼요?"

"……."

그가 놀란 듯 아무 말 없이 동작을 멈추었다. 혜주는 몸을 반쯤 일으키고는 그의 가슴에 입술을 댔다. 입술에 닿는 강인함이 너무나 좋았다. 그래서 조금 더 욕심을 내서 혀로 그의 유두를 건드려 보았다.

흥분으로 인해 그의 유두가 아주 단단했다. 마치 혀끝에 그의 발기한 페니스가 닿는 기분이었다. 그 생각을 하니 그녀의 여성에서 물이 흐르는 느낌이 들었다. 하지만 이젠 더 이상 그 앞에서 섹스로 인해 부끄러워하지 않을 것이다. 그와의 관계가 어떻든지 그녀는 즐기고 싶고 그를 온전히 느끼고 싶었다.

"오늘은 희준 씨를 느끼고 싶어요."

그녀의 말에 희준은 기꺼이 그녀에게 자신의 몸을 내 주었다. 그들은 서로 무릎을 꿇고 앉아서

상대방의 얼굴을 쓰다듬었다. 그동안은 섹스 자체에만 빠져들었다면 오늘은 둘 다 서로를 느끼고 싶어 했다.

그녀의 손이 수염이 나서 거친 그의 얼굴을 만졌다.

"이렇게 수염이 많이 나는 얼굴인지 몰랐어요."

"숱도 많고 빨리 자라지."

그의 목소리가 잠겨 있었다.

"난 털이 많은 남자에게 빠져드는 여잔가 봐요."

그녀의 손이 그의 턱을 타고 내려와 동양인이라고는 믿어지지 않을 정도로 털이 난 가슴에 멈추었다.

"이 느낌이 아주 좋아요."

"그래? 나도 혜주의 섹시한 가슴을 보면 미칠 것 같아. 벌써부터 녀석이 아우성이야."

그가 살짝 미소 지으며 그의 페니스를 내려다보았다. 그러나 혜주의 얼굴엔 미소가 없었다. 그녀는 지금 입안이 바싹바싹 말랐다. 아무래도 뜨거운 욕망이 그녀의 몸 안을 태우고 있는 것 같았다.

그리고 점점 아래로 털을 따라 내려오자 그의 검은 숲까지 내려왔다. 평소의 그와 섹스를 하던 느낌과 지금은 확실하게 달랐다.

조금 더 그를 원하고 있었다.

"윽, 혜주야."

그녀가 갑자기 머리를 숙여 그의 페니스를 입안에 넣자 그가 당황했는지 그녀의 머리채를 잡았다.

"으으윽."

그의 반응이 마음에 들었다. 이렇게 솔직하게 무얼 느끼는지 적나라하게 보여 주는 남자도 드물 것 같았다. 그녀가 그의 페니스를 빨아들이자 그의 신음은 짐승의 포효 수준이었다.

"아아아악."

그의 열띤 반응에 힘이 생긴 혜주가 거의 목젖까지 닿을 정도로 깊게 그의 페니스를 빨아들였다.

"으윽, 혜주야."

츄읍츄읍.

정말로 사탕을 빨듯이 그의 것을 빨았다. 그가 흥분하는 것이 너무나 자극적이었다. 한참 동안 그의 페니스를 빨던 혜주가 얼굴을 들자 희준이 틈을 주지 않고 그녀를 바닥으로 쓰러트렸다.

"더 이상은 안 돼."

그가 거친 숨을 내쉬며 단호하게 말했다.

"왜요?"

"하마터면 혜주의 입에 할 뻔했어."

그의 이 말에 왜 기분이 좋아지는지 알 수 없었지만 잘했다고 칭찬을 받은 기분이었다. 그가 혜주의 입에 키스를 하며 손으로는 그녀의 여성을 거칠게 만지고 있었다. 다리를 벌리며 들어온 손은 여성을 가르고 들어와 질 안으로 곧장 들어갔다.

"아아아."

이번엔 상황이 역전이 되어 혜주가 몸을 활처럼 휘었다. 그의 손가락은 거침없이 그녀의 질 안을 휘젓고 있었다. 그녀의 애액이 마치 물처럼 흘렀다.

"아흐, 이제 넣어 줘요."

손가락으로는 만족할 수 없었다. 그녀가 이렇게 말을 하는데도 그는 혜주를 애무하느라 정신이 없었다. 마치 온몸에 도장을 찍을 작정을 한 사람처럼 그는 혜주의 몸에 키스 마크를 찍었다.

그의 입술이 종아리에 머물렀다. 그리고 점점 더 아래로 내려가더니 발가락에 입을 맞추기 시작했다.

"아흐, 그만."

기분이 이상했다. 마치 여성을 빠는 것처럼 느껴졌다. 그래서 혜주는 희준을 멈추게 했다. 그가 혜주의 다리를 벌리더니 드디어 자신의 굵은 페니스를 그녀의 질 안에 넣었다.

"아핫, 아아아악."

"으윽."

서로의 신음이 몸이 하나가 되듯 뒤섞였다.

"어헉, 더 깊이."

혜주는 그가 더 거칠게 그녀를 갖기를 바라는 마음이었다.

"헉헉헉."

빠르게 움직이느라 그의 호흡이 거칠어지고 있었다. 온몸이 땀으로 뒤범벅되었다. 언제 추위를 느꼈는지 알 수 없었다. 그들은 알몸으로 하나 되어 벽난로의 꺼져 가는 불 앞에 있었다.

퍽퍽퍽!

그들의 살 부딪치는 야릇한 소리가 점점 빨라지고 있었다. 마지막을 향해 달리는 기관차같이 그는 빠르게 움직였다.

"희준 씨."

"혜주야!"

서로의 이름을 부르며 그들은 완벽한 결합을 이루었다. 뜨거운 시간이 지나자 거친 숨소리만이 별장 전체를 휘감았다.

"헉헉헉."

"헉헉, 이대로 있을까요?"

그녀의 말에 그가 거친 숨을 몰아쉬며 웃었다.

"그것도 좋지."

그녀는 진심인데 그는 농담으로 받아들이는 것 같았다. 혜주는 그의 페니스가 빠져나가지 않았으면 좋겠다고 생각했다. 그냥 이

대로 내일까지 있었으면 좋겠다는 엉뚱한 생각이 들었다. 그래서 그녀의 위에 포개져 있는 그를 양손으로 힘 있게 안았다.

"좋았어?"

"네, 좋았어요. 희준 씨는요?"

"나도 아주 좋았어."

그가 몸을 굴려 그녀에게서 떨어지자 혜주는 상실감을 느꼈다. 그는 일어나서 벽난로의 불을 끄더니 그녀를 이불로 감싸고는 그대로 안아 들었다.

"어머!"

놀란 그녀가 비명을 지르자 그가 큰 소리로 웃었다. 그리고는 침실로 들어갔다. 손끝 하나 움직일 힘이 없었다. 그도 장시간의 운전이 힘이 들었는지 침대에 눕자마자 그녀를 안고는 그대로 잠이 들어 버렸다.

혜주는 한참이나 잠을 이루지 못했다. 그래서 그의 얼굴을 바라보며 그렇게 있었다. 박 회장이 어떻게 나올지 솔직하게 두려웠지만, 지금은 희준을 믿고 싶었다. 잠든 그의 얼굴을 보며 혜주가 입 모양으로 말했다.

'사랑해요.'

하지만 아직은 그에게 말할 수 없는, 아니 앞으로도 말할 수 없는 말을 해 버리고 말았다. 비록 소리는 낼 수 없었지만 말이다.

다음 날 아침, 어수선한 소리에 혜주의 눈이 떠졌다.

똑똑똑.

"도련님."

밖에서 어제 보았던 별장지기의 목소리가 들렸다. 희준은 깊게 잠이 들었는지 일어날 생각을 하지 않고 있었다.

똑똑똑.

"도련님."

"네."

답답한 마음에 그녀가 대신 답했다.

"사모님 오셨어요."

그 말에도 희준은 일어날 생각이 없는 듯 가만히 있었다.

"이봐요."

"……."

"눈 떠요. 사모님 오셨대요."

"그런데?"

그녀는 속이 타들어 가는데 그는 여전히 꼼짝도 하지 않고 눈을 감은 채로 말했다.

"제발 좀 일어나요."

벌컥!

문이 열리고 혜주는 빛의 속도로 이불 속으로 몸을 숨겼다.

"차희준!"

이 여사의 목소리가 심상치 않았다. 그제야 몸을 일으킨 희준이었고, 혜주는 그의 뒤에서 몸을 웅크리고 이 순간이 지나기만을 바라고 있었다.

"으으하! 어머니."

그가 기지개까지 하는 여유를 보이며 어머니와 대화를 나누었다.

"여자하고 왔다고?"

"네, 어머니는 농사철도 아닌데 왜 오셨어요?"

"지금 그걸 말이라고 하는 소리야?"

"아버지 때문에 오신 거예요?"

"아니, 네 아버지는 몰라. 오늘 비료 주문한 거 오는 날이라서 왔는데 와서 보니 거실에 옷들이 나뒹굴고 아주 난리가 아니어서 별장지기를 불렀다."

"보신 그대로예요."

"어제 아버지 말로는 서 실장하고 나갔다고?"

"옆에 있어요."

"안녕하세요?"

몸은 여전히 이불 속에 있는 채로 인사만 했다.

"반가워요. 아침이나 같이 먹죠."

"네? 네."

완전히 풀이 죽은 혜주였다. 아침 식사가 아닌 최후의 만찬이 될 것 같았다.

"나와."

이 여사가 나가는 소리가 들리고 얼마 후에 희준이 말했다. 그녀는 침대 속에서 나와 빠르게 욕실로 들어갔다.

"이건 꿈이야."

"꿈은 아니야."

그가 갑자기 욕실 안으로 아무렇지 않게 들어와서 이를 닦기 시작했다.

"뭐, 뭐 하는 거예요?"

"양치."

"그건 아는데 한 번도 이런 적이 없잖아요."

"이젠 가족이 될 거니까 편하게 하자고."

미치고 팔짝 뛸 것 같은데 정작 그는 편해 보였다. 혜주는 서둘러 샤워를 하고는 드레스 룸에서 검은색 후드 티와 트레이닝 바지를 입고 밑단을 접었다.

"뭐 이렇게 큰 거야."

하지만 지금은 뭘 따질 때가 아니었다. 머리는 깔끔하게 포니테

일로 묶은 혜주는 그의 준비가 다 되기만을 기다렸다.

"먼저 나가."

"진짜 이럴 거예요?"

그는 혜주를 놀리고 있는 것 같았다. 그가 씩 하고 웃었다. 처음으로 희준이 얄미웠다. 희준과 혜주가 식탁으로 가자 식탁 위엔 진짜 만찬 때나 볼 수 있는 음식들이 가득했다.

"어머닌 역시 손이 크셔."

"얼른 앉아."

일하는 아주머니가 바쁘게 음식을 차리더니 얼른 자리를 피해 주었다.

"오늘 진짜 비료 때문에 오신 거예요?"

"아니, 어제 별장지기한테 전화가 왔다. 너희들 왔다고."

"죄송합니다."

혜주는 지금 접시 물에 코라도 박고 싶은 심정이었다.

"쓸데없는 소리하지 마."

희준이 그녀의 말을 막았다.

"어떻게 그래요. 이건 다 제 잘못인데……."

"아니다. 이건 다 박 회장의 잘못이지."

"……"

처음에는 잘못 들은 줄 알았다. 이 대목에서 나올 인물은 아니었다.

"우인상회 서 회장님의 손녀란 거 안다."

"······."

"박 회장은 끝까지 숨겼지만 말이다. 안 지가 얼마 되지 않아서 마음이 아프구나. 좀 더 빨리 알았더라면 네가 그렇게 고생은 하지 않았을 텐데 말이다."

혜주의 눈에서 눈물이 흘러나왔다.

"서 회장님은 우리 친정아버지와 아주 막역한 사이셨다. 그리고 동수 오빠도 나에겐 아주 소중한 사람이었지."

"사모님······."

"사모님이라고 부르지 말고 어머니라고 불러."

"네?"

"이제부터 내가 네 엄마다."

이 여사의 말에 혜주의 눈이 두 배는 더 커졌다.

"그건 곤란합니다. 시어머니면 몰라도. 족보가 꼬이잖아요. 어머니."

그 와중에 희준이 밥을 먹으며 족보를 정리하고 있었다. 이제 그와의 결혼은 회장님만 허락하시면 되는 것이었다.

"어떻게 아셨어요?"

"계속해서 동수 오빠에 대해 수소문은 하고 있었는데 흔적을 찾을 수가 없었다. 그런데 내가 고용한 사람이 그 사실을 알려 줬고, 나도 나름 요양사들을 따로 보내는 일을 했었지. 지금 어디로 옮겼는지도 안다. 안양에 있다고."

"그동안 요양사를 보내서 아버지를 챙겨 주게 한 사람이 박 회장이라고 생각했는데, 이제 보니 은인은 따로 있었네요."

"아직 회장님께는 네가 여기에 있다고 말하진 않았어."

"……."

희준이 밥을 다 먹을 동안 혜주는 멍하게 있었다.

"어서 먹어. 그렇게 말라서 되겠니?"

이 여사가 혜주에게 한마디 했다. 혜주는 그때서야 정신을 차리고 밥을 먹기 시작했다.

"동수 오빠를 처음 본 게 10살 때였어. 나보다 3살 많은 오빠니, 내가 보기에 얼마나 컸겠니. 착하고 좋은 사람이었다. 그런데 어느 날 갑자기 사람이 이상해졌어. 난 지금도 그게 이해가 안 돼."

"그게 다 박 회장의 짓이었어요."

희준의 말에 이 여사가 들고 있던 수저를 떨구었다.

"사모님."

놀란 혜주가 바닥에 떨어진 수저를 줍고 새 수저를 가져다 드렸다.

"짐승만도 못한 놈."

"그래서 가만히 안 둘 생각이었는데 일이 이렇게 꼬여 버려서……."

"꼬인 게 아니라 더 잘된 일이지. 추악한 진실은 언젠가는 밝혀지는 법이니까."

"차 회장님이 싫어하실 텐데요. 박 회장님과 워낙 친하신 분이라서……."

"그건 나중에 생각하고 어서 밥이나 먹어."

"네."

혜주가 밥을 먹는 사이 희준과 이 여사 간의 대화가 이어졌다.

"서 실장은 어디에 묵게 할 거야?"

"제 집에 데리고 있을 생각입니다."

"그래? 경영권에 걸림돌이 될 수도 있어."

"압니다. 그래서 하루 빨리 아버지를 설득해서 혜주와 결혼을 할 생각입니다."

"네 아버지는 왜 이렇게 경영권 승계에 신경을 쓰는지 모르겠구나. 아직 나이도 많지 않는데. 하여튼 별난 분이야."

"아버지가 그동안 이 정도로 기업을 일으키신 건 인정하시죠."

"그거야 그렇지만 여자 문제도 많았잖니."

이 여사가 고개를 절레절레 흔들었다.

"너는 그러지 마라."

"전 그럴 마음 없습니다."

"다행이구나."

이 여사는 식사를 마치고 농원을 둘러보고는 먼저 서울로 돌아갔다. 오전에 이 여사 때문에 정신이 없었던 혜주는 아직도 그의 트레이닝복을 입고 있었다.

"여기는 집보다 논이랑 밭이 굉장히 넓어요."

"여기서 1년 농사를 지어서 먹어."

"정말요?"

"어머니가 다 하시는 건 아니고 여기에 농사를 대신 지어 주시는 분들이 있어."

하여튼 대단한 집인 건 틀림없었다. 그녀가 창가에서 오들오들 떨고 있자 그가 혜주를 어딘가로 데리고 갔다.

"여긴 어디예요?"

"숯가마."

"네?"

정말로 숯가마였다.

"어머니가 이곳에서 가장 애정하시는 공간이지. 지금 들어갈 수 있을 거야."

"워워, 난 못 들어가요."

"괜찮아."

숯가마 안으로 들어가는 줄 알고 너무 놀랐는데 그가 혜주를 데리고 들어간 곳은 옆에 있는 황토방이었다.

"저기서 나온 참숯으로 여길 뜨겁게 만들지."

방이 정말 따뜻하고 좋았다. 거기에 각종 약제들이 벽에 쭉 둘러 있어서 향이 참 좋았다.

"진짜 좋다."

"여기서 살까?"

"실현 불가능한 일은 말하기 없기예요."

"지금 당장은 곤란하고 늙어서 내 아들에게 물려주고 나도 아버지처럼 자유로워지면."

너무 먼 얘기였지만 희준은 진짜 할 것 같았다. 그는 약속을 지키는 남자였다.

"좋을 것 같아요."

그가 아주 매력적인 미소를 지었다.

"어디 가서 그렇게 웃지 마요."

"어?"

"여자들 가슴 설레게."

그가 웃었다.

"어? 또."

그가 혜주의 입술에 입을 맞추었다.

"매일 키스하고 싶은 여자는 처음이야."

"영광입니다."

"농담 아니야."

"알아요. 난 아직 이런 얘기 들으면 어떻게 반응해야 하는지 몰라요. 연애 경험이 없어서."

그가 심각한 표정으로 그녀의 얼굴을 정면으로 보았다.

"혜주가 연애 경험이 없는 게 난 좋아. 안 그랬으면 질투로 눈이 멀었을 것 같아."

"그만해요."

혜주가 열 손가락을 오므리며 말했다.

"하하하, 알았어."

집으로 돌아온 이 여사의 얼굴에 미소가 떠올랐다. 혜주와 희준이 행복하게 있는 모습이 참으로 보기 좋았다. 서로 사랑하는 게 이 여사의 눈에 그대로 보였기 때문이었다. 평생을 살면서 단 한 번도 그런 행복을 느껴 보지 못한 이 여사였다.

집에 도착하자마자 거실에서 책을 보고 있는 남편을 보았다. 남편은 참으로 잘생긴 남자였다. 그래서인지 남편 주위에는 항상 여자들이 들끓었다. 그녀는 별로 신경 쓰지 않았지만 말이다. 처음부터 남편과 사이가 안 좋았던 건 아니었다.

결혼을 하고 아무것도 모르는 그녀에게 남편은 친절했다. 항상 그녀를 배려했고 그건 지금도 마찬가지였다. 희준이가 생기기 전까지 남편은 매일 밤 그녀를 괴롭혔었다. 마치 섹스에 미친 사람처럼 말이다.

그런 그가 희준이를 가지고 난 다음부터는 다른 여자와 바람을 피우기 시작했고 그녀와의 사이도 점차 안 좋아졌다.

"점심 식사는 하셨어요?"

"어, 먹었어. 희준이 녀석한테는 연락 없어?"

"없어요."

"내 이놈을 보면 다리몽둥이를 그냥……."

"그러지 말아요!"

그녀가 차 회장의 말을 단칼에 잘랐다.

"이제 희준이도 어른이에요. 자신이 좋아하는 사람을 고를 권리가 있어요."

"당신도 세은이를 반대하진 않았잖아."

"좋다고 하지도 않았죠."

그녀가 소파 테이블 위에 서류를 놓았다.

"뭐야?"

"보세요."

서류를 살피던 차 회장의 표정이 어두워졌다.

"지금 나더러 이걸 믿으라는 거야?"

"오랫동안 조사한 거예요."

"여보, 박 회장은 그런 사람이 아니야."

"아뇨, 아주 질적으로 못된 사람이에요. 당신이 왜 그렇게 그 사람을 옹호하는지 이해할 수가 없어요."

차 회장은 다시 서류를 보기 시작했다.

"지금 서 실장이 서동수의 딸이라는 거야? 그런데 박 회장은 왜 서 회장님의 손녀에 대해 모른다고 했을까?"

"당신도 서 회장님의 손녀를 찾았어요?"

"……."

"제발 말해요. 답답해 죽겠으니까."

그동안 이 여사는 서동수와 관련이 있는 모든 일에는 일절 입을 열지 않았다. 서 회장은 좋아했지만 동수는 남편인 차 회장이 가장 싫어하는 사람이었다. 굳이 찾는다고 해 봐야 싸움만 일어날 것 같아 그동안은 일절 말을 하지 않았었다. 이 여사는 오늘 아주 작심을 했다. 이제 그만 이 답답한 관계를 끝내고 싶은 마음도 있었다.

"사실 서 회장님이 내 은인이셨지."

"왜요?"

"죽게 생긴 날 구해 주셨거든. 그 일엔 솔직하게 박 회장도 관련이 있어서 난 박 회장이 나쁜 사람이라고는 생각하지 않아."

점점 모를 소리만 하는 차 회장을 이 여사가 물끄러미 보았다.

"군대를 제대하고 돌아와 보니 모든 게 다 어색했어. 복학해서 졸업을 앞둔 시점에서 난 첫눈에 반한 여학생을 만났어. 몇 학년인지도, 누군지도 모르지만 아주 아름다운 여자였어."

"무슨 소리예요?"

이 여사는 화가 났다. 진지하게 이야기를 하려는데 또 여자 타령이었다.

"들어 봐."

차 회장도 물러서지 않고 강하게 말했다. 그래서 이 여사도 일단은 들어 보기로 했다.

"벚꽃처럼 화사한 그녀에 대해 박 회장이 알았어. 그래서 그녀가 누구고 어떤 집의 딸인지를 알려 주었지."

"난 그때마다 조금씩 더 그녀를 좋아하게 됐어."

"……."

"그러던 어느 날 박 회장이 날 불렀어. 그리고 서 회장을 만났지. 서 회장은 그녀의 아버지에게 날 사윗감으로 소개시켜 줬고, 난 너무 기쁜 나머지 덜컥 서 회장과 한 가지 약속을 해 버렸어. 그의 핏줄을 가족으로 받아들이겠다는 약속 말이야."

이 여사는 모든 피가 바닥으로 빠져나간 것처럼 창백해졌다.

"당신 괜찮아?"

그녀가 소파에 털썩 주저앉았다.

"동수 오빠를 찾고 있었던 걸 알았군요."

"당신이 서동수라는 인간을 못 잊고 평생을 찾아다닌 거 알고 있었어. 처음엔 세월이 지나면 잊을 줄 알았어. 하지만 희준이가 생겨도 당신의 마음은 변하지 않았어."

"불쌍한 사람이었고 첫사랑이었어요. 찾고 싶은 마음이었지, 그 이상은 아니었어요."

"……."

"난 당신이 바람둥이라고만 생각했고 그래서 내 손에서 놓은 거죠."

서로가 서로를 오해한 것이었다.

"당신이 날 좋아했다니 믿어지지 않아요."

"평생을 한 여자만 좋아하고 산 사람이지."

차 회장이 조심스럽게 말했다.

"그럼 그 많은 여자들은 뭐예요?"

그녀가 알고 있었지만 무시했던 여자들이 많이 있었다.

"다 그냥 밥이나 먹는 사이야."

이 여사는 남편이 이런 말을 왜 이제야 하는지 원망스러웠다. 남들처럼 오순도순 살 수 있었는데 말이다. 남편이 원망스러웠다.

"왜 이제야 말하는 거죠?"

"난 그저 내가 그렇게 못되게 굴면 날 봐 줄 줄 알았어. 부처도 돌아앉는다는 계집질을 하면서도 나의 마음은 언제나 당신에게 있었어."

지금 이 여사는 정신이 좀 멍해 있었다. 몇 십 년간 티는 내지 않았지만 그의 바람기 때문에 이 여사는 많은 상처를 받았었다.

"용서해 줘."

"난⋯⋯."

손발이 덜덜 떨려 왔다. 남편과 그녀는 그동안 평행선을 달리고 있었다.

"미안해."

"⋯⋯."

"나의 질투심이 우리의 행복을 막았어."

이 여사의 눈에서 원망의 눈물이 흐르자 차 회장이 그녀에게 다가와 따뜻하게 감싸 안았다.

"우리가 너무 먼 길을 돌아왔군."

"그러네요."

결혼해서 처음으로 그들은 서로의 마음을 알게 되었다.

혜주는 조수석에서 깊은 잠에 빠져 있었다. 몸과 마음이 다 피곤한 상태인 것 같았다. 희준은 혜주의 이미 위로 흘러내린 머리카락을 머리 위로 넘겨 주었다. 그래도 전혀 모르고 깊은 잠을 자고 있는 혜주였다.

그의 집으로 가는 길이었다. 앞으로 얼마간은 시끄러울 것 같았다. 하지만 그건 어디까지나 그가 헤쳐 나갈 몫이었다. 긴 세월 동안 혜주 혼자 짊어진 삶이 너무나 무거웠을 것이다. 이제 그 짐을 그가 지고 갈 생각이었다.

일에 빠져 살다 보니 일 이외의 것에 무관심했던 희준이었다. 그런 그가 서혜주라는 여자와 함께 새로운 인생을 시작해 볼 생각이었다.

윙~

혜주의 핸드폰이 울리고 있었다. 화면을 보니 가을이었다. 이번엔 그가 혜주를 대신해서 받았다.

"여보세요?"

[…….]

"이가을 씨, 차희준입니다. 우리 만나죠."

[혜주는요?]

"지금 잡니다. 서울에 도착하면 대충 6시쯤 될 것 같은데, 7시에 강남에서 잠깐 얼굴 좀 보죠."

[네, 알겠습니다.]

"내 번호 알죠? 장소는 내 핸드폰으로 문자 줘요. 내가 그리로 갈 테니까."

[네, 그때 뵙죠.]

무슨 일이 일어나는 줄도 모르고 혜주는 잠만 자고 있었다. 이렇게 그의 곁에서 아무 생각 없이 편하게 잠들어 있을 수 있다는 게 그는 더없이 고마웠다.

혜주를 집에 내려 주고 그는 가을을 만나기 위해 강남으로 향했다. 그의 등장에 강남의 한 카페가 술렁이기 시작했다. 2층의 구석 자리에 가을이 앉아 있었다.

"그냥 아메리카노 시켰습니다."

가을은 인사도 없이 그렇게 무덤덤하게 말을 건넸다.

"저는 아메리카노 좋습니다."

그도 그렇게 말하며 자리에 앉았다. 그리고 운전으로 피곤한 차라 커피를 먼저 마셨다.

"연예인을 하셨어야 하는데, 직업을 잘못 선택하신 것 같습니다. 이렇게 잘생기셨는데 말입니다. 분위기도 좋으시고."

"칭찬이라 생각하죠."

"사실입니다."

가을의 말에 그리 기분이 나쁘진 않았다. 칭찬해 주는 데 싫어할 사람은 없으니까 말이다. 희준이 느끼기에 가을도 처음 선을 보러 갔을 때 생각했던 제비 이미지는 아니었다.

"세은이의 상태는 신경 쓰고 싶지 않아요."

"압니다. 저도 신경 안 쓰고 있습니다."

"사랑하는 사이 아닙니까?"

희준이 슬쩍 농담을 던졌다.

"그렇게 보이려고 애쓰는 사입니다."

"세은이가 갑자기 불쌍해지는군요."

"아버지의 업보죠."

"하긴."

희준이 어깨를 살짝 들어 올렸다가 내렸다.

"오늘 절 보자고 하신 이유가……."

"혜주에게 들었습니다."

"……."

그 말에 가을의 표정이 좋지 않았다.

"혜주가 먼저 저에게 말한 게 아니라 혜주와 저를 찍은 파파라치를 잡으면서 여러 사실을 알게 됐죠. 그리고 아버님의 이야기를 혜주에게 들었구요."

"사실입니다."

"사실이 아니라는 게 아니라, 내가 자리를 마련한 건 박 회장이라는 공동의 적을 갖게 된 사람으로서 우리가 한편이 맞는지 확인하려는 겁니다."

"무슨 뜻인지 압니다. 그런 의미에선 우리는 한편이죠."

"이제 세은이를 찰 건가요?"

"아직은 아닙니다. 차 부회장님이 확실하게 뭔가를 보여 주시면 저도 자연스럽게 그렇게 하지 않을까요? 철저하게 박 회장이 기댈 곳까지 무너뜨릴 생각입니다."

"그렇군요."

"혜주를 도와주십시오. 어릴 때부터 불쌍하게 큰 친구입니다. 그동안은 잘 몰랐지만 세은이를 통해 전해 들은 걸로는 완전 신데렐라가 따로 없더라고요. 어릴 때는 식모들이 쓰는 방을 같이 썼고, 서른이 넘어서야 자신의 방을 갖게 되었다고 그러더라고요."

이렇게 가을의 입을 통해 전해 들으니 더 기분이 좋지 않은 희준이었다.

"거기다가 세은이가 그러는데, 세은이 엄마가 혜주하고 박 회장과의 관계를 의심해서 밖으로 내보내지 않고 항상 혜주를 감시했다고 하더라고요. 그래서 독립도 못 하고 여태 그 집에 있었던 거죠."

"세은이의 상태는 어떤가요?"

"아주 히스테릭합니다. 울다가 웃었다가 곁에서 보면 완전 정신병자 같아요."

"왜죠? 우리는 몇 번 식사를 한 게 단데. 그것도 가족 포함해서."

"아마 혜주에게 빼앗긴 게 열이 받은 모양이더라고요."

희준은 어이가 없었다.

"원래 마음도 없는 여자였는데 뭘 빼앗깁니까?"

희준이 발끈했다.

"착각은 자유죠."

가을이 웃으며 답했다.

"앞으로는 어떻게 하실 생각입니까?"

"세은이를 모질게 차 버리고, 박 회장을 유치장에 처넣는 게 제 목표입니다."

"마약 관리법을 따르기엔 너무 오래된 일 아닙니까?"

"다른 거라도 잡아야죠."

"쉽지 않을 텐데요."

희준의 말에 가을이 의미심장한 미소를 지었다. 뭔가가 있는 모양이었다.

"어쨌든 건투를 빕니다. 도움이 필요하면 말해요."

"알겠습니다. 재벌이 도와준다니, 이거 완전 든든합니다."

"언제든지 도움이 필요하면 전화해요. 생각보다 많은 도움이 될 겁니다."

그들은 다음을 기약하며 헤어졌다. 집으로 돌아가는 길에 눈이 내리고 있었다. 다른 때 같으면 이렇게 집에 돌아가는 길에 눈이 오든 비가 오든 신경 쓰지 않았을 텐데, 혜주를 만나고부터는 감성적으로 변하는 것 같아 웃음이 났다.

그리고 오늘은 특별히 더 그런 것이, 집에는 혜주가 있었다. 그는 근처 꽃가게 앞에 차를 세우고는 난생처음으로 꽃을 사러 가게 안으로 들어갔다. 풍경 소리가 나자 예쁘게 생긴 꽃집 주인이 그를 맞이했다.

"어서 오……."

그가 누군지 알아보고 놀란 모양이었다.

"안녕하세요. 꽃을 좀 살까 하는데 제가 꽃을 처음 사 봐서……."

"누군지 몰라도 여자분이 아주 좋아하시겠네요."

부러움이 가득 담긴 음성으로 그녀가 말했다.

"잘 모르니까 예쁜 걸로 골라 주세요."

꽃집 주인은 열심히 꽃바구니를 만들어 그에게 전해 주었다.

"행복하세요. 아마 이 꽃 받으시는 분은 꽃바구니가 아니더라도 행복하실 것 같아요."

그가 미소를 지어 보였다. 그의 마음도 그렇기를 바랐다.

집에 들어가니 10시가 넘은 시간이었다.

"다녀오셨습니까?"

집사가 그를 마중 나와 주었지만 혜주의 모습은 없었다. 그의 손에 들린 꽃바구니를 본 집사가 혜주는 잠들어 있다고 말했다. 아무래도 몸살에 걸린 듯하다고 했다. 그는 뒤도 돌아보지 않고 그의 침실로 향했다.

하지만 침대 위에는 혜주가 없었다. 그가 두리번거리는 사이에 누군가 그의 등 뒤에서 안았다.

"나 주려고 산 거예요?"

그의 손에 들린 꽃바구니를 보고 말하는 모양이었다.

"아니."

"그래도 나 줘요."

그의 등에 대고 혜주가 말했다.

"뭐 했어."

"기다렸죠."

"자고 있지 그랬어."

"으음, 좋다."

그의 체취를 맡으며 혜주가 그에 등에 얼굴을 대고 비볐다.

"그리웠어요."

"3시간이."

"난 매 순간 그리워요."

그녀의 고백에 그의 심장이 미친 듯이 뛰었다.

"혜주야."

"잠시만 이렇게 있으면 안 돼요?"

뭔가 이상한 기분이 들었다. 섹스를 하지 않는데도 온몸이 찌릿한 느낌이었다. 혜주의 온기가 기분 좋게 그에게 전달되고 있었다.

"좋다."

"무슨 일 있어?"

갈라진 음성으로 그가 물었다.

"많은 일이 있었잖아요."

"그렇지."

"나 안아 줄래요?"

그가 바구니를 바닥에 놓고 뒤를 돌아 혜주를 안아 주었다.

"고마워요."

"그런 말 하지 마. 고마운 건 나니까."

얼굴을 들어 혜주를 보았다. 여태까지 이렇게 아름다운 여자는 한 번도 본 적이 없었다. 화장기가 없는 얼굴도 눈이 부시게 매혹적이었다.

"위험해."

"내가 좀 그렇죠."

혜주의 목소리도 갈라져 있었다.

"키스해 줘요."

"오늘은 요구 사항이 많은데?"

"앞으로는 더 많아질 거예요."

"난 기쁘게 혜주의 요구 사항을 들어줄 거야."

"말이 너무 많아요."

그녀가 불만을 토로하자 그는 바로 시정했다. 그의 입술이 혜주의 입술을 거칠게 삼켰다. 키스를 할 때마다 느끼는 거지만 참 좋았다. 그녀의 두툼한 아랫입술을 빠는 느낌도 좋았고, 고른 치열을 혀로 훑어 내리는 느낌도 좋았다.

그의 혀가 거칠게 그녀의 입안으로 침입해 들어갔다. 부드럽고 사랑스러운 그녀의 입안을 거칠게 휩쓸고 다녔지만 갈증이 해소되지는 않았다. 그는 혜주에게 끝이 없는 갈증을 느끼고 있었다.

혀로 쓸어 끝없이 그녀의 타액을 먹어도 희준의 갈증은 풀리지 않았다. 더 갖고 싶은 마음뿐이었다. 둘의 몸이 얽히고 그들의 입술이 하나가 되어 떨어질 줄을 모르고 있었다. 희준은 혜주를 들어 올려 침대에 눕혔다. 그리고 단번에 그녀의 바지를 벗겨 버렸다.

그러자 혜주의 검은 숲이 그의 눈에 적나라하게 보였다. 윗옷을 벗길 사이도 없이 그는 자신의 바지만 벗고는 그대로 혜주에게 달려들었다. 애무를 해 줄 시간이 그에겐 없었다. 페니스가 터질 듯이 부풀어 있었다.

"으으윽."

신음을 내며 한번 참아 보려 했지만 참을 수가 없었다. 그는 단번에 그의 페니스를 그녀의 질 안으로 밀어 넣었다. 혜주도 기다렸다는 듯이 다리를 벌려 주었다.

"아아악, 언제쯤이면 안 아플까요?"

"헉헉, 너무 타이트해서 그래."

"아핫, 싫어요."

"으윽, 아니. 너무 좋아."

희준이 허리를 열심히 움직이자 혜주도 그에 맞추어 허리를 흔들기 시작했다.

"윽, 아주 위험한 여자야."

"희준 씨가 그렇게 만든 거예요."

"맞아, 나만의 여자로 만든 거지."

그들의 살이 부딪치는 소리가 요란하게 침실을 울리고 있었다. 환한 조명 아래서 하는 섹스는 처음이었다. 그만큼 둘은 급했다. 하지만 장점도 있었다. 혜주가 어떻게 반응을 하는지, 혜주의 몸에 어떤 변화가 있는지 그의 눈에 담을 수 있었기 때문이었다.

"으으윽."

마지막으로 격한 움직임을 한 그가 혜주의 몸 위로 무너져 내렸다.

　"오늘은 왜 이렇게 급했어요?"

　"혜주가 날 안는 순간부터 이 녀석이 거의 터지기 일보 직전이었거든."

　"거짓말."

　"요즘 큰일이야."

　"왜요?"

　"이제 혜주 생각만으로도 민망하게 녀석이 단단해지거든. 회의 시간엔 괜찮은데 외부에서 사람을 만날 때 그런 상황이 되면 아주 머리가 아파. 내가 미쳤나 봐."

　"아뇨, 나도 희준 씨 생각만으로도 흥분이 돼요."

　그녀의 고백에 희준은 기분이 좋아졌다.

　"어떻게 흥분이 되는데?"

　"팬티가 젖어 들죠."

　그녀의 한마디에 희준의 페니스가 또다시 흥분했다.

　"하지만 괜찮아요. 남들은 모르니까. 나만 몸이 뜨거워지고 당신의 물건이 내 안에 들어오는 상상을 하니까요. 질을 찢을 듯이 들어올 때의 느낌이 생생하게 생각나면 더 흥분이 돼요."

　"그만."

그를 놀리기 위한 장난이라는 게 그녀의 장난스런 눈빛에 그대로 드러나지만 그는 이미 흥분을 한 상태였다.

"그럼 당신의 상상을 실현시켜 줘야지."

그가 다시 혜주를 덮쳤다. 희준은 자신이 왜 이렇게 혜주에게만 성적인 매력을 느끼는지 알 수가 없었다. 진짜 그의 평생의 동반자인 것 같았다. 하지만 아직은 그의 입 밖으로 내기엔 시기가 아닌 것 같았다.

혜주의 마음도 정확하게 알지 못 하는 상황에서 그가 먼저 말해서 상처 받고 싶은 마음은 없었다.

그의 생각이 어떻든지 간에 그들의 밤은 또다시 뜨겁게 불타올랐다.

6. 복수의 실타래

오늘도 같은 꿈이 반복되고 있었다. 9살 가을은 학교에서 받은 상장을 들고 기쁘게 집으로 뛰어 들어갔다. 공부라곤 관심도 없고 취미도 없는 그가 유일하게 잘하는 달리기로 1등 상을 받았다.

가을에겐 개근상 말고 처음으로 받는 상이었다. 아픈 엄마가 기뻐할 생각만으로도 가을은 행복했다.

"엄마!"

기쁜 마음으로 집 안으로 뛰어 들어간 가을의 눈엔 난간에 매달려 있는 아버지가 보였다. 아버진 아주 슬픈 얼굴로 가을을 바라보았다.

"아빠, 위험해!"

가을이 힘껏 소리쳤지만, 이상하게 목소리가 나오지 않았다. 아빠에게 빨리 달려가려 했지만, 이상하게 다리가 움직이지 않았다. 어떤 거대한 힘이 그를 잡고 있었다.

"아빠!"

그를 쳐다보는 아빠의 눈에 눈물이 흘렀다. 그리고 뭐라고 말하고 있었다.

"박상호."

아버지가 말한 이름은 박상호였다. 아버지는 자신을 죽음에 이르게 한 사람의 이름을 또렷하게 말하고 있었다. 엄마가 아빠를 잡으려고 달려갔지만, 한발 늦었다.

검은 옷을 입은 남자가 갑자기 나타나서 아빠를 밀어 버렸다.

"안 돼!"

소리를 쳤지만 소용이 없었다. 가을이 온몸을 벌벌 떨며 아빠를 애타게 부르고 있는 사이에 검은 옷을 입은 남자가 어느새 가을에게 다가왔다.

"네가 가을이야?"

박 회장이었다.

"세은이에게서 당장 떨어져."

그가 고개를 가로저었다.

"안 그러면 엄마도 저 밑으로 던진다. 난 못 할 게 없어."

그의 배를 주먹으로 힘껏 쳤지만 9살 어린아이의 주먹이 아플 리가 없었다.

"용서 안 해!"

그때였다. 누군가 그를 흔들어 깨우기 시작했다. 하지만 가을은 여전히 가위에 눌린 듯, 몸이 움직이지 않았다.

"가을아, 왜 그래? 꿈꿨어?"

그의 옆에는 꿈속에서 아버지의 죽음을 기뻐하던 박 회장의 딸인 세은이 누워 있었다.

"식은땀 좀 봐."

세은이 그의 이마에 손을 대려 하자 가을은 자신도 모르게 세은의 손을 쳐 냈다.

"왜 그래?"

"아니야."

자신의 분노가 들킬 것 같아 가을은 서둘러 세은의 시선을 피했다.

"누굴 용서 안 해?"

아니나 다를까, 세은이 그에게 물었다.

"있어."

"너 잘 때마다 그렇게 말하는데, 무슨 일 있는 거야?"

잘 때마다 꿈을 꾸긴 했지만 자신이 잠꼬대로 말을 하는 줄은 몰랐었다.

"아니야."

"뭐야, 진짜 복수라도 해야 하는 거야?"

"어쩌면."

세은은 농담처럼 물었지만 그는 진심으로 말하고 있었다. 매일 원수의 딸을 안는 것도 그에겐 고통이었다.

"가을이 너 요즘 수영 배워?"

"응, 왜?"

가을이 몸을 일으켰다. 운동으로 다져진 몸은 아주 훌륭했다. 조금 마른 몸이지만 잔 근육이 멋졌다.

"수영 강사가 여자라고 하던데……."

요즘 들어 부쩍 그에게 집착하는 세은이었다. 다른 남자들을 만날 틈을 주지 않아서 그러는 건지, 아니면 차 부회장이 자신을 싫어하는 것 때문에 그러는지 확실히 처음보다 그에게 강하게 집착하는 세은이었다.

마음 같아서는 더 집착해 달라고 말하고 싶을 지경이었다. 더 달라붙어야 나중에 그와 헤어질 때 더 아픈 법이니까 말이다. 치명적인 마음의 상처를 받아서 도저히 회복되지 않았으면 좋겠다고 생각했다.

"신경 쓰지 마."

"신경 안 써."

아닌 척하는 세은이 안쓰럽게 느껴졌다. 박 회장을 닮아서 자기밖에 모르는 세은이었다. 세은이 못되게 굴면 굴수록 좋았다. 그래야 나중에 아주 조금이라도 미안한 마음이 생기지 않을 테니 말이다.

"넌 내가 질릴 때까지 나한테서 못 벗어나."

"알아."

"그렇게 대답하면 내가 뭐가 돼."

"그럼 어떻게 대답해 줄까? 너무 사랑하니까 평생 곁에 있어 달라고 할까?"

"응."

구제 불능인 여자였다. 매력이라고는 하나도 없는 건조함으로 가득한 여자였다.

"우리 결혼하자."

빨리 일을 마무리시키고 싶은 마음에 가을은 요즘 수시로 세은에게 결혼하자고 조르고 있었다.

"안 돼."

"차희준은 끝난 거 아니야?"

"아니, 아직 차 회장님이 결혼에 대해서 끝내자고 말하지 않았거든."

뭐가 그렇게 좋은지 다른 사람이 보기에도 차희준이 그녀를 좋아하는 것 같아 보이지 않는데, 왜 이렇게 집착을 하는지 알 수가 없었다.

"이 상태면 끝내야지. 서 실장하고 같이 있다며."

"야! 알지도 못하면서 함부로 말하지 마."

세은이 단단히 화가 난 모양이었다. 하지만 달래 주고 싶은 마음이 오늘은 없었다. 어제 차희준을 잠깐 만났는데 곧 재미있는 일이 있을 거란 말을 들었다. 그때까지 그냥 하던 대로 하라는 말도 했다.

두 달 동안 가을은 세은과 밖을 돌아다니면서 틈만 나면 키스를 하고 스킨십을 했다. 그게 차희준이 그에게 해 달라고 부탁한 일이었다. 왜 그러는지는 시간이 지나면 알게 될 거라고 했다. 일단 이번 일은 차 부회장을 믿어 보기로 했다.

안 되면 박 회장을 그의 손으로 직접 죽여 버릴 생각이었다. 그래야 하늘에 계신 아버지가 편안한 마음으로 쉬실 것 같았다. 그만큼 가을의 분노는 시간이 지날수록 더 깊어만 갔다.

하루 중에 대부분의 시간을 이 여사와 함께하고 있는 혜주였다. 지금 이게 꿈인지 생신지 구별이 가지 않을 정도로 이곳에서의 생활은 너무나 행복했다. 이곳이 서광그룹의 본가이기 때문에 행복한 게 아니라, 한 번도 받아 보지 못한 엄마의 사랑을 지금 받고 있기 때문이었다.

희준의 계획대로 그녀는 희준의 집이 아닌 서광그룹 본가에 있었다. 만약에 언론에 노출이 된다고 하더라도 희준과 동거를 하는 것보다 어른들과 함께 있는 게 나중을 위해 좋기 때문이었다.

희준은 굉장히 치밀한 사람이었다. 같이 보내는 시간이 길어질수록 그가 얼마나 철저한 사람인지를 느낄 수 있었다. 지금 그녀의 앞으로의 계획도 희준이 전부 설계를 해 놓은 상황이었다.

서광그룹의 안주인으로 손색이 없도록 그녀를 철저하게 교육시키고 있었다. 처음 그가 스케줄에 관해 이야기했을 땐 농담인 줄 알았다. 하지만 곧 그가 입 밖으로 내는 말 중에 그냥 내놓은 말은 없다는 걸 알게 되었다.

차희준은 무서운 사람이었다.

"차나 한 잔 하자꾸나."

"네, 어머니."

이 여사가 자신을 그렇게 부르라고 했기 때문에 이 여사는 어머님으로, 차 회장은 아버님으로 불렀다. 처음엔 상당히 어색했는데 이제는 부르는 데 어색함이 없었다. 그런데 이상한 건 희준이 이야기하기론, 두 분의 사이가 굉장히 안 좋다고 했는데 이 집에 머문 두 달 동안 혜주의 눈에 비친 어른들의 모습은 완전 신혼부부 같았다.

　아마 희준이 밖에서 활동하는 시간이 많아서 어른들의 모습을 제대로 보지 못한 것 같았다. 그도 며칠 전에 지나가는 말로 어른들이 이렇게 다정하셨는지 몰랐다고 했다.

　그녀도 희준과 이렇게 알콩달콩하게 지냈으면 싶었다. 하지만 저녁 시간을 제외하고 희준은 너무 바빴다. 출근하고 나면 전화 한 통이 없었다.

　"이 정자는 언제 와도 좋아요."

　"나도 여기에 오면 편안한 마음이 든다."

　따뜻한 차 한 잔을 나누며 그들은 조용한 여유를 함께 느끼고 있었다.

　"오늘 일정은 어떻게 되니?"

　"오늘은 한식 수업이 있고, 각 기업 오너 사모님들에 대한 수업이 있을 예정이에요."

　이 집에 들어와서부터 본격적인 신부수업을 받고 있었다. 갑자기 다른 세상의 중심에 선 기분이었다. 요일별로 교양 수업이 있었다. 식사 예절부터 안 배우는 게 없었다. 마치 고3 입시생 같은 타이트한 스케줄이었다.

　"힘들지?"

　이 여사가 다정한 목소리로 물었다.

"아뇨. 재미있어요."

"네가 재미있다니까 좋다."

윙~

둘만의 시간을 훼방하는 핸드폰의 진동 벨이 울렸다.

"아버님이신가 봐요."

매일 이 시간이면 아버님에게 전화가 왔다. 어머님이 미소를 지으며 전화를 받으셨다.

"안 바쁘세요? 바쁘신 분이 이렇게 전화를 자주 하세요? 네, 지금 혜주하고 차 마시니까 나중에 통화해요."

전화를 끊고도 이 여사의 얼굴에 화색이 돌았다.

"두 분이 이렇게 금실이 좋으신지 몰랐어요."

"그래 보이니?"

이 여사가 얼굴에 미소를 가득 담은 채 말했다.

"네, 부러워요."

"우리 희준이가 바빠서 그렇지, 아마 회장님보다 천 배는 더 자상할 거다."

그건 이 여사가 몰라서 하는 소리였다. 희준은 강한 사람이지 자상한 사람은 아니었다. 차를 다 마시고 자리에서 일어서려는데 이 여사가 그녀를 붙잡았다.

"일주일 있다가 큰 행사가 있다. 경제인 연합회에서 부인들의 자선 파티를 하는데 거기에 같이 가자꾸나."

"네, 제가요?"

그 자선 파티를 모르지 않았다. 한 번도 간 적은 없었지만, 그 규모가 굉장하다는 것은 알고 있었다. 그 행사에서 나온 기부액은 매년 상상을 초월했다. 그래서 회장님들이 농담으로 부인들의 통이 회장인 당신들보다도 크다고 말하곤 했었다.

그렇게 좋은 일도 하지만 마치 사교 파티처럼 모든 '카더라' 소문이 생산되는 곳이기도 했다. 그곳에서 인정을 받는다면 재벌가의 며느리로 성공적인 데뷔를 할 수 있다.

그래서 더 신경이 쓰였다.

"전 아직……."

"괜찮아. 내가 보기엔 이제 완벽하게 서광그룹의 며느리로서 손색이 없어 보인다."

"그거야 어머님이 예쁘게 봐 주시니까……."

"나만 예쁘게 보면 되지, 거기서 감히 누가 서광그룹의 며느리를 함부로 보겠니?"

하긴 우리나라 1위 기업의 며느리였다. 남들은 그녀의 발밑에 있는 것과 같았다. 서광의 안주인 이 여사가 그녀의 뒤를 든든하게 지켜 주고 있었다. 이제는 실전이고, 두려울 것이 없었다.

"알겠습니다."

"마음 단단히 먹어. 이제 너는 서광그룹의 얼굴이나 마찬가지
니까."

"네, 어머니."

정신없이 하루가 흘렀다. 희준은 자신의 차를 타고 집으로 퇴근
을 했다가 집사의 차를 타고 성북동으로 넘어왔다. 그렇게 두 달
을 지내는 데도 불평 한 마디 없었다. 같은 방을 쓰는 그들은 이미
부부였다.

"고생하셨어요."

그의 양복 재킷을 받아 주며 그녀가 말했다.

"우리 신혼집 공사를 시작했어."

"그냥 희준 씨 집 그대로 써도 되는데……."

"침대가 너무 작아, 둘이 몸부림을 치기엔."

그의 말에 혜주의 얼굴이 홍당무가 되어 버렸다.

"이런 말에 얼굴을 붉힐 때는 지났는데……."

"이상한 소리 하지 말고 저녁 식사 하러 가요."

"손만 씻고."

식사를 하는 내내 행복한 시간이었다. 어머니와 아버지 그리고
남편이 될 남자가 웃음 가득한 가족의 모습을 보여 주고 있었다.
어른들이 계실 때 희준은 정말 혜주를 사랑하는 것처럼 잘했다.

맛있게 먹으라고 챙겨 주기도 하고, 사랑을 가득 담은 눈빛으로 그녀를 그윽하게 보기도 했다. 혜주는 요즘 정말 그가 자신을 사랑하는 게 아닐까 하는 착각 속에 살고 있었다. 하지만 꿈은 어디까지나 꿈일 뿐이다.

이렇게 그녀를 위해 애를 쓰는 그를 위해, 그녀가 할 수 있는 것은 남들이 보기에 완벽한 아내가 되는 것이었다.

하지만 마음 한편엔 불안함이 자리 잡고 있었다. 이 대단한 사람들이 언제까지 혜주를 위해 줄지 몰랐다. 또 버림받는다면 그녀는 살아가기 힘들 것 같았다.

희준을 너무나 사랑하게 되었고 시어머니를 엄마처럼 생각하게 되어 버렸다.

"혜주, 뭘 그렇게 생각해?"

희준이 밥을 먹다 말고 멍해 있는 그녀의 팔을 자신의 팔꿈치로 살짝 건드리며 물었다.

"아니에요."

"아니긴, 혜주는 걱정이 돼서 저러는 거야."

"뭐가?

이번엔 시아버지 차 회장이 어머니를 보며 말했다.

"혜주 데리고 이번에 자선 파티에 가려고요."

"그래?"

시아버지가 조금 놀라는 눈치였다.

"결혼식을 올리고 데리고 갈 줄 알았는데."

"어차피 1년 중에서 가장 큰 행사예요."

"하긴 그렇기야 하지. 혜주가 힘이 들겠구나."

차 회장이 그녀를 보며 안쓰러운 표정을 지어 보였다.

"말 많은 곳인데 나중에 데리고 가시는 게……."

희준이 말을 꺼냈다가 어머니에게 혼만 났다.

"지금이 딱 좋아."

저녁 식사를 마치고 2층으로 올라온 그는 걱정스러운지 물었다.

"괜찮겠어?"

"그럼요."

"말들이 많을 거야. 거기다가 우인그룹의 여자들이 참석한다면 시끄러울 수도 있어."

"전 어머니만 믿어요."

"하긴, 우리 어머닌 결코 만만한 분이 아니야."

그가 혜주를 안았다. 그의 품은 언제나 따뜻했다. 불안할 만큼.

"우리는 다 혜주 편이야."

"고마워요."

혜주가 희준의 품 안에 폭 안겼다. 이렇게 있으니 마음의 위안이 되는 것 같았다.

"아참, 혜주 아버님 요양병원 옮겼어."

"네?"

그의 갑작스러운 말에 혜주는 정신이 바짝 들었다. 그녀의 가장 아픈 곳이자 드러내고 싶지 않은 게 아버지였다. 그런데 이상하게 희준은 그녀의 아버지를 아무렇지 않게 받아들이고 있었다.

"박 회장이 너무 들쑤시고 다녀서 다른 병원으로 옮겼어."

서광의 후계자가 약물 중독인 아버지를 이렇게 편견 없이 받아들여 주니 고마울 따름이었다. 그녀가 평생 이곳에 충성해야 할 이유였다.

"잘하셨어요. 저도 계속 못 가 봐서 마음에 걸렸는데……."

혜주는 고마움에 울컥해서 목소리가 흔들렸다.

"상태는 그리 좋지 않아."

"알아요. 두 달 전에 가 봤을 때도 아주 안 좋았으니까요. 미안해요."

"혜주가 미안할 일이 아니지. 박 회장이 잘못한 건데."

희준이 말이라도 이렇게 해 주니 혜주는 마음이 편해졌다. 약쟁이 아버지를 가진 딸은 부끄러움을 달고 살아야 했다. 그걸 혼자 짊어지고 살았는데 이제 조금은 나눌 수 있는 사람이 나타나 너무나 감사했다.

"제가 멋진 아내가 될게요."

"지금도 충분히 멋져."

그가 그녀의 입술에 가볍게 입을 맞추고는 샤워를 하러 욕실로 들어갔다. 그의 옷을 드레스 룸에 정리하고 혜주도 잠옷으로 옷을 갈아입었다. 그리고 양치를 위해 욕실 안으로 들어섰다. 매일 이렇게 들어가서 잘 준비를 했는데 이상하게 오늘은 뭔가 달랐다.

그녀의 시선이 그가 있는 쪽으로 향했다.

욕실에 들어서는데 샤워부스에서 콧노래 소리가 들렸다. 그리고 김이 서린 부스 안에서 그의 모습이 아주 야릇하게 보이고 있었다. 칫솔을 들다가 말고 혜주는 잠옷을 벗고는 그대로 샤워부스의 문을 열었다.

"음음음음~."

그는 머리를 감으며 여전히 콧노래를 불다가 고개를 돌려 그녀의 존재를 확인했다.

"혜주, 무슨……."

젖은 머리를 뒤로 쓸어 올리며 그가 샤워기의 물을 껐다. 희준은 아무것도 걸치지 않고 그의 뒤에 서 있는 혜주를 놀란 눈으로 보고 있었다. 그리고 숨을 멈추었다.

"같이 씻어도 돼요?"

"물론."

그가 혜주의 손목을 끌어당기자 그의 젖은 몸에 혜주의 몸이 닿았다.

"두 달 동안 아주 야해졌어."

그가 손가락으로 그녀의 욕망으로 단단해진 유두를 살짝 건드렸다.

"선생님이 워낙 훌륭하잖아요."

"하긴."

그가 고개를 살짝 돌리더니 그대로 그녀의 입술을 자신의 입술로 덮어 버렸다. 짜릿한 쾌감 때문에 혜주의 온몸에 소름이 돋았다. 그의 뜨거운 입술이 그녀의 목을 타고 내려왔다. 젖은 그의 몸이 오늘따라 그녀의 욕망을 불 지르는 것 같았다.

혜주의 손이 정신없이 그의 몸을 더듬고 있었다. 그러다가 그의 성난 페니스가 손에 닿았다. 혜주는 이제 부끄러움도 없이 그의 페니스를 잡았다. 성이 난 그의 페니스가 그녀의 손안에서 움찔거리며 움직이고 있었다.

새로운 느낌에 혜주는 신비로움을 느꼈다. 그리고 그의 페니스를 잡고 있던 손을 위아래로 움직이기 시작했다.

"으으윽."

역시나 그의 입에서 신음이 터져 나왔다. 기분이 좋았다. 그를 이렇듯 흥분시킨 게 자신이라는 것이 더욱더 그녀를 과감하게 만들기 시작했다.

그녀가 무릎을 꿇었다. 그리고 한 치의 망설임도 없이 그의 페니스를 입속으로 넣었다. 희준은 욕망에 들뜬 표정으로 그녀를 내려다보고 있었다.

"혜주."

그녀의 이름을 부를 뿐 그도 흥분한 나머지 몸을 활처럼 휘었다. 혜주는 조금 더 용기를 내서 그의 페니스를 힘껏 빨았다. 더 이상은 못 참겠는지 희준이 그녀를 거의 들어 올렸다.

"내가 마녀를 만났어."

"짐승을 다룰 줄 아는 마녀죠."

그녀의 목소리가 욕망으로 인해 갈라지고 말았다.

"아흐."

희준이 혜주의 풍만한 가슴을 손으로 감쌌다.

"오늘은 왜 이렇게 대담해진 거야?"

"아흐, 그래 보여요?"

그가 대답 대신에 그녀의 입술에 입을 맞추었다. 그의 강한 입맞춤에 혜주는 뒤로 밀려 벽에 부딪히고 말았다. 등이 아팠지만 지금은 그게 중요한 게 아니었다. 지금 혜주의 머릿속엔 오로지 희준뿐이었다.

"헉헉, 미치겠어."

"넣어 줘요."

"침대까지 가기 힘들어."

그가 그녀의 한쪽 다리를 들더니 바로 자신의 성이 난 페니스를 혜주의 질 안으로 밀어 넣었다.

"아아악."

여전히 그의 것이 들어갈 때는 고통이 따랐다. 언제쯤이면 적응이 될까 하는 생각이 들었다.

퍽퍽퍽!

희준도 흥분했는지 평소보다 더 거칠게 그녀를 갖고 있었다. 혜주는 그의 목에 팔을 두르고 필사적으로 매달렸다.

"아아아앙."

"혜주야."

그들의 야릇한 소리가 밤새도록 욕실과 침실에서 울려 퍼졌다.

혜주를 빼앗긴 지 두 달이 되었다. 차희준 쪽에선 아무런 반응이 없었다. 너무 조용해서 소름이 끼칠 지경이었다. 차희준은 완벽하게 방어망을 치며 경영권 승계에 대한 차비를 하고 있었다.

박 회장은 자신의 사무실에 앉아 몇 십 분째 손가락으로 책상을 치고 있었다. 아무리 머리를 굴려도 답이 나오지 않았다. 세은의 선 자리에 혜주를 보내는 게 아니었다. 혜주는 완벽하게 그의 사람이라고 생각했었다.

　지금 문제는 그동안 볼모로 잡고 있던 동수의 행방이 묘연하다는 것이었다. 혜주가 빼돌린 게 틀림이 없었다. 아직 혜주가 서 회장의 손녀라는 사실을 알지 못하는 차씨 일가였다. 그는 아무에게도 서 회장의 손녀를 키우고 있다는 말을 하지 않고, 비밀스럽게 혜주를 키웠다. 남들이 알아 봐야 좋을 게 없었다. 다만 그 당시에 불쌍한 아이 하나를 데려다가 키운다는 소문은 냈었다.

　"회장님."

　혜주의 밑에서 대리를 하다가 이번에 비서실장으로 파격 승진된 김 실장이 안으로 들어왔다. 김 실장은 처음부터 그가 심어 놓은 심복이었다. 혜주를 못 믿어서가 아니라 그는 그 누구도 믿지 않았다. 그래서 김 대리를 자신의 심복으로 만들어 혜주와는 다른 일을 맡기곤 했었다. 주로 사원들이 그의 뒤에서 무슨 말을 하는지, 그리고 주요 경쟁자들의 동태 등을 파악하게 했었다. 혜주와는 업무 자체가 달랐다.

　"서동수 씨가 입원한 병원을 알아냈습니다."

　김 실장이 상기된 얼굴로 말했다. 그가 칭찬해 줄 거라 생각한 모양이었다. 확실히 일 처리 후에 혜주보다는 어린 티를 냈다.

　"잘했어."

　박 회장이 칭찬해 주자 김 실장은 미소를 숨기지 않았다.

"그래, 누가 옮겼다고 해?"

"서 실상님이 옮기셨답니다."

보기엔 무르게 생긴 녀석이 일은 꼼꼼하게 잘 처리했다.

"그래? 혜주 소식은?"

"그게 보안이 너무 철저한지라 알 방법이 없습니다. 망원렌즈까지 동원해서 차희준 부회장의 집을 살폈지만, 너무 철저하게 보안이 되어서 안을 들여다볼 수가 없었습니다."

"그 요양원은 어딘데?"

"안양에 있는 곳입니다."

"알았어. 내가 직접 가 보겠어."

말이 나온 김에 그는 차를 타고 안양으로 향했다. 그가 서동수의 법적인 보호자로 되어 있었다. 혜주가 어린 나이 때 동수가 병원에 들어갔으니 당연히 그가 보호자가 될 수밖에 없었다. 동수의 모든 걸 빼앗았는데 보호자쯤이야 얼마든지 해 줄 수 있었다.

하지만 돌이켜 보면 그가 그땐 너무 자만했던 것이었다. 미래를 생각해서 모두 없애 버렸어야 했다. 한순간 혜주를 보고 약해져서 일을 그르친 것이었다. 그리고 그때는 젊었었다. 지금의 그라면 미래에 문제가 될 것들은 그때 다 제거했을 것이다.

차 안에서 그는 오랜만에 조 사장에게 연락을 했다. 조 사장은 자칭 프리랜서 사진작가였다. 하지만 솔직히 조 사장이 하는 일들은 흥신소에 가까웠다. 그래도 일은 그가 만족할 수 있을 만큼 아주 잘했다.

"여보세요?"

[네, 회장님.]

"왜 이렇게 연락이 없어."

이렇게 그가 먼저 전화를 하는 일은 거의 없었다. 미리미리 보고해야 하는데 조 사장이 요즘 연락을 하지 않았다.

[무슨 일인지 너무 철저하게 경호가 되어 있어서 제가 찍을 수가 없었습니다.]

그건 김 실장이 한 말과 같았다.

"들어가는 건 봤어?"

[들어가긴 한 것 같습니다. 그렇지 않고서는 보안이 저렇게 강화될 수는 없으니까요.]

"그동안의 사진 가지고 와."

[죄송하지만 정말 찍은 게 하나도 없습니다.]

"알았어."

[좋은 사진이 찍히면 제가 바로 연락드리겠습니다.]

잠잠해도 너무 잠잠하니 불안했다. 먼저 선수를 쳐야 하는데, 차 부회장이 어디까지 알고 있는지 모르기 때문에 섣불리 판단할 수도 없었다. 하지만 혜주를 이대로 빼앗길 수는 없었다. 그동안

들인 공이 얼만데, 이건 분명히 손해 중의 손해였다.

그리고 혜주만 데리고 갔지, 차 회장에게서 이 혼사를 깬다는 말은 아직 없었다. 물론 물 건너간 것 같지만 말이다.

"어떻게든 잡아야 해."

철이 없는 세은은 가을인지 겨울인지 하는 놈과 거의 동거를 하다시피 사는 것 같았다. 요즘은 집에도 들어오지 않았다.

"아파트를 주는 게 아니었어."

아파트를 먼저 주는 게 아니었다. 어차피 차 회장이 허락했기 때문에 재벌가의 관례상 이 결혼은 이미 성사가 된 것이었다. 그래서 약속한 아파트를 준 건데 가을인지 뭔지 하는 놈만 좋은 일을 시킨 꼴이 됐다.

"그 녀석도 손을 봐야겠어."

일단 세은의 주변을 정리할 필요성을 느낀 그였다. 우인그룹은 건설사와 인터내셔널이 주업이었다. 우인상회가 모회사였기 때문에 무역업이 차지하는 비중이 컸다. 박 회장은 사업 수단이 좋았다. 물론 서 회장의 밑에서 배운 것도 있지만 무슨 수를 써서든지 사업에 좋다고 하면 전부 동원했다.

때론 비열하고 불법적인 것도 서슴지 않았다. 그는 어릴 때부터 도박과 약에 빠진 아버지의 손에서 자랐기 때문에, 가난이 죽을 만큼 싫었다. 그래도 도박과 마약이 사람들에게 어떤 영향을 주는

지는 알았다.

그래서 서동수에게 도박과 약 그리고 술, 여자까지 다 그가 알려 줬다. 낮에는 서 회장에게 종처럼 충성을 다하고 밤에는 서동수에게 나쁜 것들을 가르친 그였다.

"개같이 벌었어."

말 그대로 그는 수단과 방법을 가리지 않고 개처럼 벌었다. 그렇게 어렵게 일으켜 세운 우인그룹이었다. 그런 그룹을 더 크게 발전시키는 게 박 회장의 꿈이었다.

"개처럼 벌면 어때? 못 버는 것들이 병신들이지."

미친 사람처럼 창밖을 보면서 말을 하는 그를 운전사가 힐끔 바라보았다.

"뭘 봐!"

"……"

운전사는 냉큼 운전석과 뒷좌석의 차단막을 올렸다. 그의 심기가 불편하다는 걸 아는 모양이었다.

"씨발!"

모든 게 다 마음에 들지 않았다. 차 회장에게 전화를 걸까 하다가 핸드폰을 옆으로 던져 버렸다. 자존심이 상했다. 세은이 뭐가 어때서 차희준이 세은을 무시하는지 알 수가 없었다.

"차 회장 이 새끼, 진짜 가만히 두지 않겠어."

차 회장의 은밀한 비밀을 그는 알고 있었다. 만일을 위해 다 준비해 둔 것이었다.

"안 쓰길 바랐는데……."

그는 차 회장과 만나서 담판 지을 생각이었다.

"도착했습니다."

차가 멈추고 안양의 요양병원에 도착했다. 산 중간에 있는 병원은 지난번에 있던 곳보다 좋아 보였다. 그는 직접 병원 안으로 들어가서 서동수를 찾았다. 하지만 이미 그는 퇴원한 상황이라고 했다. 그것도 한참 전에 말이다.

김 실장, 이 자식을 가만히 두지 않을 생각이었다. 어디로 갔는지는 죽어도 가르쳐 주지 않았다. 가족이 아니면 안 된다는 것이었다. 그가 법적 보호자라고 하자 이미 자식이 성인이라서 보호자는 서동수의 자식이라고 했다.

그동안 너무 혜주를 믿고 있었고, 솔직히 바빠서 서동수는 그의 머릿속에서 사라진 지 오래였다.

"내 실수군."

결론은 그의 실수였다. 그렇다고 이대로 둘 순 없었다. 그는 지금 혜주를 만나야 했다. 잘못하다가는 과거의 잘못까지 파헤쳐질수도 있었다.

돌아가는 길에 자존심이고 뭐고 간에 그는 차희준에게 전화를 걸었다.

"여보세요."

[네, 회장님.]

다행히 차희순이 전화를 받았다.

"요새 많이 바쁜가 보군. 통 얼굴을 못 보겠으니 말이야."

[제가 시간이 없는 게 아니라 박 회장님을 볼 일이 없었던 거죠.]

정중하게 무시를 당하고 있었다.

"단도직입적으로 말하지. 혜주는 어딨나?"

[제가 말을 해야 합니까?]

"그래도 20년을 넘게 같이 살았는데 죽었는지 살았는지는 알아야 할 것 아닌가? 자네도 모른다면 실종 신고라도 해야지."

[그건 회장님이 편하실 대로 하시면 됩니다.]

"뭐야?"

[혜주도 성인이고 본인이 선택한 일입니다. 아무 관계가 없으신 회장님께서 나서실 일은 아닌 것 같습니다.]

"은혜를 이런 식으로 갚으라고 가르치진 않았네."

[반드시 그 은혜는 갚을 겁니다.]

"그래?"

[네, 조만간에 갚아 드리지요.]

의미심장한 말이었다.

"무슨 뜻인가?"

서동수가 사라진 게 마음에 걸리는 박 회장이었다.

[혜주는 박 회장님을 보고 싶어 하지 않습니다.]

"왜?"

[그건 회장님이 더 잘 아시지 않습니까? 전 이만 회의에 들어가 봐야 해서 말입니다.]

"혜주는 날 아버지처럼 생각하네."

[설마요.]

"어딨는지만 말해. 직접 말해 볼 테니까."

[안 됩니다. 아참, 세은이 일 때문에 아버지는 귀찮게 안 하셨으면 좋겠습니다.]

"차 부회장."

전화가 끊어졌다.

"미친 새끼!"

그가 소리를 질렀다. 답답한 마음이 가장 컸다. 분명히 혜주는 차희준 집에 있다. 어떻게든지 혜주를 빼내서 서동수와의 과거를 물어야 했다. 만약에 차 회장이 혜주가 서 회장의 손녀인 걸 안다면 정말 큰일이 생길지도 몰랐다.

어떻게 서 회장의 손녀를 놔두고 세은을 희준에게 시집보내려고 했냐고 하면 할 말이 없었다. 차 회장은 그보다 서 회장 쪽을 더 은인이라고 생각했다. 박 회장에게 잘 해 주긴 하지만 차 회장이 죽은 서 회장을 존경했기 때문에, 만약 혜주의 존재를 알았다면 어떻게 해서든지 혜주와 차희준을 연결시켰을 것이다.

서 회장의 유언 중 하나가 자신의 혈육과 차 회장과 이 여사 사이에 태어난 아이와 혼인을 시켰으면 좋겠다는 말이 있었다. 그러니 더욱더 혜주의 존재를 차 회장에게 알리지 않은 것이었다. 그리고 지금 서광그룹과 사돈지간이 된다고 해서 투자를 받은 사업이 몇 개 있었다. 은행권은 서광그룹이라면 사족을 못 썼다.

그런데 만약에 사돈이 못 된다면 최악의 경우에는 투자가 무산이 될 수도 있었다.

"너무 긴장하고 있는 거야. 일이 그렇게 꼬이진 않을 거야."

그는 자기 스스로 주문을 걸었다. 차희준이 놔주지 않으면 데리고 오면 되는 것이었다. 왜 진작 이런 생각을 못 했는지 박 회장은 회심의 미소를 지었다.

금색으로 도금된 커다란 거울은 마치 백설 공주에 나오는 왕비의 거울과 느낌이 비슷했다. 화려하면서 그 안에 무언가 다른 존재가 있을 것 같은 신비로움이 가득한 거울이었다.

그 거울 앞에 앉아서 마치 시녀들의 시중을 받고 있는 공주처럼 세은은 최상의 서비스를 받고 있는 중이었다.

"올린 머리로 하면 좋을 것 같네요. 목선도 길어 보이고 키도 커 보이는 효과도 있고 말이죠."

"그렇게 해 주세요."

세은은 지금 정신이 없었다. 오늘은 기업 사모님들의 자선 파티가 열리는 날이기 때문이었다. 오늘 유명한 헤어숍들은 아침부터 사모님들로 북적였다. 돈 좀 있다 하는 집안의 사모님들과 그들의 딸들만이 참석할 수 있는 여자들의 모임이었다.

옷은 화려하게 입지는 않지만 다 가격을 들으면 까무러칠 옷들이 대거 등장하는 날이기도 했다.

쟁쟁한 남편들을 쥐고 흔드는 사모님들이 한자리에 모인 곳이었다. 실세 중에 실세인 사람들이 만나는 날이기 때문에 앞으로 누가 어느 집의 며느리가 될지 다들 관심이었다.

올해 최대의 관심을 받는 인물은 단연코 세은일 것이다. 사람들이 그녀를 이 모임의 회장인 서광그룹의 이혜숙 여사의 며느리가 될 사람이라고 알고 있기 때문이었다. 인터넷에도 약혼 기사가 났고, 차희준과 그녀의 사이가 안 좋다는 것은 아무도 모르고 있었다.

사람들 앞에 서기 좋아하는 세은으로서는 오늘의 스포트라이트를 혼자 받을 생각을 하니 벌써부터 흥분이 되었다. 그리고 헤어

숍에서도 말을 안 해서 그렇지, 세은은 이미 사모님들의 힐끔거리는 부러움 가득한 시선을 받고 있었다.

"아직도 안 된 거야?"

옥색의 화려한 드레스를 입은 김 여사가 세은이 앉아 있는 곳으로 왔다. 덩치가 좋은 김 여사가 입기엔 다소 부담스러운 디자인이었지만 김 여사가 입은 옷은 파티장 사모님들의 시선을 잡을 만큼 고가의 명품 드레스였다.

"다 됐어. 오늘은 신경 좀 써 달라고 원장님께 부탁했어. 오늘 내가 주인공이라고 말했거든."

"잘했어."

드레스가 아닌 정장 정도로 모이는 모임이었지만 세은은 영화제 시상식에서나 입는 드레스를 입었다.

"우리 딸 예쁘네."

"정말?"

"그럼, 내가 딸 하나는 기가 막히게 낳았지."

"오늘 엄마도 아주 고급스러워."

둘은 아주 쿵짝이 맞았다. 차에 오른 세은은 엄마에게 물었다.

"혜주는 찾았대?"

"아니, 아주 꽁꽁 숨은 것 같아. 집 안에 짐도 그대로 있어."

"가져다 버리지."

"버리라고 말해 뒀어."

"역시 엄마야."

모녀는 신이 나서는 행사 장소로 향했다. 정확한 시간에 도착한 그들은 사람들과 인사를 나누었다. 모인 사모님들의 모습을 보니 세은은 자신들이 조금 오버했다는 생각이 들긴 했다. 그래도 주인공이 이쯤은 돼야지, 라는 생각이었다.

"축하드려요."

성도건설 사모가 그들에게 다가왔다. 눈치가 아주 빠른 여자였다. 어디 가서 붙어야 하는지 성도건설 사모는 누구보다 빨리 알았다. 즉, 성도건설 사모가 서 있는 쪽이 대세 중에 대세였다.

"감사해요."

"차희준 부회장은 연예인보다도 잘생겼는데 우리 세은 양은 복도 많네."

"뭘요."

"거기다가 우리나라 최고의 부자 아니야."

이럴 줄 알았다. 이렇게 사람들이 그녀들을 우러러 보는 게 너무나 기뻤다.

"이게 다 김 여사님이 따님을 잘 키워서 그런 거지. 오늘 제대로 기부하셔야겠어요."

어느새 그녀들 주위로 사람들이 몰려와서 너도 나도 한마디씩

하고 있었다.

"아니, 사돈이 아직 안 오시네."

엄마가 사람들 앞에서 이 여사를 사돈이라고 말했다. 그녀는 웃음이 나오는 걸 참았다. 엄마의 마음도 같은 것이다. 그런데 아직 이 여사의 모습이 보이지 않았다. 세은은 빨리 이 여사가 왔으면 하는 바람이었다.

사람들 앞에서 이 여사에게 어머니라고 하면 저들의 표정이 어떻게 변할지 궁금했기 때문이었다.

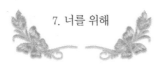

7. 너를 위해

S호텔의 행사장은 기업인들에게 인기가 많았다. 고급스러우면
서도 현대적인 공간은 보이는 게 중요한 기업인들에게 최적의 장
소였다. 혜주도 몇 번인가 이곳에서 회의에 참석한 적이 있었다.

박 회장의 비서로서 말이다. 하지만 오늘은 뭔가가 달랐다. 이
런 행사장에 온 건 처음이었고, 오늘 그녀는 이 모임에서 가장 높
은 위치에 있는 이 여사와 함께 왔기 때문에 사람들의 시선을 한
몸에 받을 게 뻔했다.

그게 가장 부담스러운 혜주였다. 여태까지 비서로 살면서 그는
주연이 아닌 그림자로 살아왔기 때문에 이렇게 전면에 나서는 건
아주 부담스러웠다.

"걱정되는 거야?"

차 안에서 이 여사가 혜주에게 물었다.

"네, 조금요."

"당당하게 굴어. 넌 서광그룹의 며느리이자 훌륭한 사업가였던 우인상회의 손녀니까."

"항상 감사해요."

"당연하게 받아들여. 더 이상 저자세로 굴면 안 된다. 알겠지?"

"네."

"네 뒤에는 내가 있으니까."

이 여사의 말이 어느 때보다도 감사하게 느껴졌다. 아침부터 이 여사는 그녀를 꾸미기에 바빴다. 딸이 없어서 이런 일은 한 번도 해 본 적이 없다면서 얼마나 좋아하시던지 혜주는 너무 감사했다.

그녀는 어머니와 마찬가지로 행사장에 걸맞은 회색 치마 정장을 입었다. 정장이라고 해서 각 잡힌 기본 정장이 아닌 디자인이 참 세련된 명품이었다. 거기에 억 소리가 나는 가방까지 선물을 받은 그녀였다.

업스타일로 완전히 재벌가 며느리의 정석을 보여 주고 있었다.

"오늘 혜주 네가 여기서 가장 예쁠 거라는 데 전 재산을 걸 수도 있어."

차에서 내리며 말하는 이 여사의 이 한마디에 힘을 얻은 혜주는 당당하게 행사장 안으로 들어갔다. 그녀들의 등장에 행사장은 일순간 조용해 졌다. 귀빈의 등장에 모두가 시선을 집중한 것이었다. 거기다가 그녀가 누군지 모르는 사람들은 이 여사 옆에 있는 혜주를 보고 다른 감탄 어린 시선을 보내고 있었다.

행사장 앞에 서자 긴장을 해서 그런지 혜주는 화장실을 먼저 찾았다. 이 여사도 혜주와 함께 화장실에 들어섰다. 볼일을 마치고 일어서려는데 사람들이 소란스럽게 들어오는 소리가 들렸다.

"봤어요?"

"네, 우인그룹 사모와 딸은 여기가 시상식인 줄 알고 그런 드레스 입고 온 거요?"

"네, 완전 주책이죠."

"아니에요. 오늘 그 사람들이 주인공일걸요?"

"왜요?"

"서광그룹과 사돈이 되잖아요."

"뭐요? 그 잘생긴 차 부회장이 세은 양 남편이 된다고요?"

여자들이 부러워하는 소리가 들렸다.

"그런데 어디서 들은 이야기인데 차 부회장이 어디 근본도 없는 아가씨랑 같이 산다고 하던데요."

"진짜예요?"

"그렇다니까요. 아주 미인이라고 하더라고요. 여자는 하여튼 얼굴이 예뻐야……."

갑자기 화장실에 정적이 흘렀다.

"회, 회장님."

그녀의 시어머니이자 서광그룹의 안주인인 이 여사는 이번 모임의 회장이었다.

"입들 조심하는 게 좋을 겁니다."

"죄, 죄송합니다."

듣기만 해도 지금의 상황을 알 것 같았다. 저들의 파티는 이걸로 끝이었다.

"혜주야. 나와."

"네."

그녀가 나가자 세 명의 여자들이 사색이 되어 있었다. 교양 수업 때 사진으로 본 여자들이었다. 혜주가 그녀들에게 고개를 가볍게 숙이며 밖으로 나왔다.

"신경 쓸 거 없다."

"네, 알아요."

말은 이렇게 했지만 혜주의 손이 긴장으로 떨리고 있었다.

혜주가 긴장을 한 걸 알았는지 이 여사가 잡고 있는 손에 힘을 주었다. 행사장에 들어서자마자 혜주는 그들에게로 몰려드는 사람들을 보고 적잖이 당황했다. 우르르 와서 정신없이 이 여사에게 인사를 하는 그들이 혜주는 너무나 신기했다.

"사모님."

어찌나 눈도장을 찍으러 사람들이 몰리는지 혜주는 다시 한 번 깜짝 놀랐다.

"어쩜 이렇게 매번 젊어지세요?"

아주 대놓고 아부하느라 정신이 없는 사람들도 있었고, 계속해서 그들의 옆에 딱 붙어 다니는 사람도 있었다.

"고마워요. 젊게 봐 줘서."

"그런데 옆에 아름다운 아가씨는 누군가요?"

"우리 며느리."

이 말을 들은 사람들이 순간적으로 의아해하고 있었다.

"처음 보는 얼굴인데……."

"원래 미인은 숨겨 두는 법이지."

이 여사가 딱 잘라 말하자 묻는 사람이 더 당황한 모습이었다. 이들은 이 여사의 심기를 건드리고 싶지 않은 게 확실했다.

"그러네요. 호호호."

사람들은 친절했고 혜주는 다행이라 생각했다. 하지만 그것도 잠시, 그녀의 곁으로 세은과 김 여사가 걸어오고 있었다. 누가 보면 그들이 오늘의 주인공인 줄 알 정도로 의상이 과했다.

"서 실장!"

딱 보기에도 김 여사의 얼굴이 굳어 있었다. 막상 김 여사를 보자 혜주는 미소를 띠는 여유까지 보였다. 아주 못된 여자였다. 어릴 때는 김 여사의 이유 없는 매질이 혜주에겐 커다란 상처였다. 아픈 것도 아픈 것이지만 어린 나이에도 자신의 기분이 나쁘면 그녀에게 매를 대는 김 여사에게 자존심의 상처를 받았던 혜주였다.

엄마가 보고 싶었고 자신은 왜 아무도 없는지를 생각하며 가정부들 사이에 끼어 울기를 얼마나 울었는지 모른다.

혜주에게도 이런 폭력으로부터 보호를 해 줄 엄마가 절실히 필요했었다. 그런데 오늘 그녀에게 이 여사가 기꺼이 엄마가 되어 주고 있었다. 이제 더 이상 두려울 것이 없었다.

그리고 이제 혜주는 예전의 혜주가 아니었다. 서광그룹의 며느리가 될 사람이었다. 그 누구도 이제 그녀를 함부로 대하지 못할 것이다.

"김 여사는 내 얼굴이 안 보이나 봅니다."

이 여사가 예의를 지키라는 듯 말하자 김 여사가 억지로 고개를 숙였다. 숙이는 와중에도 김 여사의 볼이 떨리는 게 보였다.

"사, 사모님."

김 여사가 커다란 덩치에 맞지 않게 고개를 숙였다. 아마도 김 여사의 자존심에 죽고 싶은 심정일 것이다. 하지만 이곳에서 제일 어른은 다름 아닌 혜주의 시어머니였다. 그건 안하무인인 김 여사에게도 커다란 부담인 것이다.

"안녕하십니까?"

"그래요, 이렇게 인사 정도는 해야 하지 않겠어요?"

매몰차게 말하는 이 여사였다. 김 여사는 이런 이 여사에게 꼼짝하지 못하고 있었다. 왠지 그들의 덩치 차이가 더욱 김 여사를 비참하게 보이게 만들었다. 남자처럼 기골이 장대한 김 여사와 왜소한 이 여사 간의 차이가 더 심하게 느껴지고 있었다.

"서 실장과 같이……."

김 여사의 목소리가 모기만 해졌다. 김 여사는 셈이 빠른 사람이었다. 지금 이 여사에게 대드는 게 좋을 게 없다는 걸 아는 모양이었다.

"혜주는 이제 우인그룹 사람이 아닙니다. 혜주는 우리 집안의 하나뿐인 며느리니 예의를 지켜야 할 겁니다."

"어머니, 누가 며느리라는 거예요?"

세은이 옆에서 발끈하고 있었다. 김 여사하고 세은은 달랐다. 자신이 최고인 줄 아는 세은이었다. 아직 세상의 무서운 맛을 모르고 설치는 세은을 혜주는 동정 어린 눈으로 바라보았다.

"왜 그런 눈으로 봐?"

세은이 시비를 걸어 왔다. 굳이 상대할 필요는 없었다. 여기에 말려들면 세은에게 지는 것이었다.

"······."

"네가 뭐라도 되는 줄 아나 본데?"

눈이 거의 흰자에 가까웠다. 저러다가 혈압으로 쓰러지는 게 아닐까 하는 생각이 들었다.

"어머님, 그냥 가시죠? 일일이 상대하지 않아도 될 것 같아요."

세은을 무시하는 것도 아주 짜릿한 쾌감을 느끼게 했다.

"내가 차희준 씨와 결혼할 거야."

세은을 미치게 할 생각으로 혜주가 세은의 곁으로 가서 귀에 대고 속삭였다.

"뭐? 누구랑 결혼한다고? 너 미친 거 아냐?"

세은이 극도로 흥분해서 입에 거품을 물었다. 이미 세은은 다른 사람들의 시선 따위는 아무것도 아닌 상태였다. 주위에 수많은 시선들이 그들에게 향했지만 아랑곳하지 않는 것 같았다. 아주 악에 받친 것 같았다.

"세은아, 솔직하게 선 한 번 보고 밥 한 번 먹은 걸로 결혼을 한다는 게 말이 돼?"

그녀가 쐐기를 박았다.

"야! 서혜주!"

"김 여사님, 소란스럽네요."

이 여사가 대차게 말했다.

"세은 양, 여긴 떼쓰는 장소가 아니에요."

이렇게 말을 하자 김 여사도 지지 않고 말했다.

"이건 집안 대 집안의 약속입니다."

"약속을 한 적이 있었던가요? 그리고 약속은 깨질 수도 있는 겁니다. 상대가 수준에 맞아야 우리도 사돈을 맺을 거 아닙니까? 여긴 좋은 일을 하는 곳입니다. 언성을 낮추세요."

이 여사는 표정 하나 변하지 않고 자신의 말을 했다. 아주 냉정하게 말이다.

"사모님!"

김 여사가 소리를 지르자 경호원들이 세은과 김 여사를 둘러싸 버렸다.

"혜주는 제가 어릴 때부터 키운 고아예요."

김 여사의 말에 주위가 갑자기 조용해졌다. 그녀가 고아라는 말에 다들 놀란 분위기였다. 이런 반응에 만족을 했는지 김 여사가 또다시 소리쳤다.

"고아가 서광그룹의 며느리라니……."

"김 여사!"

이 여사가 단단히 화가 난 모양이었다.

"왜 혜주가 서동만 회장님의 손녀라고 말하지 않았죠? 왜 아이를 방치해서 키웠냐는 말입니다. 그 많은 재산을 받고 어떻게, 사람의 탈을 쓰고 아이를 그렇게 키우다니 절대 용서할 수 없는 일입니다. 반드시 책임을 묻겠습니다."

"사모님, 이건 아니지 않습니까? 약속을 지키세요!"

김 여사는 드레스를 입은 채로 실질 끌려 나갔다.

"야, 서혜주 네가 이러고도 무사할 줄 알아?"

세은도 소리를 치며 끌려 나갔다.

"어이가 없군. 진짜 교양이라곤 없네요."

주변에선 역시 힘이 막강한 이 여사 편이 많았다. 아니, 다 이 여사 편이었다.

"너무 교양이 없는 사람들이에요. 그냥 모임에서 제명시키는 게 나을 것 같아요."

"맞아, 난 오늘 무슨 디너파티 온 줄 알았다니까."

여기저기서 난리였다. 혜주는 이렇게 힘이 있는 사람에게 노골적으로 붙는 건 처음 보았다. 비서로 있을 때는 가식적인 인사만 했지 이렇게까지 말하진 않았다. 확실하게 남 욕할 때는 여자들이 더 노골적인 것 같았다.

미친 듯이 말을 쏟아 내는 사람들 사이로 불쌍하게 끌려가는 모녀를 혜주는 아주 만족스럽게 바라보았다. 아직 복수까지는 아니었다. 이게 시작이었다.

소란이 잠잠해지자 무슨 일이 있었냐는 듯 조용해졌다. 혜주가 예전의 우인상회 손녀라는 말에 사람들의 관심이 그녀에게 쏟아졌다. 혜주는 정신을 가다듬고 그동안에 재벌가 사모들에 관한 수업을 들은 걸 바탕으로 그들의 마음을 사로잡는 데 전력을 쏟았다.

"성도건설 사모님이시네요. 모임의 정보통이시라고 어머님께서 말씀하시더라고요. 성도 사모님하고 잘 지내야 한다고."

"호호호, 사모님이 그렇게 말씀하세요?"

"네, 잘못 보이면 모임에서 왕따당한다고요. 잘 부탁드립니다."

그녀의 말에 성도건설 사모는 한껏 의기양양해졌다.

"중안 인터내셔널 사모님이시죠? 따님의 연주 잘 듣고 있습니다."

피아니스트 딸을 둔 엄마였다. 기분을 띄워 주는 데는 자식 칭찬만 한 것이 없었다. 이렇게 혜주는 이 여사의 지원을 힘입어 열심히 자신의 자리를 만들고 있었다. 이 날의 주인공은 단연코 혜주였다.

고급 원목 책상에 산더미처럼 서류들이 쌓여 있었다. 전부 그가 은행에 보낼 추가 서류들이었다. 새로운 백화점을 짓는 데 박 회장은 모든 걸 투자했다. 하지만 사업은 자신의 돈만 가지고 하는 것이 아니었다. 그는 막대한 투자 자금을 유치하는 데 성공했었다. 그건 서광과의 혼사가 전제로 깔려서 가능한 일이었다.

　박 회장의 두 손이 떨리기 시작했다. 우려했던 대로 은행과 투자자들에게서 이번 건에서 손을 떼겠다는 통보가 왔다. 서광그룹에서 우인그룹의 딸이 아닌 다른 아가씨로 며느리를 삼는다는 소문이 삽시간에 돌았기 때문이었다. 어제 자선 파티에 다녀온 세은이 집에서 난리를 피울 때 느낌이 서늘했었다.

　차 회장과 통화를 시도했지만 차 회장은 전화를 받지 않았다. 차 회장이 그를 버린 것이었다. 하지만 이대로 물러설 수는 없었다. 공사 몇 개 안 한다고 회사가 없어지진 않는다. 손해를 보는 게 싫을 뿐이었다. 하지만 지금 상황에선 할 수 없었다.

　"회장님."

　김 비서가 얼굴이 사색이 되어 들어왔다.

　"왜?"

　"은행에서 채무 변제 시기를 앞당겨 달라고 합니다."

　"뭐? 뭔 소리야?"

　"이유는 잘 모르겠지만 각 은행에서 연락이 한꺼번에 왔다고 합니다. 그리고 지금 더 큰 문제는 주가가 갑자기 급락하고 있습니다."

　"뭐?"

　"누군가 시장에 개입한 것 같습니다."

"누가?"

"항간에는 우리의 주식을 다수 가지고 있는 윤 여사가 주식을 모두 처분하고 있다는 말이 돌기 시작했고, 불안감을 느낀 개인들도 다 주식을 매도하고 있는 분위기입니다."

"다시 알아봐."

"사실이 아니더라도 소문이 벌써……."

"그럼 그 소문을 막아!"

뭔가 냄새가 났다. 서광에서 장난을 치고 있는 게 분명했다. 이대로 당하고 있지는 않을 것이다. 박 회장은 자신의 비밀 금고로 가서 상자 하나를 꺼냈다. 그건 정치인들에게 비자금을 전달한 내용과 차 회장의 스캔들 사진이 들어 있는 상자였다.

"그렇게 나온다면 나도 할 수 없지."

일단은 차 회장이 전화를 받지 않아서 문자로 사진 하나를 보냈다. 그랬더니 5분도 지나지 않아서 차 회장에게 전화가 왔다.

"사진이 마음에 드셨나 봅니다."

[아니, 내 얼굴이 잘 안 나와서 말이야.]

"잠깐 만나시죠?"

[시간이 없어. 전화로 말해.]

"저희 주식에 손대셨습니까?"

[아니, 난 일선에서 물러난 지 오래됐어. 사무실에 놀러 나오는

노인네가 그런 장난을 칠 리가 있나?]

"그럼 차 부회장 짓입니까?"

차희준의 짓이 분명했다.

"도대체 저에게 이렇게 하실 이유가 없지 않습니까? 세은이기 마음에 들지 않으시면 결혼을 안 시키면 그뿐일 텐데요?"

[그게 그렇게 간단하지 않아.]

"왜요?"

[내가 자네와 그동안의 정으로 이야기 하나 해 줄 테니 잘 들어.]

뭔가 기분이 싸했다. 아주 중요한 말을 할 것 같았다.

[이 여사가 서 회장님을 아버지처럼 생각하지. 어떤 면에선 자신의 아버지보다도 그분을 더 좋아했어. 그리고 이 여사는 그 아들 서동수를 짝사랑했지. 그 집안이 이 여사에겐 아주 특별해.]

그건 그도 알고 있었다. 하지만 지금은 오랜 세월이 흘렀다. 기억도 제대로 나지 않는 그때를 생각하며 뭘 한단 말인가?

"형님, 아주 오래전의 일이고 전 기억도 나지 않습니다. 뭘 그때의 일을 들추고 그러십니까?"

[내가 무슨 말을 했나? 뭐 찔리는 거라도 있어?]

"아니, 형님 말이 그렇지 않습니까? 마치 제가 뭘 잘못한 것처럼 말입니다. 전 그 집에서 종처럼 일했어요. 그리고 형님도 너무

하십니다. 이 여사를 소개해 준 건 저 아닙니까?"

[맞아, 그래서 내가 그동안 박 회장의 비빌 언덕이 되어 주지 않았나. 이제 그거 그만하려고.]

"형님."

[내가 해 줄 말은 이게 다야. 그리고 그 사진들은 뿌려도 상관없어. 이제 기업에서 손을 뗀 내가 스캔들이 나 봤자지. 우리 이 여사에게 무릎 꿇고 빌어야 하겠지만 말이야. 다시는 나에게 연락하지 말게.]

"형님, 형님!"

일방적으로 전화가 끊어졌다.

"아아악!"

박 회장은 자신의 머리를 잡았다. 이렇게 무너질 수는 없었다.

"회장님."

김 실장이 또 들어왔다.

"왜 그래?"

"이게 좀……."

세은의 기사였다. 언젠가 터질 줄 알았지만 이건 너무할 정도였다.

"기자가 너무 악의적으로 써서……."

"빨리 기사 내려."

"누가 버티고 있는지 기사가 쉽게 내려가지 않습니다. 누군가 포털을 잡고 있는 게 분명합니다."

"누가 나를 막아?"

기사는 차마 눈을 뜨고 보기에 민망할 정도의 사진과 함께 기제되어 있었다. 거의 반나체로 차 안에서 섹스를 하는 것과 길거리에서 키스하는 사진. 그리고 으슥한 벤치에서의 섹스 장면이었다.

타이틀은 이가을이었지만 세은의 실명도 공개가 되었다. 우인그룹의 재벌 상속녀라고 우인그룹까지 나온 상태였다. 이건 너무 악의적인 보도였다.

"조 사장에게 이런 사진을 건져 오라고 했더니, 엉뚱한 세은이가 찍혔어."

오늘은 뭐든 되는 일이 없었다. 정말 하늘이 무너지는 기분이었다.

윙~

와이프의 전화였다.

"왜?"

[지금 세은이가 죽겠다고 난리예요!]

"알아."

[그냥 이참에 이가을하고 결혼시킵시다. 이건 보통 망신이 아니

잖아요.]

"알았으니까 끊어. 지금 이 일 말고도 복잡하다고."

[여보, 우리한테 세은이의 일보다 급한 게 어디 있어요?]

"알았다고."

전화를 끊었다. 결국 세은이의 적군은 이가을 이 자식이었다. 혹시 이 녀석의 짓이 아닌가 하는 의심이 들기도 했다. 하지만 지금은 여기까지 신경을 쓸 여력이 없었다.

"회장님."

"또 뭐야?"

"이가을이 기자 회견을 열었답니다."

"뭐?"

"지금 박 본부장님은 그저 자신의 섹스 파트너일 뿐이라고 말했다고 합니다. 물의를 일으켜서 죄송하다며 연예계 은퇴 선언을 했습니다."

"뭐? 섹스 파트너?"

세은이를 섹스 파트너로 만들어 버린 가을이었다.

김 실장이 인터넷으로 가을의 기자회견 전문을 박 회장에게 보여 주었다. 박 회장의 얼굴이 점점 굳어지고 있었다.

이가을은 억울하게 죽은 이성복 씨의 아들 이명진이라고 자신의 실명을 밝혔다. 아버지의 억울한 죽음 때문에 열심히 살려고 했는데 이렇게 물의를 일으킨 것에 아버지에 대한 미안함을 눈물로 토로했다.

이가을의 아버지는 우인상회의 운전사였다고 말했다. 박 회장은 이성복이라는 이름을 기억하고 있었다. 어떻게 잊을 수 있을까? 이성복이 아니었으면 서동수를 그 지경으로 만들지 못했을 것이다.

"아아악!"

이제 진짜 끝이었다. 이가을이 이성복의 아들이고, 아버지의 복수를 위해 세은이를 망가트려 놓았다. 이런 여자를 재벌가에서 며느리로 데리고 갈 리가 없었다.

"이가을, 이 자식을 죽여 버리겠어."

모든 게 다 이상했다. 마치 그를 벌하는 기분이 들어 마음이 복잡했다. 하지만 이런 생각을 하기엔 회사의 상황이 좋지 않았다. 일단은 은행부터 그가 직접 방문을 해야겠다는 생각이 들었다.

"동아 은행장에게 연락해. 내가 지금 간다고."

일단은 주거래 은행부터 찾아갈 예정이었다.

"회장님, 지금 은행장님께서 스케줄이 바쁘시다고……."

"뭐야? 전화 연결해!"

"안 받으십니다."

진퇴양난이었다. 지금은 빠져나갈 방법이 없었다.

희준은 지금 혜주의 아버지가 입원한 병원을 강 실장과 함께 찾았다. 서광그룹이 지원하는 병원답게 국내 최고의 시설을 갖춘 곳에서도 VVIP 병실을 사용하고 있는 장인어른이었다.

비록 침대에 묶여 있기는 했지만 예전 요양소에 비하면 이곳은 천국이었다. 장인어른의 모습은 완전히 뼈하고 가죽만 남아 있는 상황이었다.

박 회장 때문에 인생을 망친 인물이었다. 분명 본인의 의지가 약한 것도 문제이긴 했지만, 달리 말하면 박 회장을 너무 믿은 게 문제였던 것이었다. 지금은 언어조차 잊은 상태로 하루 종일 천장만 보고 있다고 했다.

그래서 혜주에게 보여 줄 수가 없었다. 조금이라도 나으면 병문안을 오려고 했는데 보아하니 의료진들도 두 손을 든 모양이었다.

"장인어른. 이제는 편안하게 지내세요."

희준이 뼈밖에 없는 그의 손을 잡자 놀랍게도 장인의 눈에서 눈물이 흘러내렸다. 그런 모습을 보니 박 회장을 더더욱 가만히 놔둘 수가 없었다.

사람을 이 지경으로 만들어 놓다니, 죽이는 것보다 더 잔인했다. 요양원에서 나온 그는 강 실장에게 물었다.

"어떻게 진행되어 가고 있지?"

"지금 주가가 거의 폭락하고 있습니다."

"주식이 나오는 대로 전부 사. 혜주 이름으로."

"네."

"원래 주인에게 돌려줘야지."

희준의 눈에 불길이 타올랐다.

저녁에 퇴근을 하고 돌아가는 길에 그는 주얼리 숍에 들러 목걸이 하나를 샀다. 반지를 사고 싶었는데 혜주의 사이즈를 몰랐다. 그래서 그는 목걸이로 종류를 바꿨다.

아직은 줄 때가 아니었다. 박 회장을 완벽하게 무너뜨리고 나서 혜주에게 그의 마음을 말할 생각이었다. 혜주가 얼마나 그를 기쁘게 하는지, 얼마나 설레게 하는지를 말이다.

요즘 들어 그는 집에 들어오면 행복한 가정이란 이런 것이구나, 하는 느낌을 받고 있었다. 예전의 집은 고급 갤러리 같은 느낌이었다. 세련되고 우아했지만 철저하게 비즈니스적인 공간 같았다. 쉴 수 있는 아늑한 곳이 아니었다.

하지만 요즘은 달라도 너무 달랐다. 사람이 사는 그런 집 같은 느낌이었다. 뭐가 달라진 걸까? 그는 스스로에게 물었다.

"나 왔어."

그래도 역시 그는 혜주가 먼저 보고 싶었다. 그녀가 해사하게 그를 보고 웃는 모습이 좋았고, 어머니의 수고했다는 말도 듣기 좋았다. 하지만 오늘 집에는 여자들이 없었다.

"왔냐?"

아버지가 무뚝뚝하게 그를 맞이해 주셨다.

"어머니하고 혜주는요?"

"너는 네 엄마하고 혜주밖에 안 보이냐?"

"죄송해요."

"영화 본다."

"네?"

아버지가 아주 기분이 업이 되셨다.

"영화관 갔어요?"

"아니, 집에서 본다."

"집에서요?"

"내가 하나 만들어 줬거든."

아버지의 얼굴이 상기된 이유를 알 것 같았다. 그런데 원래 아버진 누구를 위해 뭘 하시는 분이 아니었다. 특히 어머니를 위해서는 말이다.

"잘하셨어요."

"끝나려면 1시간 남았어."

"저녁은요?"

"나오면 같이 먹자. 옷 갈아입고 와. 와인이나 한잔하자."

"네."

희준은 옷도 갈아입지 않고 소파에 그냥 앉았다.

"저도 술 생각이 났거든요."

"그래?"

아버지의 얼굴에 웃음꽃이 피었다.

"요즘 어머니와 굉장히 좋으세요."

"그래 보이니? 오해가 풀렸거든."

아버지는 박 회장이 한 짓을 말해 주었고, 희준은 박 회장을 사회에서 매장시켜야 하는 또 하나의 이유가 생겨 버렸다.

"정말 용서가 안 되는 인간이네요."

"그러게. 오랜 세월 동안 박 회장에게 놀아난 것 같아."

"마음먹고 덤비는 건 이겨 낼 재간이 없어요."

와인을 마시면서 그들의 주제는 자연스럽게 박 회장이 되었다.

"오늘 하루 종일 아주 죽을 맛이었을 겁니다."

"은행들을 다 막았다고 들었다."

"네, 지금 줄을 잡고 있어야 똥줄이 타는 법이니까요."

"사업하는 사람들에겐 그게 최대의 아킬레스건이지. 100% 자산으로 운영되는 곳은 없으니까 말이야."

"사람이 그렇게 살아서는 안 되는데. 까고 또 까도 양파처럼 지은 죄가 튀어나오니 박 회장이란 사람은 인간쓰레기 같아요."

"오늘 서동수 만났다고?"

"네, 오늘 찾아가 봤어요."

"그래, 어떠시든?"

"장인어른의 상태가 많이 안 좋습니다."

"그래, 이제 사돈이지. 그 사람에겐 이상하게 마음의 빚을 진 것 같아."

아버지가 한숨을 푹 쉬셨다.

"땅 꺼지겠어요."

어머니가 혜주와 같이 집에 만들어진 소극장에서 나오셨다.

"어때요?"

"아주 끝내줘. 극장에 갈 때마다 불편했는데 이제는 매일 집에서 볼 것 같아."

어머니는 영화광이셨다. 다만 얼굴이 알려지고부턴 바깥출입이 자유롭지 않아서 항상 불만이셨는데 아버지가 어머니에게 점수 딸 일을 하신 것이다.

"고마워요."

어머니가 아버지의 볼에 살짝 입을 맞추고 아버지의 옆자리에 앉으셨다.

"당황스럽습니다."

"뭐가?"

"집 안에선 신혼인 저희도 자제를 하고 사는데······."

"자제하지 마."

"······."

혜주는 옆에서 거의 자지러질 정도로 웃고 있었다.

"이게 웃을 일이야? 젊은 우리가 뒤지는데?"

혜주가 못 이기는 척 그의 볼에 입을 맞추었다. 그렇게라도 뽀
뽀를 받으니 좋았다.

"아기 같아요."

"알아."

저녁식사를 하고 방으로 올라오면서 그가 혜주에게 말했다.

"우리 아기 낳을까?"

"······."

혜주는 답이 없었다. 왠지 혜주의 머리가 복잡할 거라는 생각이
들었다.

"오늘 장인어른 뵙고 왔어."

"어때요?"

"조금 좋아지셨어."

"다음엔 저도 데려가요."

"알았어."

그렇게 하기 위해선 우선 박 회장의 일을 처리하는 게 먼저 해야 할 일이었다.

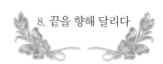

8. 끝을 향해 달리다

박 회장이 몇 십 년을 바쳐 몸담아 온 회사인 우인그룹을 주주들이 빼앗을 거라는 소문이 돌기 시작한 지 얼마 되지 않아, 정말 일주일 후에 새로운 회장과 경영진들을 뽑겠다는 말이 본격적으로 들리기 시작했다.

"무슨 개소리야?"

김 실장에게 이야기를 들은 박 회장은 자신의 뒷목을 잡았다.

"회장님, 이럴 때일수록 건강을……."

"내 걸 뺏기게 생겼는데 건강이 무슨 소용이라고 그래!"

박 회장은 김 실장에게 고래고래 소리쳤다. 지금은 누구에게라도 화를 풀지 않으면 진짜 쓰러질 것 같았다.

"이게 다 차희준 때문입니다."

김 실장이 원망 섞인 목소리로 말했다.

"그런데 차희준과 회장님은 아무 관계도 아닌데, 왜 그렇게 원수를 갚듯 저렇게 하나서부터 열까지 태클을 걸고 있는지……."

원수를 갚는다는 말이 맞는 것 같았다. 그렇지 않고서는 하나서부터 열까지 이렇게 적의를 가득 담을 수는 없었다. 주변에서부터 안으로 점차 그의 목을 죄고 있었다.

"개자식!"

"어떻게 할까요? 맘 같아선 우리도 약점을 잡아서 협박이라도……."

김 실장의 말이 끝이 나기가 무섭게 그가 자리에서 일어났다.

"회장님?"

"가 볼 데가 있어."

"은행은 이미 우리에게 등을 돌렸습니다."

"은행이 아니야."

"사채 쪽도 마찬가지입니다."

"그런 거 아니야."

그가 회장실에서 나오자 비서실의 직원들이 일제히 일어났다. 매일 있는 일이었지만 요즘 들어 그를 보는 직원들의 시선이 좋지 않았다.

"일들 해!"

그가 신경질적으로 한마디를 내뱉고는 밖으로 나갔다.

"눈에는 눈, 이에는 이야."

그는 자신이 직접 차를 몰고 서동수가 입원해 있는 요양병원을 찾았다. 차희준이 빼돌린 요양병원이었다.

"서동수를 또 한 번 이용해 먹겠군."

그는 이렇게 말하고는 차의 속도를 높였다. 지금은 할 수 있는 모든 걸 해야 할 때였다. 그가 요양병원에 도착해서 맨 처음 한 일은 서동수를 찾는 일이었다.

다행히 병원에 아는 친구가 있어서 그는 서동수가 어느 병실에 있는지를 파악하고 그 병실 층을 담당하는 요양사를 포섭하는 데 성공했다. 서동수를 담당하는 요양사는 책임감이 투철해서 돈으로 매수하기 힘들다고 다른 요양사가 말했다. 반드시 서동수를 납치할 것이다. 그래서 그들에게 애가 타는 게 어떤 것인지를 알려 줄 생각이었다.

내일 당장이라도 하고 싶었지만 딱 좋은 날이 있었다. 이번 주 토요일에 차희준이 결혼을 한다고 했다. 그 정신없는 틈을 노리면 된다. 그리고 가장 행복한 날이 가장 불행한 날로 바뀌는 걸 경험하게 될 것이다.

"결혼 선물이야."

박 회장의 얼굴에 의미심장한 미소가 떠올랐다.

5월 따뜻한 날에 혜주와 희준의 결혼식이 서광그룹 본가의 잔
디밭에서 조촐하게 이루어졌다. 가까운 친지들만 초대한 건, 다
혜주를 위한 시어머니의 배려였다. 손님을 초대해 봤자, 거의 희
준의 손님이란 걸 시어머니는 누구보다 잘 알았기 때문이었다.

"우리 혜주 너무 예쁘다."

시어머니가 마치 친정 엄마처럼 그녀의 곁을 지켜 주셨다. 마치
딸을 시집보내는 것처럼 하나부터 열까지 전부 어머니가 직접 준
비해 주신 것이었다.

"혜주는 뭘 입혀도 예쁘니까 자꾸 사 주고 싶어."

며느리 사랑은 시아버지란 말은 이 집에선 아니었다. 아름다운
정원에 흰색으로 장식이 된 문은 영화 속의 하우스 웨딩을 보여
주는 것 같았다. 너무나 로맨틱한 식장이 혜주는 정말 마음에 들
었다.

"우리 어머니가 너무 영화를 많이 보셨어."

어젯밤 그가 식장을 보며 한 말이 떠올라 혜주는 미소를 지었
다.

"저에게도 이렇게 행복한 날이 오네요."

"앞으로는 행복한 날만 있을 거야."

"네."

눈물을 글썽이자 어머니가 티슈를 얼른 가져와 그녀에게 주었다.

"울면 화장 지워져."

"네, 안 울어요."

모든 게 고마웠다.

"어머니 감사해요."

"식구끼리 그런 말 하는 거 아니다."

음악이 연주되고 있었다. 이제 그와 함께 버진 로드를 걷고 나면 정말 이 집의 며느리가 되는 것이었다. 이 순간 아버지가 함께하셨으면 하는 바람이었다. 살아 계시는데도 딸이 시집가는 장면을 못 보는 아버지가 안타까웠다.

"난 운이 좋은 사람이야. 이렇게 아름다운 신부를 얻으니 말이야."

그의 말에 혜주가 피식 웃었다.

"웃어, 웃어야 더 예쁘니까."

"고마워요."

그의 손을 잡고 버진 로드로 첫발을 디뎠다.

"웃어야 할 이유가 있어. 오늘 결혼식, 장인어른이 지금 보고 계셔."

"네?"

"병원으로 결혼식 생중계 중이야."

그녀의 마음을 이토록 알아주는 신랑을 만나다니 그녀는 전생에 나라를 구한 게 틀림없었다.

"전생에 나라를 구했나 봐요."

"하하하."

그가 화통하게 웃자 하객이 한마디 던졌다.

"신랑이 웃으면 딸 낳아."

"하하하, 그래도 좋습니다."

가족끼리만 하는 결혼이라서 그런지 편안했다. 여기저기서 웃음이 터졌고 차 회장은 아들을 보며 고개를 절레절레 흔들었다. 혜주는 이런 행복이 계속되길 바라는 마음이었다.

같은 시간, 병실에선 혜주의 결혼식 장면이 임시 설치된 롤스크린으로 중계가 되고 있었다.

"환자분 따님이 우리나라에서 제일 부자와 결혼해요."

"……."

"어쩜 저렇게 예쁘게 생겼을까?"

요양 보호사가 감탄을 하고 있었다. 그녀는 약물 중독에 조현병까지 걸린 그를 간병하는데, 보호자가 매달 한 달 월급을 더 주었다. 조건은 하나, 최고로 간병을 하라는 것이었다.

요양사들이 모두 그녀를 부러워했다. 요양사는 환자에게 지극 정성을 다했다. 그가 일찍 죽으면 그녀의 수입도 그만큼 줄기 때문이었다.

똑똑.

누군가 병실을 찾았다.

"언니, 손님이 찾아오셨어."

"나?"

"응, 1층 로비에 있다는데?"

"올 사람이 없는데. 일단 알았어."

동료 요양사의 말을 듣고 그녀는 환자를 살폈다.

"환자분, 예쁜 따님 보고 계세요. 금방 올게요."

그녀는 그렇게 말을 하고는 병실을 나왔다. 환자의 눈이 스크린에서 떠날 줄을 몰랐다. 말을 잃어버린 환자였다. 그래도 딸은 알아보는 모양이었다.

그녀는 서둘러 로비로 향했다.

"도대체 누가 왔다는 거야?"

로비를 아무리 둘러봐도 아는 얼굴이 안 보였다. 그래서 안내데스크로 가서 물었다.

"혹시 김향자 찾는 사람 없었나요?"

"네."

"이상하다. 분명히 누가 찾는다고 했는데……."

"방금까지 누굴 찾는다는 사람은 없었어요."

"그래요?"

"네."

그녀는 머리를 갸웃거리며 로비를 한 바퀴 돌았다. 직접 이 산속으로 찾아왔다면 분명히 급한 일일 텐데, 걱정이었다.

"후."

한숨을 쉬며 그녀는 사람 찾는 걸 포기하고 병실로 향했다. 아까 그녀에게 말해 준 동료를 찾아보았지만 같은 층엔 없었다.

"뭐야?"

그녀는 자신이 맡은 병실로 들어갔다. 그리고 그 자리에 바로 주저앉아 버렸다.

"환, 환자가 없어졌어요."

침대가 비어 있었다. 게다가 롤스크린은 예리한 칼로 난도질이 되어 있었다. 피만 없지 이건 범죄 현장이나 다름없었다.

"사람 살려!"

요양사는 바닥을 거의 기다시피 나왔다. 두려웠다.

"여기 아무도 없어요?"

순식간에 간호사와 의사들이 그녀가 있는 곳으로 몰려들었다.

요양사는 너무 놀란 나머지 그 자리에서 기절하고 말았다.

"오랜만이야. 친구."

"……."

박 회장은 멍한 얼굴의 산송장 같은 서동수를 내려다보았다.

"그만 죽었어야지. 너무 오래 산 것 같지 않아?"

하긴 서동수가 죽었더라면 오늘같이 다시 한 번 박 회장을 도울 일이 없었을 테니, 죽지 않은 게 오히려 다행이었다.

그는 사진 한 장을 찍어 차 회장에게 보냈다. 그러자 1분도 안 돼서 차 회장에게 전화가 왔다. 그렇게 전화를 해도 받지 않더니, 결국 자기가 급하니 전화를 받았다.

"형님, 제 번호가 아직 있으셨네요."

[어디야?]

"어디긴요. 같이 죽어 버리려고 가는 길이지."

[박 회장.]

"회사도 남에게 넘어갈 판인데 박 회장은 무슨."

[왜 그래?]

"임시 주주총회 열리는 거 아시죠?"

[알아.]

"축하드려요. 형님 뜻대로 돼서."

[박 회장, 원하는 게 뭐야?]

"제자리로 돌려놓는 것. 더 이상은 바라지도 않아요. 제자리로만 돌려주세요."

[원래 박 회장 것이 아니야. 그렇게도 모르겠나? 그리고 지금 하는 짓은 너무 위험한 짓이야.]

"난 그런 거 몰라요. 그러니까 하루를 줄 테니 정리해요. 안 그러면 둘 다 죽을 거니까."

전화를 끊고 그는 자신의 별장으로 향했다. 지금 박 회장은 복수만을 생각하고 있었다. 우인건설의 최대 주주가 혜주였다. 그건 희준이 혜주에게 주식을 전부 사 주었다는 것이었다.

"아주 열렬한 사랑이야."

그는 정신없이 멍하게 있는 동수를 소파에 누였다. 그냥 길가에 버릴까 하다가 협상을 하려면 필요하기 때문에 그를 데리고 왔다. 사람이 아니라 거의 미라였다. 무서웠다. 미라 같아서 무서운 게 아니라 아무 말 없이 눈동자만 굴리는 게 그의 잘못을 탓하는 것만 같았다.

윙~

"깜짝이야!"

김 여사의 전화였다.

"무슨 일이야?"

[우리 세은이가…….]

"세은이가 뭐."

[세은이가…… 흑흑흑.]

짜증이 밀려왔다. 회사 일만으로도 머리가 터질 것 같은데 개 같은 이가을에게 차인 세은은 몇 달째 술독에 빠져 살고 있었다.

"말해!"

그가 소리를 버럭 질렀다.

[세은이가 약을 먹었어요. 지금 어디예요?]

"뭐야? 약을 먹어?"

[지금 혼수 상태예요.]

박 회장은 다리 힘이 풀려 그대로 자리에 주저앉았다.

[여보, 우리 세은이 어째요? 빨리 와요. 여기 한국병원이에요.]

하지만 지금 그는 갈 수 있는 입장이 아니었다. 세은이가 약을 먹은 건 순전히 그와 이가을의 악연 때문이었다.

"이가을 개새끼."

이 일이 매듭지어 지면 그 자식을 죽여 버리고 말겠다고 생각했다.

윙~

이번엔 차 회장에게 전화가 왔다.

"형님, 준비가 되면 연락을 하라고……."

[박 회장님, 좀 지나치시네요.]

차희준이었다.

"이 개새끼야!"

갑자기 감정이 격해진 박 회장이 소리를 질렀다.

[결혼식 날 이런 이벤트를 해 주시니 정말 몸 둘 바를 모르겠습니다.]

"차희준!"

[그런데 말입니다. 이제 그만하시죠. 서로 너무 힘든 일 아닙니까?]

"내가 서동수랑 죽는다고."

[그렇게 쉽지 않을 겁니다.]

"뭐?"

갑자기 밖에서 사이렌 소리가 들리고 있었다.

[도착했나 보네요.]

"이 자식이……."

[특공대가 갔으니 장인어른은 안 건드리시는 게 좋을 겁니다. 저도 만일을 대비하지 않았겠습니까?]

"차희준!"

[경고하는데 장인어른의 털끝 하나라도 건드린다면 당신과 부인, 그리고 세은이는 알거지가 될 겁니다. 돈이 전부인 당신 아닙

니까.]

그리고 전화가 끊겼다.

벌컥!

"엎드려!"

정말 총을 든 검은 옷의 경찰 특공대가 들어왔다. 차희준의 말은 거짓이 아니었다.

차 회장은 사색이 되어 아들을 보고 있었다.

"어떻게 된 거야?"

"잡았어요."

"후~."

그리고 그대로 자리에 주저앉았다.

"괜찮으세요?"

"아니, 그 미친놈이 언젠가는 이렇게 일을 칠 줄 알았어. 이번에 주식 때문에 아주 약 올라 했거든."

"다 예상했던 일입니다."

"어떻게 한 거야?"

"아버지 몸에 위치 추적 장치를 달아 놨고, 박 회장에게 사람을 붙여서 24시간 감시하고 있었죠. 조금 일찍 일을 벌일 줄 알았는데 하필 오늘 일을 저질렀네요."

차희준은 차근차근 준비를 했다. 박 회장이 얼마나 비열한 인간인 줄 알기에 그는 미리 준비를 했던 것이다.

"잘했다. 그런데 네 어머니와 혜주는 모르게 해."

"그렇게 하려고요."

"그래, 나도 이렇게 심장이 벌렁거리는데 여자들이 알면 기절할 일이야."

"네."

밖은 지금 피로연이 한참이었다.

"도대체 뭐 하는 거예요?"

화가 난 이 여사가 서재의 문을 벌컥 열고 들어와 소리쳤다.

"나갑니다."

"무슨 일 있어요?"

아버지의 얼굴이 창백한 걸 보고는 어머니가 걱정스레 물었다.

"혈압이 떨어졌어. 걱정할까 봐 잠깐 쉰 거야."

"그럼 저한테 말하지, 신랑을 데리고 들어오면 어째요?"

"미안해."

"괜찮아요?"

"응, 좋아졌어."

"넌 얼른 나가. 아버진 내가 모시고 나갈 테니."

"네."

그는 다시 피로연 장소로 왔다. 흰색 이브닝드레스를 입고 긴
머리를 풀어 내린 혜주는 너무나 아름다운 모습이었다.

"아버님한테 무슨 일 있어요?"

"아니, 너무 힘이 드셨나 봐."

"하긴, 젊은 우리도 너무 힘들잖아요. 이래서 결혼은 한 번만 해
야 하는 건가 봐요."

"맞아."

그가 혜주를 안고는 무대 중앙에서 춤을 추기 시작했다.

"못하는 게 뭐예요?"

"혜주가 나만 보게 하는 거."

"그럼 이제 완벽해졌네요."

그녀가 화사하게 미소 지어 주었다. 이렇게 아름다운 5월의 신
부가 그만을 바라보겠다고 말하고 있었다. 꿈인지 생시인지, 희준
은 넋을 놓고 그의 신부를 바라보았다. 5월의 햇살만큼이나 눈부
신 신부였다.

"오늘이 제 인생에서 가장 행복한 날이에요."

"나도."

하지만 희준은 오늘 마냥 좋을 수만은 없었다. 지금 경영권 승
계가 이루어진 상황이라서 정신없이 바쁜 그였다. 그렇기 때문에
신혼여행을 여름휴가 때로 미루었다. 사실 박 회장이 언제 치고

나올지 불안해서 그때로 미뤘다는 게 더 맞는 이유였다.

희준의 쓸데없이 예민한 촉이 박 회장이 뭔가 일을 저지를 거라고 경고하고 있었다. 이럴 땐 긴장하고 대비하는 것이 큰 화를 막는 길이었다. 그래서 오늘 일어난 이 일을 큰 동요 없이 처리할 수 있었다. 허둥지둥해 봐야 소용없다는 걸 그는 알았다.

피로연을 하는 틈틈이 그는 상황을 전달 받고 있었다. 장인어른은 요양원으로 무사히 돌아갔고, 박 회장은 경찰에 연행된 상태였다.

그래도 화가 나는 건 박 회장의 범죄를 처음부터 차단하지 못했다는 것이었다.

"차희준 씨!"

화장실에서 휴대폰을 확인하고 있는데 가을이 좋지 않은 표정으로 들어왔다. 가을은 그의 초대로 오게 되었다.

"소식 들었습니까?"

"……."

벌써 기사가 뜬 모양이었다. 하지만 이렇게 빨리 기사가 날 리가 없었다.

"벌써 박 회장의 소식이 기사에 떴습니까?"

"박 회장이라뇨? 전 세은이가 약을 먹고 지금 병원에 혼수 상태로 있다는 말을 전하려고 했는데……."

"박세은이 약을 먹어요?"

놀라운 소식이었다. 가을에게 세은을 이용해서 철저하게 복수하겠다는 말을 듣기는 했지만 이런 식의 결과가 나올 줄은 몰랐다.

한 집안이 엉망이 되는 건 순식간의 일이었다. 이렇게 혜주의 집안도 한순간에 망가진 것이다. 비단 혜주의 집안 문제만은 아니었다. 가을도 있었고, 어머니도 있었다. 그리고 그가 알지 못하는 수많은 피해자가 있을 것이다.

"언제 온 연락입니까?"

"우인그룹 본가에 계시는 집사님과 어머니가 친하십니다. 예전 우인상회 때부터 알던 분이거든요."

"확실한 정보군요."

"네. 그런데 박 회장은 무슨 일 있습니까?"

가을이 마른침을 삼키며 물었다. 박 회장이 뭔가 일을 저질렀다는 생각이 드는 모양이었다. 역시 예술을 하는 사람이라서 그런지 감이 좋았다.

"장인어른을 납치하고 아버지를 협박했어요."

가을은 시간이 멈춘 듯 멍하게 그를 바라보았다.

"뭐라고요? 그럼 혜주 아버님은 괜찮으신가요?"

"다행히도 괜찮으세요. 박 회장은 경찰서에 있고요."

가을의 표정이 상기되어 있었다.

"이제 완벽한 복수가 됐네요. 바라던 대로 그의 집안이 완전히 망가졌어요. 남이 안 되면 가슴이 아파야 하는데 너무 통쾌합니다."

가을은 냉정하게 자신의 기쁜 심정을 말하고 있었다.

"혜주도 좋아할 겁니다."

"아직 말하지 말아 줘요. 장인어른의 이야기를 들으면 많이 놀랄 테니까. 상황이 정리가 되면 제가 말할게요."

가을이 그를 보며 고개를 끄덕였다. 가을은 이제야 복수다운 복수가 이루어지고 있다고 생각하는 모양이었다. 화장실에서 나가기 전에 가을이 그에게 말했다. 우인그룹도 인수해 버리라고 말이다. 아주 길거리에 나앉는 꼴을 보고 싶다고도 했다.

화장실에서 나간 가을은 혜주에게 다가가서 이야기를 나누고 있었다. 혜주의 밝은 표정을 보니 가을이 행복한 하루를 보내고 있는 혜주에게 오늘의 일들을 말하지 않은 것 같았다.

희준은 강 실장에게 전화를 걸어 세은의 상태를 알아보게 했다. 그리고 세은의 생명이 위독하다는 소리를 듣게 되었다.

"인과응보라……."

희준은 한숨을 쉬었다. 모든 게 일사천리로 해결되어 가고 있었다. 물론, 사고가 있기는 했지만 나름 괜찮은 결과물이 나올 것 같앉다. 지금 박 회장은 완벽하게 코너에 몰린 상황이었다.

결혼식 다음 날 오전은 그 어느 때보다 화창한 아침이었다. 광고의 한 장면처럼 창가로 빛이 예쁘게 들어오고 있었다. 혜주는 눈만 뜨고는 여전히 침대에 누워서 자고 있는 남편의 얼굴을 보고 있었다.

숨이 막히게 잘생기기도 했지만 이렇게 잘 때 보면 사람이 아닌 조각 같은 얼굴이었다. 학교 다닐 때 미술실에서 보았던 석고상 같은 각이 살아 있는 얼굴이었다. 아기를 낳는다면 아빠의 시원시원한 이목구비를 닮은 아들을 낳고 싶었다.

혜주가 손가락으로 그의 얼굴선을 따라 선을 그으며 내려오는데도 그는 눈을 뜨지 않았다. 어제 일이 너무 고단했는지 희준은 그녀의 옆에서 세상모르고 자고 있었다. 혜주는 살짝 침대를 빠져나와 가운을 걸치고 1층의 주방으로 내려왔다.

그들의 신혼집은 희준이 그녀와 나중에 태어날 그들의 2세를 위해 특별하게 꾸민 집이었다. 집도 어른들이 계시는 서광그룹의 본가와 담장을 사이에 두고 있었다. 본가보다는 작았지만 굉장히 넓고 세련된 집이었다.

특히 혜주의 마음을 사로잡은 건 넓은 정원을 내다볼 수 있게 거실이 통유리로 되어 있다는 점이었다. 시야가 확 트여서 좋은 집이었다.

냉장고에서 물을 꺼내 한 모금 마신 혜주는 외출 준비를 위해 욕실로 향했다. 오늘 외출은 아주 중요했다. 그래서 더욱더 정신이 없었다.

가운을 벗자 비너스같이 아름다운 곡선의 몸이 그대로 드러났다. 어제 결혼식의 흥분이 아직 가라앉지 않고 있는데, 오늘은 그녀가 사업가로서의 첫발을 딛는 날이라 어제의 흥분에 또 다른 흥분이 겹쳐져 정신을 차리기 힘이 들었다.

따뜻한 물줄기가 그녀의 긴장을 풀어 주었다. 쏟아지는 물줄기를 맞으며 손으로 목을 쓸어내렸다. 결혼식 때 너무 긴장을 했더니 근육 하나하나가 격한 운동을 한 듯이 뭉쳐 있었다. 손을 움직여 목을 주물렀다. 그러니 조금은 나아지는 기분이었다.

오늘도 혜주는 극도로 긴장을 해야 하는 날이었다. 주총 전에 대주주들이 모이는 자리에 그녀가 참석하기로 했기 때문이었다. 우인그룹이 흔들리고 있었다.

박 회장은 미웠지만 우인그룹은 그녀에겐 특별한 회사였다. 할아버지가 만드신 곳이 바로 우인그룹이었다. 절대로 이렇게 무너지게 둘 순 없었다.

덜컹.

갑자기 문이 열리는 소리가 들이더니 희준이 뒤에서 혜주를 안았다. 그의 따뜻한 살갗이 느껴지자 혜주는 저도 모르게 몸을 부르르 떨었다. 곁에만 있어도 비정상적으로 그를 격하게 원하는 그녀의 몸이었다. 날이 가면 갈수록 질려야 하는데 오히려 더 그를 원하게 되었다.

"일어났어요?"

"응."

"많이 피곤했나 봐요?"

"결혼 때문에 긴장했었나 봐."

"진짜요? 아니던데……."

"진짜야. 왜 내 말을 안 믿지?"

"다른 건 몰라도 희준 씨는 사람들과 잘 어울리는 것 같아요. 낯가림 같은 것도 없고."

"병이야. 어떤 코미디언이 자기는 진행병이 있다고 했잖아? 나는 경영병이 있는 것 같아."

"그 말은 맞네요."

그의 입술이 그녀의 목에 닿았다.

"어제는 처음으로 아무 짓도 하지 않았어."

그랬다. 어제는 신혼 첫날밤인데 신랑이 완전히 술에 취하신 관계로 패스했다.

"미안해."

"말로만."

그의 입술이 혜주의 목을 누르고 있었다.

"오늘 나 바빠요."

"알아."

안다면서도 그의 손은 어느새 그녀의 가슴을 감싸 쥐었다.

"내가 태워다 줄게."

"그래도 여자들은 준비 시간이 길다고요."

"어디로 갈 건데?"

"회의는 1시부턴데 오전에 미용실에도 가야 하고 변호사 사무실도 들러야 한다고요."

그녀가 아무리 말을 해도 소용이 없었다. 그의 손은 벌써 그녀의 여성에 자리 잡고 있었다.

"어제 내가 왜 술을 마셨을까?"

"어른들이 권하시니 안 마실 수가 없었죠."

"아니, 어제 날 보내 버린 건 이가을이라고."

어제 가을이 그의 옆에 계속 있기는 했었다.

"내가 혼내 줄 테니……."

하지만 희준이 그녀의 입술을 차지하는 바람에 뒷말은 할 수가 없었다. 진짜 구제 불능이었다.

"으으음."

사실 그보다 그녀가 더 구제 불능인 것 같았다. 이제는 그의 손만 닿아도 미칠 것 같았다.

"하앗, 진짜 나가야 하는데……."

그의 손가락이 그녀의 질 안 깊숙이 들어오자 더 이상 말하기가 힘이 들어진 혜주였다. 희준은 아주 거칠게 그녀를 차지했다. 정신을 차릴 수 없을 정도로 그의 섹스는 강하게 그녀를 지배했다.

"으으윽."

그의 페니스가 정신을 차릴 틈도 없이 그녀의 질 안으로 빠르게 들어왔다.

"헉헉, 이건 다 혜주 잘못이야."

"아흐, 아니에요."

부인을 하긴 했지만 그녀가 더 밝히는 것 같다는 생각이 들었다. 그들의 격정적인 욕실 섹스가 끝이 나고 아침을 먹을 사이도 없이 그들은 집을 나섰다.

"오늘 회의 때 갈게."

"아니요, 내가 알아서 해 볼게요."

희준은 혜주가 걱정되는 것 같았다. 하긴, 유능한 비서였지만 경영인으로서의 경험이 없었기 때문에 최고 경영인인 그가 봤을 때 많이 어설퍼 보일 것 같았다.

"그럼 한번 해 봐. 혼자서 방법을 찾아 나서는 것도 사업을 할 땐 중요하니까. 그리고 이번 주주총회에선 당신을 밀어줄 수밖에 없어."

"왜요?"

"오늘 저녁에 말해 줄게."

그는 그녀를 헤어숍에 내려 주고 출근을 했다. 뭔가 찜찜하긴 했지만 혜주는 오늘 일에만 신경을 집중하기로 했다.

강남 최고의 헤어숍 앞에서 혜주는 한숨을 쉬었다. 매번 이 여사와 함께했는데 오늘 처음으로 그녀 혼자 왔다. 이런 럭셔리한 곳을 혼자 오는 것은 아직 어색했다.

문 앞에서 잠시 머뭇거리던 혜주는 심호흡을 한 번 하고는 안으로 들어갔다. 그녀가 들어가자마자 마치 회장님이 회사에 뜬 것처럼 직원들이 분주하게 그녀를 맞이했다. 그리고 원장이 직접 해 주는 VVIP실로 그녀를 데리고 갔다.

직원들보다 원장이 더 아부가 심했고, 얼마나 친한 척을 하는지 혜주는 쉽게 적응이 되지 않았다.

"그 얘기 들으셨어요?"

미용실 원장이 아침부터 토끼 눈을 하고 열변을 토하기 시작했다.

"우인그룹의 박세은 씨가 어제 약을 먹고 자살 기도를 했는데 중태라고 하더라고요."

"네?"

"놀라셨죠? 이가을에게 차이고 완전 돌아 버린 거죠."

"어제요?"

"네, 하긴 어제 결혼식 때문에 정신없으셨겠지만요. 어제 완전 난리였어요. 오늘 아침에도 난리였고요. 거기다가 우인그룹이 망한다는 소문도 자자해요. 주식 있으면 파세요."

원장의 말에 혜주는 씁쓸한 마음이 들었다.

사실 오늘 그녀는 우인그룹의 대주주들과 약속이 있었다. 현재 보유 중인 주식으로는 혜주가 가장 많았다. 그래서 이사회를 소집해서 회사의 회생 방안을 만들고 그녀가 본격적으로 우인그룹의 경영에 참여할 생각이었다.

"어머머, 진짜……."

"무슨 일이에요?"

"박세은이 죽었다네요."

"……."

이제 10살의 그녀가 겪은 일들을 박 회장이 그대로 겪을 차례였다. 불쌍하다고 생각하지 않았다. 당연한 죗값을 받고 있다는 생각이 들었다. 박 회장이 가장 사랑하는 사람은 이제 세상에 없었다.

그리고 세은이보다 더 사랑하던 우인그룹을 이제 혜주가 빼앗으려 하고 있었다. 인생의 쓴맛을 보여 주리라 다짐한 혜주였다.

오후에 대주주의 모임에서도 그녀는 완벽한 승리를 거두었다. 서광그룹 며느리라는 타이틀이 그들로 하여금 그녀를 무시하지 못하게 만들었고, 서광그룹이 당연히 우인그룹을 발전시켜 줄 거라는 생각에 다들 그녀가 경영진에 합류하는 걸로 의견을 모았다.

"너무나 영광입니다. 이렇게 대단한 분이 꺼져 가는 우인그룹을 살리셨습니다."

"다 할아버지의 영광을 다시 한 번 재현하자는 생각에서 시작된 겁니다."

"할아버지요?"

"할아버지께서 우인그룹의 모기업인 우인상회의 회장님이셨습니다."

그 이이야기까지 듣자 모두 쌍수를 들고 그녀를 환영했다.

"회장님은 여기 계셨어."

이렇게 모든 일이 마무리되어 가는데 박 회장은 무반응이었다. 대주주들이 자신을 따돌리고 모인다는 걸 알 텐데, 왜 그가 이렇게 반응이 없는지 혜주는 이때까지 알지 못했다.

집으로 돌아온 혜주는 어제 결혼식 때문에 힘이 들었을 희준을 위해 작은 선물을 준비했다. 오는 길에 산부인과를 들른 혜주는 앞으로 일주일간이 가임기간이란 걸 알게 되었다. 거의 몇 달 동안 매일같이 섹스를 했는데 아이가 생기지 않아서 속으로 많은 걱정을 한 혜주는 희망의 소리를 듣고, 오늘 아이를 만들겠다고 굳은 다짐을 했다.

집사와 가사 도우미를 보내고 그녀는 와인과 함께 끈적이는 재즈음악을 준비했다. 그리고 정성스럽게 화장을 하고 그가 오길 기다렸다.

아기를 만들고 싶다는 생각이 들었기 때문이었다. 그때였다. 그녀의 핸드폰이 아주 요란하게 울리고 있었다.

"늦게 오려나?"

귀가 시간이 늦어지면 언제나 전화를 하는 그였다. 하지만 그녀에게 온 전화는 시어머니의 전화였다.

"어머니."

[혜주야.]

어머니의 목소리가 떨리고 있었다.

"네, 목소리가 왜 그러세요? 무슨 일 있어요?"

불안한 마음이 들었다.

[박 회장이 구속되었단다.]

"네?"

오늘 여러 가지로 박 회장과 세은이 그녀를 놀라게 하고 있었다.

"박 회장이 왜요?"

[어제 네 아버지를 납치해서, 네 시아버지를 협박한 모양이더라.]

"누, 누굴 납치해요?"

[서동수, 네 아버지.]

망치로 한 대 얻어맞은 기분이었다. 아버지는 평생을 박 회장에게 나쁜 짓만 당하고 있었다. 젊은 시절 아버지에게 모든 걸 빼앗았으면 지금은 그대로 놔두지, 이건 정말 이해가 가지 않는 엄청난 상황이었다.

"확실한가요?"

[그래.]

"아버진 지금 어디에 있어요?"

[혜주야.]

희준이 저녁에 한다는 말이 이 말이었던 것 같았다.

[내가 방금 요양원에 가서 동수 오빠 보고 왔다. 상태가 워낙 안 좋아서 더 안 좋아졌을까 봐 걱정했는데, 의사가 괜찮다고 하더라.]

"……."

[듣고 있니?]

"네."

[일단 박 회장은 경찰 조사 중이고 아버진 괜찮으니까. 혜주는 나서지 않는 게 좋을 것 같구나.]

"아뇨, 이번엔 정말 박 회장을 가만두지 않을 거예요."

진짜 악에 받치는 순간이었다. 아무리 악인이어도 이렇게까지 나쁜 짓을 할 수는 없었다.

어머니는 세은이의 일은 모르시는 것 같았다. 아셨다면 이야기하셨을 것이다. 정신이 멍했다. 전화를 끊고 나서도 혜주는 그 자리에 서서 박 회장을 생각하며 몸을 부르르 떨고 있었다.

"혜주야."

그때 희준이 등 뒤에서 그녀를 안았다. 희준이 안아 주자 마치 보호받고 있는 느낌이 들어서 좋았다.

"누구랑 통화했어?"

"어머님이요."

"그래? 무슨 일로?"

"어제 박 회장 일로 요양원에 다녀오셨다고……."

혜주는 말을 잇지 못하고 그대로 울음을 터트렸다.

"미안해요. 하지만 너무 놀라서……."

"장인어른 괜찮으셔. 어제 다 확인했고, 어제처럼 좋은 날에 알리기 싫었어."

"희준 씨."

"생각해 보니 아침에라도 말했다면 이렇게 놀라지는 않았을 텐데……."

혜주는 이렇게 하나하나 마음을 써 주는 희준이 너무나 고마웠다.

"고마워요."

"뭐가?"

"전부 다요. 당신이 없었으면 정말 어땠을까 하는 생각이 들었어요."

"나도 마찬가지야."

그가 혜주를 품에 꼭 끌어안았다.

"이렇게 야하게 입고는 뭘 할 생각이었지?"

"사랑 고백이요."

"……."

그녀의 말에 그가 많이 놀란 것 같았다. 괜히 그에게 부담을 주었다는 생각이 들었다. 조금 더 있다가 말하는 건데, 하는 후회가 되었다. 나무꾼과 선녀처럼 아이 셋을 낳고 말해야 하늘로 올라가지 못한다는데 너무 급하게 말한 것 같았다.

"아니, 그러니까……."

"그러니까?"

"부담스럽겠죠? 아버지 일도 터지고, 여러모로 상황도 안 좋은데 괜히 내가 머리 복잡한 소리를 한다면……."

"뭐가?"

"사랑한다는 말을 하면……."

뒷말은 그의 입안으로 사라졌다. 왜 그가 그녀에게 키스하고 있는지 알 수가 없었다.

"으읍, 왜 그래요?"

"좋아서……."

사랑한다는 말은 그에겐 기분 좋은 말이었다. 걱정했던 것과는 다르게 그가 좋아하니 다행이었다.

"나도 당신이 좋아하니 기뻐요."

이건 진심이었다. 그가 좋다니 다행이었다.

"나도 당신에게 할 말이 있어."

아버지의 일에 대해 더 할 말이 있는 것 같았다.

"뭔데요?"

"우선 씻고 나올게."

안 좋은 일이면 어쩌나 하는 불안감이 몰려왔다. 아버지가 정상인 상황이라면 모르겠지만, 극도로 약한 사람인 데다가 납치까지 당했으니 아무리 정신질환이 있는 상황이라도 건강에 분명히 영향이 있을 것 같았다.

"아, 네."

기분 좋아하는 그를 보며 기뻤지만, 마음 한구석이 허전했다. 혜주는 풀이 죽은 채 주방으로 가서 그가 먹을 저녁을 차리기 시작했다. 준비는 가정부 아주머니가 다 해 주셔서 그냥 차리기만 하면 되는 것이었다.

밥상을 다 차렸는데도 희준이 내려오지 않자 혜주는 2층으로 올라갔다.

"아직 멀었나?"

그녀가 침실 문을 열었을 때 혜주는 깜짝 놀랐다. 그가 가운을 입은 채로 창가에 서 있었다. 그의 뒷모습이 오늘따라 듬직해 보이는 이유가 뭘까? 그가 아버지에 대해 무슨 말을 하더라도 그가 곁에만 있어 준다면 잘 견딜 수 있을 것 같았다.

"뭐 해요?"

"……."

혜주가 용기 내서 말을 걸어 보았지만, 그는 무슨 생각을 그리도 깊게 하는지 뒤돌아보지 않았다.

"희준 씨?"

그녀가 그의 곁으로 가기 전까지 그는 움직이지 않고 그대로 그녀에게 등을 돌리고 서 있었다.

"왜 그래요? 내가 사랑한다고 말한 게 부담스러우면 말해요. 그동안 쭉 사랑했어요. 하지만 말할 용기가 없었어요. 말하고 나면 당신이 신기루처럼 사라질까 봐, 겁이 났던 것 같아요. 그런데 이제 우린 결혼했으니까……."

"사랑해."

"……."

잘못 들은 줄 알았다.

"사랑한다고."

"……."

그의 말을 이해하게 된 순간, 혜주는 그대로 얼어붙어 버렸다.

"처음 봤을 때부터 좋아했어."

"거짓말."

"정말이야. 2년 전에 경제인 연합회에서 난 지옥에서 온 악마를 봤어. 남자들을 유혹하기 위해 나타난, 완벽하게 위험한 여자를 말이야."

"그게 나라고요?"

그가 고개를 끄덕였다. 혜주를 처음 봤을 때 분명 그는 그렇게 느끼고 있었다. 그리고 그때의 일이 떠올랐다.

경제인 연합회에서 주최하는 송년 모임이었다. 희준은 이런 자리가 아주 마음에 들지 않았다. 시끄럽고 가식적이고. 다만 오늘 그가 이곳에 온 이유는 사람들에게 그의 인지도를 높일 수 있는 기회이기 때문이었다. 미디어 갑부인 대호그룹의 회장님이 연합회의 회장직을 맡으셔서 그런지 화려했다.

이번 송년회는 여자들의 드레스코드 또한 블랙 빼고 전부라고 해서 아주 형형색색의 옷들이 행사장을 수놓고 있었다. 오늘은 아버지 대신에 강 비서와 함께 나왔다. 그래서인지 강 비서는 여자들을 보느라 정신이 없었다.

"아주 얼이 빠져나갔군."

"네. 오늘은 봐주십시오."

강 실장은 이 말을 하고 더 노골적으로 여자들을 보았다.

"저기, 서혜주 씨입니다."

강 실장이 평소에 그답지 않게 마치 연예인이라도 본 듯 흥분해 있었다.

"누구?"

드레스를 입은 여자 중에서 단연 돋보이는 여자가 그의 눈에 들어왔다. 연한 핑크색 드레스에 업스타일로 머리를 단정히 한 그녀는 완벽한 마녀 같았다. 남자들의 넋을 빼놓는 마녀 말이다.

"악마예요."

"어?"

"마녀가 아니고 악마라고요."

그가 말을 내뱉은 모양이었다.

"너무 섹시해서 저희들끼리는 그렇게 부릅니다. 영혼을 빼앗는 악마 같지 않습니까? 너무 섹시합니다."

아직도 강 실장의 얼빠진 모습이 생각이 났다. 그 후로 희준은 항상 아버지를 따라갔었다. 그게 전부 그냥 간 것이 아니라, 경영권 승계를 핑계로 혜주를 보기 위함이었다.

그가 앞에서 멍한 얼굴로 서 있는 혜주를 품에 안았다. 그리고 몇 달 전에 집으로 돌아오는 길에 샀던 목걸이를 그녀의 목에 걸어 주었다.

"뭐예요?"

"몇 달 전에 고백하면서 주려고 샀었어."

"그런데 왜?"

"타이밍을 놓친 거지. 그리고 쑥스러웠는데 내가 당신을 사랑하는 거, 굳이 말하지 않아도 알 것 같고."

"몰라요."

연애 경험이 많지 않은 그였다. 그가 사랑한 여자는 혜주가 유일했다. 어쩌면 그에겐 혜주가 첫사랑이었다.

"이렇게 말하니까 자꾸 말하고 싶어지네."

"진짜요?"

"응, 사랑해."

"저도 사랑해요."

생각했던 것보다 설렌 순간이었다. 앞으로도 쭉 혜주만 바라보며 살겠다고 다짐을 한 그는 혜주를 안아 들고 침대로 향했다. 어느 날보다도 힘차게 말이다.

혜주는 요즘 무척 바빴지만 이만큼 행복한 때가 없었다. 우인그룹의 대주주인 그녀는 주총이 열리고 난 후 경영진에 합류하게 되었다. 할아버지가 우인상회의 서 회장이란 사실 때문인지 직원들도 확실히 반감을 드러내지 않았다.

사실 그녀가 박 회장의 비서 출신이라서, 기존의 임원들이 텃세를 부리면 어쩌나 걱정을 했는데 생각보다 잘 넘어갔다.

그런데 이렇게 행복한 그녀에게 요즘 한 가지 문제가 생겼다. 신경을 많이 써서 그런지 자꾸만 속이 더부룩하고 소화가 잘 되지 않았다.

"괜찮으세요?"

"네, 괜찮아요."

그녀가 이사의 직함을 달자마자 희준이 그녀에게 비서를 보내 주었다. 차분한 성격의 은비는 뭐든 척척 알아서 하는 만능 비서였다.

"안색이 너무 안 좋으셔서……."

"요즘 위가 안 좋은지 자꾸 체하네요."

"병원에 다녀오시는 게 좋을 것 같습니다."

"알아서 할게요. 고마워요."

그래도 그녀의 곁에 이렇게 누군가가 있다는 게 좋았다.

Errrrrr—

희준의 전화였다.

"여보세요?"

[이사님, 오늘 저녁은 밖에서 먹는 게 어떨까 하는데요?]

"아주 좋습니다."

그의 농담에 기분이 좋아진 혜주였다.

[뭘 먹을까요?]

"아무거나요."

[그럼······.]

"아니, 냉면이 먹고 싶어요."

[냉면?]

"사실은 요즘 속이 안 좋아서 시원한 물냉면을 먹으면 좋을 것 같아요. 갈비랑 냉면이랑 먹으면 좋을 것 같은데, 당신은 그런 음식 안 좋아하죠?"

신이 나서 혼자 말을 하고 말았다. 이렇게 먹을 걸 가지고 길게 말한 적이 없는데, 아주 주책이었다.

"미안해요."

[뭐가?]

"너무 저만 떠들어서요."

[아니야, 괜찮아.]

"사실은 진짜 먹고 싶은 건, 어머님이 만들어 주신 김치만두요. 그거 먹으면 며칠은 기분 좋을 것 같아요."

[내가 말해 보고 전화 줄게.]

역시 신랑뿐이었다. 그리고 그들은 그날 저녁에 시댁으로 향했다.

"그렇게 만두가 먹고 싶으면 말하지 그랬어."

"어머니처럼 바쁘신 분한테 말하기가 좀……."

"그러지 말고 다음부터 말해."

"네."

미안한 마음이었지만 이상하게 자꾸만 만두가 먹고 싶었다. 저녁상이 차려지고, 여행을 가신 아버지가 빠진 세 식구가 식탁에 앉아 있었다.

"아버진 기다렸다는 듯이 여행을 가셨네요?"

"오래전부터 큰 고기 잡으러 외국에 나가고 싶어 하셨어."

"뉴질랜드에 동창분들하고 가신 거예요?"

"응."

어머니와 희준이 시아버지에 관한 이야기를 나누고 있는 사이에 혜주는 며칠 굶은 사람처럼 만두를 먹기 시작했다.

"너 그렇게 먹으면 체해."

"……."

"쟤, 내 말이 안 들리나 봐."

"혜주야."

그가 조금 크게 부르자 그때서야 고개를 든 혜주였다.

"네?"

"그렇게 먹으면 체한다고."

"안 그래요."

"왜 그렇게 급하게 먹어. 이거 다 혜주가 먹고, 내가 얼려 놓은 거 있으니까 가져가."

"감사합니다."

"어머니, 난 우리 혜주가 이렇게 만두를 좋아하는 줄 몰랐어요."

어머니와 희준의 말이 들리지 않았다. 그녀는 소식을 했지 이렇게 식탐을 부린 적은 맹세코 한 번도 없었다.

"혜주가 요즘 계속 체했는데 밀가루 음식 먹으면 안 되는 거 아니에요?"

"먹으면 안 좋지……."

갑자기 시어머니가 말을 멈추더니 그녀에게 물었다.

"요즘에 몸이 나른하고 소화도 안 되고 그렇지?"

"어떻게 아셨어요?"

"혜주야, 생리 언제 했어?"

"제가 주기가 하도 들쑥날쑥해서……."

말을 하다 보니 어머니의 의도를 알아차릴 수 있었다.

"아닌 것 같은데……."

"뭐가?"

아무것도 모르는 희준은 두 여자의 대화를 이해하지 못하고 있었다. 그러면서도 혜주는 생리를 한 날짜를 더듬어 보고 있었다. 병원에 가서 날짜를 계산하기는 했지만 그렇게 해서 임신이 되리라고는 기대도 하지 않은 혜주였다.

"병원에 가 보자."

"내일요. 지금 당장 병원에 가고 싶지만……."

"어머니 제가 약국에 다녀올게요."

희준이 자리에서 일어서며 말했다. 혜주는 희준이 이렇게 성질이 급한 줄 처음 알았다. 무슨 말을 하는지 알아들은 그가 약국에 임신 테스트기를 사러 가는 모양이었다.

"그래, 희준이가 다녀와."

"아니면 어떡해요."

만두를 먹다가 말고 혜주는 긴장하기 시작했다.

"아니면 어때, 괜찮아. 그런데 궁금해서 내일까지는 못 기다리겠어."

희준은 이렇게 말을 하며 밖으로 나가버렸다.

"어머니, 너무 떨려요."

"나도 떨려. 하지만 이번이 아니더라도 실망하지는 말자."

희준을 가다리는 그 짧은 시간이 아주 길게 느껴지고 있었다. 희준이 약국에서 돌아왔다. 테스트기를 종류별로 하나씩 사 온 모양이었다.

"다 해 봐."

어이가 없기는 했지만, 그의 마음을 알 것 같았다. 화장실에 들어가서 테스트를 해 본 혜주의 눈에 선명한 두 개의 빨간 줄이 보였다.

"흑흑흑, 어떡해……."

이제 세상에 온전한 그녀의 편이 하나 더 늘었다. 혜주는 테스트기를 가지고 나와 울기 시작했다.

"임신이 아닌가 보네."

어머니의 음성이 떨렸다. 괜히 미안해하시는 것 같았다.

"아, 아니에요. 임신 맞아요."

"와!"

희준이 만세를 부르며 그녀에게 달려와 격한 포옹을 했다.

짝!

어머님이 희준의 등을 때리셨다. 그렇게 안아서 돌리면 배 속의 아이에게 안 좋다고 말이다. 희준이 그녀를 놓아주자 이번엔 시어머니가 그녀를 꼭 안아 주었다.

"수고했다."

"어머니, 저도 수고했어요."

희준이 옆에서 구시렁거려도 어머님은 혜주를 살피느라 여념이 없었다.

"살다 보니 이렇게 좋은 날도 오는구나. 딸이든 아들이든 건강하게 낳아."

"그래도 병원에 가서……."

"요즘 우리나라 기술이 좋아서 테스트는 아주 정확할 거야. 그래도 궁금하니까 내일 산부인과에 가 보자꾸나."

주치의가 있기는 했지만 그분은 내과여서 오늘은 부르지 않았다. 하지만 희준이 하는 걸로 봐서 조만간 산부인과 주치의가 생길 것 같았다. 희준은 그녀의 일이라면 너무 극성이었다.

희준의 극성이 가능할 수 있는 건 다 어머니 때문이었다. 어머니의 적극적인 지원에 힘입어 희준은 열과 성의를 다해 그녀에게 잘해 주고 있었다.

"어머니, 너무 기뻐요."

"나도 태어나서 두 번째로 기쁘구나. 우리 희준이 가졌을 때 기뻤거든."

"감사해요."

혜주의 눈에서 눈물이 흘러내렸다.

"좋은 날 우는 거 아니다."

"네."

그러면서 어머니도 울고 계셨다. 조용히 있던 희준을 보니 시아버지께 전화를 드리고 있었다.

"아버지, 저 아빠 됩니다. 제가 아빠 됐다고요. 감사합니다."

시아버지가 내일 비행기로 한국에 오신다는 걸 어머니가 겨우 말렸다. 혜주의 얼굴에 행복한 미소가 걸렸다. 혜주는 자신의 배에 손을 올렸다. 작은 생명이 그녀의 배 속에 있다고 생각하니 신기했다.

그리고 이 작은 생명이 가져다준 행복에 혜주는 마음껏 취하고 있었다. 시어머니가 옆에 계시거나 말거나 혜주는 희준에게 가서 그대로 안겼다.

"너무 고마워요. 그리고 사랑해요."

"나도."

이 모습을 시어머니가 흐뭇하게 보셨다. 그리고는 창밖을 보며 이렇게 말했다.

"사돈, 우리 예쁜 혜주를 낳아 줘서 고맙습니다."

혜주도 이 순간 하늘에 계신 엄마가 너무나 그리웠다.

"앞으로도 이렇게 행복한 날만 있을까요?"

"내가 그렇게 만들어 줄게."

"믿어요."

그들은 환한 미소를 지으며 서로를 사랑스런 눈빛으로 바라보
았다. 혜주는 앞으로의 여생을 함께할 희준을 보며 따스한 미소를
지었다.

에필로그

아름다운 정원이 펼쳐진 혜주의 집에 들어선 가을은, 어릴 때 우인상회의 본가에 놀러 갔다가 크게 놀랐던 일이 기억나서 피식 웃었다. 어린 시절 그의 기억에 우인상회의 정원은 꿈의 구장이었다.

공부보다는 달리기와 축구를 잘했던 그는 축구공을 가지고 그 정원에서 한번 시합해 보는 게 꿈이었었다. 그런 그가 이제 우인 그룹의 자상했던 할아버지 회장님의 손녀와 절친이 되어 있었다.

오늘은 잘생긴 수민이의 돌에 그를 초대하지 못해서 미안해한 혜주가, 집으로 그를 초대했기 때문에 점심 식사를 하러 온 것이었다. 수민이 녀석을 생각하자 가을의 얼굴에 미소가 떠올랐다.

수민이는 그가 본 아이 중에 가장 예뻤다. 남자 녀석이 저렇게 예뻐도 되나 싶을 정도였고, 혜주는 아이를 데리고 나가면 사람들이 예쁜 공주라고 해서 속상해했다.

엄마, 아빠의 좋은 점만 빼닮은 수민이를 가을은 친조카처럼 생각했다. 그런 수민이 벌써 세상에 나온 지 1년이 되었다.

"시간 참 빨리 가네."

펑!

갑자기 거짓말처럼 축구공이 잔디밭으로 날아들더니 누군가 공을 차고 있었다. 여섯 살 정도 되는 어린 여자아이였다.

"엄마! 빨리."

여자아인데도 어지간히 개구쟁이였다. 단발머리에 베이비 펌을 한 여자아이는 그가 보기에도 너무 귀여웠다.

"기다려!"

이렇게 말하며 무서운 속도로 뛰는 아이 엄마? 아니, 아빠가 보였다. 청바지에 호리호리한 체격의 남자가 아이와 함께 잔디밭을 뛰고 있었다.

"엄마라고 하지 않았나?"

어쨌든 그는 집 안으로 들어섰다. 집에는 그 말고도 다른 손님들이 있었다.

"왔어?"

"어. 수민이는?"

"너도 수민이부터 찾냐?"

벌써 둘째를 임신한 혜주였다.

"둘이 금실은 아주 끝내줘."

"세계 최고지."

뒤에서 누군가 혜주를 대신해서 말했다. 뒤를 돌아보니 희준이 그에게 말하고 있었다.

"형이 문제야. 혜주 마르는 거 안 보여?"

"그래. 내 죄다."

임신을 하면 살이 쪄야 하는데 혜주는 더 마르고 있었다. 입덧이 심하기 때문이었다.

"오늘 사람 많네?"

"혜주 고등학교 동창들."

"어? 그럼 가을이 너도 알겠네?"

"졸업하고 안 봤어."

"그래?"

은근히 낯가림이 심한 가을이 희준과 형 동생 사이가 된 것도 거의 최근 일이었다.

"다들 애기 엄마라서 가을인 재미없겠다."

"밥이나 먹자."

가을이 실망했다는 듯이 밥을 달라고 하자 혜주와 희준이 웃었다.

"수민이는?"

"애들이 보고 있어. 다들 딸인데 수민이만 남자라고 인기 절정이다."

"수민이 녀석 여자 좋아하는데 잘 됐네."

"네가 우리 수민이한테 인기가 없는 거지. 수민이 남자도 좋아해."

"오늘 괜히 온 것 같다."

희준이 가을을 데리고 식탁으로 향했다. 올 때마다 느끼는 거지만 진짜 희준은 이기적인 인간이었다. 돈, 권력, 명예, 거기다가 배우인 그보다 더 잘생긴 외모까지. 세상을 혼자 사는 것 같았다.

"애들 올 거니까 같이 먹어."

오랜만에 동창들을 보니 감회가 새로웠다. 가만히 보니 다들 예전의 얼굴들이 있었다. 그런데 아무리 봐도 남자같이 생긴 여자는 처음 보는 얼굴이었다.

"명진이 너 진짜 오랜만이다. 영화에서 볼 때 처음엔 넌 줄 몰랐어."

"손 좀 댔지."

가을은 솔직하게 말했다. 그의 본명까지 알고 있는 친구들에게 거짓말을 할 필요는 없었다.

"영희도 알고 지영이도 기억나고 소희도 기억이 나는데, 넌 누구야?"

가을이 말하는데도 여자는 말이 없었다.

"내 동생."

"어?"

"독립 영화 하는 사촌 여동생인데, 오늘 따라오겠다고 하도 그래서 데리고 왔다."

영희가 자신의 사촌 여동생이란 말에 가을은 여자를 한 번 더봤다. 독립 영화는 잘 몰라서 얼굴은 생소하지만 상당히 매력 있게 생긴 얼굴이었다.

"영화 해요?"

"네."

더 이상의 말이 오가지 않았지만 이상하게 그의 눈길은 자꾸만 그 여자에게로 향했다.

"연예계 은퇴하고 뭐 해?"

"공부 좀 해."

"무슨 공부?"

친구들은 그의 일상이 궁금한 모양이었다.

"인생 공부한다."

사실 요즘 그는 커피숍을 할 생각으로 바리스타 학원에 다니고 있었다. 이렇게 앉아서 보니 희준과 혜주는 예쁘게 살고 있는 것 같았다. 요즘 들어 이상하게 외로움을 타고 있었다. 이게 다 혜주 부부 때문이었다.

식사를 하고 밖으로 나온 그는 오랜만에 정원에서 뛰면서 동창들의 아이들과 함께 재미있게 놀았다. 자신이 이렇게 아이들을 좋아하리라고는 상상도 못 했었다.

"장가가야겠어."

희준이 그의 어깨를 툭 치며 말했다.

"장가 안 갑니다."

"왜?"

"저도 사랑하는 사람이 나타나야 하는데 그럴 것 같지 않습니다."

그와 희준이 농담을 주고받고 있는데 갑자기 아까 영희의 사촌 동생이 그들을 향해 거의 돌진을 하듯이 오고 있었다.

"안, 안녕하십니까? 저는 조성아입니다. 제가 오늘 여기에 온 건……."

마치 숨이 넘어갈 듯 여자는 쉼표도 없이 계속해서 말했다.

"제가 연쇄 살인마의 심리에 관한 독립 영화를 찍는데, 자금이 필요합니다."

"……."

결국 여기에 오고 싶었던 게 돈 때문이었다. 가까이서 보니 머리가 짧아서 그렇지 화장기가 없는 얼굴인데도 예쁘다는 느낌이 들었다. 키도 혜주 정도로 큰 여자였다.

"저희 독립 영화는 사회의 부조리를 고발하는 걸 찍습니다. 그래서 상업 영화와는 다르게 제작사를 찾기 어렵습니다. 이번에 출품해서 상금을 타야 다음 작품을 만들 수 있습니다."

"……."

"서광그룹에선 청년예술가들에게 지원하는 사업이 많다고 들었습니다."

"그럼 신청하세요. 제가 신중히 검토를……."

"제가 방금 말했듯이 대회에 출품하려면 시간이 촉박합니다. 서류를 내고 마냥 기다릴 수가 없습니다.

그녀가 열변을 토하는 동안 희준은 자신의 핸드폰으로 여자를 검색했다.

"알아?"

"난 상업 영화."

"같은 업계 아니야?"

"전체적인 맥락은 같아도 서로 추구하는 바가 달라서 잘 알지 못하는 경우가 많아."

그의 설명에 희준이 고개를 끄덕였다.

"그럼 시니리오 하나 보내 봐요."

"여기."

갑자기 대본까지 주니 희준도 말문이 막혔다. 하지만 가을이 보기엔 열정적으로 보여서 좋았다. 결국 그녀에게 희준이 투자를 하기로 하고 회사 관련 부서에 전화를 했다. 그가 내민 조건은 제작자에 차희준이라고 크게 써 달라는 게 전부였다.

조 감독은 세상을 다 얻은 얼굴이었고, 그 모습이 굉장히 인상적인 그였다.

지난번 친구들을 초대했을 때 가장 기억에 남았던 게 영희의 동생이었다. 당차고 예쁜 게, 가을과 짝을 이루면 좋겠다는 생각이 들었다. 그래서 희준에게 부탁해서 제작 지원을 좀 더 해 줄 테니 이가을이라는 배우를 쓰라고 했다.

"뭘 그렇게 생각해?"

"가을이요."

"내가 아니고?"

희준이 입을 내밀었다. 혜주가 그의 볼에 키스를 하고는 수민을 안아 들었다.

"어디 가려고?"

"어머님께 수민이 맡기려고요."

"여우."

어른들은 하루 종일 수민이만 기다리고 계시는 것 같았다. 그리고 조금 있으면 둘째까지 낳아야 하는 며느리를 위해 헌신적이셨다. 거기에 우인그룹의 회장이 된 며느리가 아주 자랑스러우신 모양이었다.

"오늘은 쉬는 날이잖아."

"잠깐 아버지께 다녀오려고요."

"혼자?"

"아뇨. 얼른 준비해요."

아버지는 6개월 전에 하늘로 가셨다. 고통스러운 삶이 끝이 난 것이었다. 그리고 박 회장은 김 여사에게 이혼을 당하고, 딸도 잃은 비참한 수감 생활을 하고 있었다. 이제야 모든 게 제자리를 찾은 것 같았다.

희준이 운전을 하고 혜주는 평소에 아버지가 좋아하셨던 술을 사 들고 동해로 향했다. 평생을 답답한 요양소에서 사셨던 아버지를 관에 넣을 수 없어서, 그녀는 화장을 결정하고 동해에 뿌렸다.

탁 트인 동해에 도착한 혜주는 바다에 소주를 뿌리며 말했다.

"아버지, 이제 할아버지 거 되찾았어요. 아버지 것도 내가 다 찾았고요."

이렇게 말을 하면서 울고 또 울었다. 그런 혜주의 어깨를 희준이 감싸 주었다.

"수민이는 아직 어려서 못 왔어요. 다음에 데리고 올게요."

푸른 바다가 그녀를 따뜻하게 품어 주는 기분이었다. 혜주는 잘 살겠다고 아버지께 맹세했다. 그리고 희준의 손을 잡고 따뜻한 미래를 향해 함께 걸어갈 것을 다짐했다.

"아빠, 오늘은 특별한 손님들이 오셨어요."

오늘은 특별히 가을과 그의 어머니가 같이 오셨다. 용서를 빌기 위해서였다. 가을의 어머니는 바다를 보며 통곡을 하셨다.

"어머니 일으켜 드려. 모래가 차."

혜주의 말에도 가을은 움직이지 않았다.

"가을아, 어머니 감기 드신다고."

혜주가 가을을 보자 가을도 어머니처럼 울고 있었다. 보다 못한 혜주가 어머니의 곁으로 가서 부축했다.

"아주머니, 일어나세요."

"흑흑흑."

"아주머니."

그때 갑자기 가을의 어머니가 그녀의 손을 잡았다.

"여기 우리 남편을 뿌린 곳이야."

"네?"

"그날 가슴을 치며 남편을 보냈는데, 이제야 남편은 서 사장님과 서 회장님께 용서를 빌 수 있게 됐어."

기가 막힌 우연이었지만 마음 아픈 일이기도 했다.

"아마 그러셨을 거예요. 가을이가 많이 힘이 됐습니다."

"……."

가을의 어머니를 부축해 바닷가에서 나온 그들은 근처 식당에서 밥을 먹게 되었다. 아무리 슬퍼도 배는 고픈 것이다. 희준과 가을, 그리고 어머니와 그녀는 근처의 횟집에서 밥을 먹기로 했다.

점심시간이 지나서 그런지 생각보다 사람은 없었다. 바닷가가 보이는 작은 횟집의 전망은 정말 끝내줬다.

"우리 가을이도 빨리 장가를 가야 할 텐데……."

희준과 혜주의 다정한 모습이 부러우셨는지 어머니가 말씀하셨다.

"갈 때 되면 갈 테니까 너무 신경 쓰지 마세요."

가을이 툴툴대고 있었다.

"우리 아들 좀 신경 써 주면 안 될까? 아는 사람들 많잖아?"

"많아도 우리 가을이 은근 눈이 높거든요."

"아직 철이 없어서 그래."

가을의 어머니가 아들을 무섭게 보았다.

"올해는 가."

"네, 네."

현실 모자였다. 그들의 모습을 식사 내내 흐뭇하게 본 혜주였다. 공공의 대상이 사라지고 나니 이렇게 소소한 대화를 나눌 수 있구나, 라는 생각이 들었다. 그동안은 얼마나 앞만 보고 달렸는지 알 것 같았다.

"어?"

갑자기 식당 안으로 영희 동생이 사람들과 함께 우르르 들어왔다.

"저기 성아 씨 아니야?"

그녀가 반가움에 성아를 향해 손을 흔들었다.

"성아 씨."

"안녕하세요."

성아가 그들에게로 다가와 모자를 벗고 허리 숙여 인사했다. 다시 봐도 완전히 선머슴이었다.

"여기서 뭐 해요?"

"촬영 장소가 근처라서 스태프들하고 점심 먹으러 왔습니다. 언니는 여기 무슨 일로……."

"아버지 만나고 오는 길이에요."

"네."

단순하게 말하고 보니 꼭 살아 계신 분을 말한 것 같았다. 하긴 그녀의 마음속엔 아버지가 아직 살아 계셨다.

"같이 밥 먹어요."

"저는 스태프들하고……."

"앉아요. 같이 먹게."

희준의 말에 성아가 자리에 합석했다.

"안녕하세요?"

성아가 앞에 앉아 식사를 하고 계시는 가을 어머니에게 깍듯이
인사를 했다.

"가을이는 봤죠?"

"네."

성아가 가을에겐 고개만 살짝 숙여 인사했다. 그때였다. 누군가
그들에게 다가왔다.

"성아야, 여기서 먹을 거야?"

"엄마, 조금 있다가 갈게. 저희 엄마예요. 이번에 강제로 영화
에 출연시키느라 모시고 왔어요."

"해녀 할매 역할을 맡은 김춘자입니다."

"엄마."

"어머니도 이리로 올라오세요."

"그래도 되겠습니까? 그런데 어디서 많이 본 얼굴인데, 배우십
니까?"

성아 어머니가 희준을 보고 묻자 성아가 엄마의 귀에 대고 희준이 누군지 말했다.

"엄마야, 귀한 분을 뵙네요."

"앉으세요."

희준이 웃으며 말했다.

"사진 한 번 안 되겠습니까?"

"이따 많이 찍어 드릴 테니까 드세요."

자리에 앉으신 어머니는 앞에 앉은 가을을 보고는 그대로 얼어붙어 버리셨다.

"이, 이가을이다."

마치 유령이라도 본 것처럼 몸이 그대로 굳은 성아 엄마였다.

"우리 성아 계 탔네."

"엄마."

성아의 만류에도 불구하고 어머니는 이야기보따리를 풀어 버리셨다.

"우리 딸이 진짜 팬이라서……."

"죄송해요."

성아가 얼굴이 빨개져서 엄마를 모시고 스태프들이 있는 곳으로 끌고 갔다.

"아가씨가 아주 예쁘게 생겼네."

"저런 스타일 며느리는 어떠세요?"

"나야 황송하지."

희준이 스태프들의 점심값까지 다 계산하지 스태프들이 아주 난리가 났다. 거기다가 이가을까지 보니 굉장히 좋아했다.

"가을이 너 인기가 많았구나."

"당근이지."

"연기 다시 하지 그래?"

"싫다."

가을은 완전히 마음을 접은 모양이었다. 그리고 그들은 서울로 출발했다. 돌아가는 길에 혜주가 물었다.

"당신 짓이죠?"

"뭐가?"

"성아 씨 온 거."

"……."

"당신이 꾸민 일이었군요. 어쩐지 너무 극적으로 등장해서……."

"티 났어?"

그가 운전하며 미소 지었다.

"역시 우리는 연애하는 일에는 소질이 없어요. 사랑이라면 모를까?"

"아니야, 이번은 기대해 봐. 잘될 거야."

그의 자신 있어 하는 말에 혜주는 웃음을 터트렸다.

이상했다. 가는 곳마다 눈에 띄었다. 마치 그의 움직임을 아는 것처럼 조성아라는 여자는 스토커처럼 그를 따라다니고 있었다.

"제길."

일주일 전에 동해에 갔을 때 부딪친 이래로 그가 집 밖으로 나오면 이상하게 그녀와 우연히 부딪쳤다. 물론 말을 하거나 식사를 하지는 않았지만 안면이 있으니 인사 정도는 했다.

하지만 오늘은 아니었다. 그와 친한 카메라 감독의 부인이 중국집을 오픈했다고, 그에게 혼밥 세트인 짜장과 작은 탕수육을 보내 주며 먹어 보라고 했다.

어차피 혼자서 밥을 먹어야 하니 그는 오케이를 했고, 지금 배달부가 배달통을 들고 서 있었다.

"배달해요?"

"네, 오늘만요."

조성아가 철가방을 들고 운동을 끝내고 반바지만 걸치고 있는 그의 집에 배달을 올 거라고는 상상도 하지 못했었다. 땀으로 번들거리는 그의 맨가슴에 시선이 꽂혀 있는 성아였다.

"어딜 그렇게 노골적으로 봅니까?"

"안 봤어요."

방금까지 봐 놓고 시치미를 떼는 그녀였다.

"감독이면 영화를 찍고 다녀야지 이게 뭡니까?"

"남의 일에 참견하지 마시고 짜장면이나 드시죠."

그녀가 철가방 안의 짜장면을 꺼내려 했다.

"식탁에 놔 줘요."

"네."

그녀는 군소리 없이 철가방을 들고 주방으로 향했다. 그녀의 뒤를 따르며 가을은 또 한 번 놀랐다. 청바지에 체크무늬 셔츠를 걸친 여자가 이렇게 섹시한 몸을 가졌다니 조금 놀랐다.

"왜 이렇게만 입고 다닙니까?"

"취향입니다."

그녀가 철가방에서 짜장면과 탕수육을 빼고는 밖으로 나가려다가 그의 집 안에 운동 기구들을 보고는 감탄을 했다.

"헬스장이 따로 없네요."

"운동이 취미라……."

"그래서 훌륭한 몸매를 가지셨군요."

그의 몸매를 칭찬하자 기분이 좋아진 가을이었다.

"아르바이트예요?"

"아뇨, 오늘 오픈 날이라서 주문이 많아서 대신 온 거예요."

그녀의 말에 참 신빙성이 없었다.

"우리 집인 거 알고 온 건 아니고?"

"내가 그렇게 한가한 줄 알아요?"

"한가하던데? 동해의 식당에서, 편의점에서, 사우나에서, 그리고 공원에서. 내가 밖에 나가지 않은 날을 제외하곤 매일 봤지. 심지어 오늘은 밖에 나가지 않았는데도 보고."

"이가을 씨가 날 쫓아다닌 건 아니고요?"

"아니, 내 스타일은 아니거든."

"하긴 화려한 여자들을 좋아하니까."

이상했다. 그가 인터뷰에서 이상형을 화려한 여자라고 말한 적이 있는데 그것도 알고 있었다. 사실 그는 약간 보이시한 여자에게 매력을 느꼈다. 너무 화려하고 여성스러운 여자에겐 매력을 느끼지 못했다.

"진짜 이상한 거 알아요?"

"뭐가?"

"나도 이렇게 자주 부딪치는 게 이상하다고요."

"우연인가? 아니면 철저한 계획."

"그럴 마음 없으니까 걱정하지 마요."

그녀는 철가방을 들고는 밖으로 나가려 했지만 그에 의해 막혔다.

"확실하게 진실을 말해."

"뭐라고요? 말했잖아요."

그녀가 그를 지나치려고 하자 가을이 그녀의 팔을 잡았다. 그러다가 그녀의 스텝이 꼬이고 가을이 갑자기 그녀를 안아 들고 있었다.

"이런 장면은 저한텐 안 어울립니다. 놔주시죠."

"다칠 뻔한 걸 구해 준 겁니다."

"설마요."

그녀가 몸을 일으키려고 다시 한 번 발버둥을 치자 중심을 잃고 그대로 바닥에 쓰러졌다.

"무겁다고요."

그녀와 샌드위치처럼 포개져 있는 가을이었다. 이렇게 누워 있으니 생각보다 성아가 볼륨감이 있다는 걸 그대로 느끼고 있었다.

"이건 좀……."

가을이 몸을 일으켜 세웠다.

"이제 더 이상은 안 봤으면 싶어."

"저도 동감입니다."

그녀도 몸을 일으키더니 철가방을 들고는 사라졌다. 그녀가 가고 난 뒤에도 이상하게 그녀를 안았던 그 느낌이 그대로 여운으로 남아 있었다.

"천하의 이가을이 어쩌다가 이렇게 된 거야?"

최고의 미녀들이 줄줄이 따랐던 그였다. 솔직히 요즘도 그렇게 놀라고 한다면 할 수도 있었지만 하지 않고 있었다.

"여자를 너무 오래 안 만났나?"

가을은 그런 생각이 들어 아는 동생에게 전화를 했다. 그의 전화 한 통에 동생은 그의 집으로 왔고 질펀하게 섹스를 하긴 했지만 뭔가 2% 부족했다.

"오빠, 왜 그래?"

"아니야. 그만 가 봐."

"여기서 자고 가면 안 돼?"

"안 돼."

그는 단호하게 말하며 여자를 내쫓았다. 왜 다른 여자를 안고 있는데 조성아가 생각이 나는지 이해할 수가 없었다.

다음 날 아침 일찍 그는 카메라 감독에게 전화를 걸어서 조성아의 위치를 물었다. 오늘은 촬영이 없는 날이라서 집에 있을 거라고 말했다. 조성아의 핸드폰 번호와 집 주소를 알아낸 그는 성아에게 전화를 걸었다.

[여보세요?]

다행히 전화를 받았다.

"접니다. 이가을."

[…….]

놀랐는지 아무런 말이 없었다.

"오늘은 안 보이길래 전화해 봤습니다."

[그러네요. 오늘은 제가 어딜 돌아다니지 않는 날이라.]

"집입니까?"

[네.]

"10분 내로 갈 테니 기다려요."

[이봐요, 어딜 온다…….]

전화를 끊고는 가을은 무작정 성아의 집으로 향했다. 어머니가 같이 살지 않을까 걱정이 돼서 카메라 감독에게 전화를 걸었다. 그리고 그녀가 작은 원룸에서 혼자 산다는 걸 알게 되었다.

딩동!

강북의 오피스텔에 살고 있는 성아였다. 평수가 작고 오래된 오피스텔이었다.

딩동!

초인종을 누르자 안에서 성아가 문을 열고 나왔다.

"무슨 일인데 여기까지……."

성아의 말이 끝이 나기도 전에 그가 그녀의 오피스텔 안으로 들어갔다.

"뭐예요?"

"역시나 생각했던 대로야."

집 안은 온통 비디오테이프와 책들, 그리고 영화 관련 장비들이 즐비했다. 사람 사는 집에 가구는 침대가 유일했다.

"의자도 없어?"

"없어요."

그녀의 집은 원룸이지만 생각보다 컸다. 벽에는 뭔가를 붙여 놨다가 떼어 냈는지 테이프가 덕지덕지 붙어 있었다.

"집에 커피도 없어?"

"있어요."

그녀의 유일한 가전제품일 것 같은 전기 포트에 물을 끓여 커피 믹스를 타 준 그녀였다.

"종이컵이라……."

"무슨 일이에요? 그리고 딴죽 걸리면 가세요."

"그냥 궁금해서. 내가 그 팀 촬영감독이랑 친하거든."

"유 감독님이랑요?"

"그래."

"여긴 아직 아무도 안 왔어요."

"왜?"

영화인들이 모여서 술판을 벌이며 영화에 대해 말하기 좋은 곳인데 아무도 오지 않았다니 신기했다.

"커피 다 마셨으면 가 줄래요?"

"이곳에 처음 온 손님을 그렇게 내쫓으면 되나."

"뭐라고요?"

슬슬 화가 올라오는지 성아의 얼굴이 조금 전보다 붉어졌다.

"안 갈 거예요?"

"안 가!"

"맘대로 해요."

그녀가 유일하게 이 집에서 차단된 공간인 화장실로 향했다. 성아가 화장실로 피신을 한 사이 그는 집 안에 있는 영화와 관련이 있는 물건들을 구경하고 있었다.

"언젠가는 나오겠지."

이렇게 말을 하며 그는 한참을 그렇게 방 안의 물건들에 빠져 있었다. 가구는 없었지만 책과 비디오테이프들은 굉장히 잘 정돈이 되어 있었다. 성아가 얼마나 깔끔한 성격인지를 말해 주고 있는 건, 집 안의 카메라나 기타 장비들이 먼지 하나 없이 깨끗하게 관리된 점이었다.

그러다가 그는 카메라 뒤에 어울리지 않게 널브러져 있는 포스터들을 보았다.

"뭐지?"

그리고 그는 한참을 멍하게 서 있었다. 그건 일반 포스터가 아닌 브로마이드였다. 한류를 즐기는 외국인들을 대상으로 만들었는데 요즘은 구하기도 힘든 게 여기 있었다.

그것도 다 그의 얼굴로만 말이다. 불현듯이 그는 동해에서 성아의 어머니가 한 말이 떠올랐다.

"진짜 팬이었어."

갑자기 가을의 얼굴에 미소가 지어졌다.

"새침하긴."

그는 다시 사진을 제자리에 놓고는 화장실로 향했다.

"나와. 갈 거니까."

"아니, 아까부터 왜 반말이에요?"

"내가 앞으로 만날 여자한테 존대를 해야겠어?"

벌컥!

문이 열리고 그녀가 뛰쳐나왔다.

"자꾸 나 가지고 놀릴 거예요?"

"아니, 진심이야. 오늘은 여기까지 하는 걸로 하고 갈게."

그리고 아주 충동적으로 그녀의 얼굴을 잡고는 입술에 살짝 입을 맞추었다. 마음 같아선 키스를 하고 싶은데 오늘은 처음이니까 이 정도로 멈추기로 했다.

성아의 입술이 가늘게 떨리고 있었다.

"숨 쉬어."

그는 이렇게 말하고 집을 나섰다. 그가 나가는데도 성아는 그대로 얼어붙어 있었다.

"오늘이 1일이야."

그는 이렇게 말하고는 손을 흔들며 그곳을 나왔다. 가을의 입가에 미소가 지어졌다. 왠지 성아가 그의 마지막 여자가 될 것 같은 느낌이 들었다.

··· THE END ···